TEIHON, NIHON KINDAI BUNGAKU NO KIGEN
by Kojin Karatani
© 2008 by Kojin Karatani
Originally published 2008 by Iwanami Shoten, Publishers, Tokyo.
This simplified Chinese edition published 2019
by SDX Joint Publishing Co., Ltd., Beijing
by arrangement with Iwanami Shoten, Publishers, Tokyo

学术前沿

THE FRONTIERS OF ACADEMIA

日本现代文学的起源

岩波定本

[日] 柄谷行人 著

赵京华 译

*

生活·讀書·新知三联书店

Simplified Chinese Copyright © 2019 by SDX Joint Publishing Company.
All Rights Reserved.
本作品中文简体版权由生活·读书·新知三联书店所有。
未经许可，不得翻印。

图书在版编目（CIP）数据

日本现代文学的起源：岩波定本／（日）柄谷行人著；
赵京华译．— 3 版．— 北京：生活·读书·新知三联书店，
2019.7（2024.7 重印）
（学术前沿）
ISBN 978 – 7 – 108 – 06559 – 9

Ⅰ．①日…　Ⅱ．①柄…②赵…　Ⅲ．①日本文学 – 现代文学 – 文学研究　Ⅳ．① I313.065

中国版本图书馆 CIP 数据核字（2019）第 057731 号

责任编辑	冯金红
装帧设计	薛　宇
责任校对	常高峰
责任印制	董　欢
出版发行	生活·讀書·新知 三联书店
	（北京市东城区美术馆东街22号 100010）
网　　址	www.sdxjpc.com
图　　字	01-2017-6686
经　　销	新华书店
排　　版	北京金舵手世纪图文设计有限公司
印　　刷	北京隆昌伟业印刷有限公司
版　　次	2003 年 1 月北京第 1 版
	2006 年 6 月北京第 2 版
	2019 年 7 月北京第 3 版
	2024 年 7 月北京第 3 次印刷
开　　本	880 毫米 × 1230 毫米　1/32　印张 8
字　　数	178 千字
印　　数	11,001 – 14,000 册
定　　价	48.00 元

（印装查询：01064002715；邮购查询：01084010542）

学术前沿
总　序

　　生活·读书·新知三联书店素来重视国外学术思想的引介工作，以为颇有助于中国自身思想文化的发展。自80年代中期以来，幸赖著译界和读书界朋友鼎力襄助，我店陆续刊行综合性文库及专题性译丛若干套，在广大读者中产生了良好影响。

　　第二次世界大战结束后，随着世界格局的急速变化，学术思想的处境日趋复杂，各种既有的学术范式正遭受严重挑战，而学术研究与社会——文化变迁的相关性则日益凸显。中国社会自70年代末期起，进入了全面转型的急速变迁过程，中国学术既是对这一变迁的体现，也参与了这一变迁。迄今为止，这一体现和参与都还有待拓宽和深化。由此，为丰富汉语学术思想资源，我们在整理近现代学术成就、大力推动国内学人新创性著述的同时，积极筹划绍介反映最新学术进展的国外著作。"学术前沿"丛书，旨在译介"二战"结束以来，尤其是本世纪60年代之后国外学术界的前沿性著作（亦含少量"二战"前即问世，但在战后才引起普遍重视的作品），以期促进中国的学科建设和学术反思，并回应当代学术前沿中的重大难题。

　　"学术前沿"丛书启动之时，正值世纪交替之际。而现代中国的思想文化历经百余年艰难曲折，正迎来一个有望获得创造性大发展的历史时期。我们愿一如既往，为推动中国学术文化的建设竭尽绵薄。谨序。

生活·读书·新知三联书店
1997年11月

目 录

中文新译本前言（赵京华） ◆ 1

"岩波定本"序言（2004年） ◆ 11

第一章　风景的发现 ◆ 1

第二章　内面的发现 ◆ 23

第三章　所谓自白制度 ◆ 65

第四章　疾病的意义 ◆ 89

第五章　儿童的发现 ◆ 106

第六章　关于结构力——两场论争 ◆ 129

第七章　类型的消灭 ◆ 163

后记及各语种译本序言

初版后记（1980年） ◆ 179

文库版后记（1988年） ◆ 180

英文版后记（1991年） ◆ 184

德文版序言（1995年） ◆ 191

韩文版序言（1997年） ◆ 197

中文版序言（2003年） ◆ 203

注释 ◆ 209

年表 ◆ 232

中文新译本前言

赵京华

本书标为"岩波定本",意在区别于日本讲谈社1980年第一版,也试图强调这个译本与三联书店2003年中译初版的不同。

这是一部文学批评史上名副其实的世界性经典,仅从书中附录的日文版后记和世界各语种译本的序言即可知晓。在日本国内,它有两个版本系列。即,由1980年讲谈社的单行本和1988年该社文库版所构成的系列,其中文库版重印不下三十次。另一个是岩波书店的系列。2004年岩波书店开始编辑出版《定本柄谷行人集》,该书列入其中,作者对此做了大幅度调整、增补和修订,几乎成了一本新著。2017年,又被列入"岩波现代文库"继续重印。我也是鉴于此"岩波定本"的改动之大和内容之新,而有了重译的打算。

就是说,2003年三联书店推出的该书译本,也是由我翻译的。当时依据的自然是1980年讲谈社版,同时也参考了1991年的英译本。说到该书的中文版,同样也有两个系统。三联书店的系统,由2003年初版本和2006年重印本(版式不同）以及这个即将问世的"岩波定本"构成，这应该是中文读者比较熟悉的一版。另一个是中央编译出版社的系统，即由2013年版和2017年收入《柄谷行人文集》中的重印本构成。我在这两个系统的每次新版和重印之际，都有必要的增补和校勘。因此，译文上略有不同，翻译准确度和行文流畅度自然是新的更为成熟。但是，依据的是同一个讲谈社版，故内容上没有大的变化。

而这个"岩波定本"则变化很大，尤其在内容上。这又可以话分两头，一头是原书的改变。1980年版由六章构成，而现在这一版则增加了《类型的消灭》一章（第七章），并收录了日文版后记和世界各语种译本的序言，另外增加了注释和明治时期文学年表。而更主要的变化，是作者时隔25年对原版做了大幅度的内容修改，特别是构成本书核心议题的前三章，即《风景的发现》、《内面的发现》和《所谓自白制度》。现代文学中的主体、第三人称客观描写，还有文学中自白制度的诞生，这些在前现代文学中绝无的表现手法是怎样伴随现代民族国家的诞生和个体独立意识的出现而作为一种制度被创造出来的，则通过修改得到了更为清晰的呈现。25年前的一些直觉性的感悟，在如今的新版中得到了进一步的条理化，反映了作者此间思想的飞跃性发展和理论逻辑分析的深化。我说这几乎成了一本新书，也就是在这个意义上而言的。

另一头是中文译本的改变。2003年三联书店版虽然是依据1980年日本讲谈社版，但当时根据作者的建议增加了两章。即，1991年英文版增补的第七章《类型之死灭》和新设的第八章《书写语言与民族主义》，并收录了弗雷德里克·詹姆逊为英文版所写序言《重叠的现代性镜像》。2013年的中央编译版也曾根据作者的意见，增加了中文版新版序言。而现在这个"岩波定本"的中译，则严格按照岩波书店的定本来翻译，去掉了第八章和詹姆逊的序言以及中央编译版的中文版再版作者序，并基本上重译了这部经典之作。从这个意义上讲，中国读者可以将此作为柄谷行人的新作来阅读，也可以比照此前的译本来体察作者思考的演进和观察问题的视角变化。

关于这本著作的内容构成和学术思想价值，我此前曾经写过译者后记（见2003年三联书店版）加以介绍和分析，有心的读者可以参考。而自中文版问世以来，本书在汉语读书界产生了广泛而持久的影响，一如它在世界各地拥有强大的影响力那样。据我了解，书中有关现代文学"风景的发现"，即认识论上的"颠倒"装置以及文学与现代民族国家建制同时发生并形成"共谋"关系等思考，得到了汉语读书界的高度关注和高校在读博士生的广泛征引，直接影响到中国现当代文学思考方式和阐释构架的转变。2005年底，也就是此"岩波定本"出版后一年，我曾就本书的多重内涵和作者本人认识的变化，发表过一篇题为《与柄谷行人一起重读〈日本现代文学的起源〉》（《博览群书》2005年第11期）的文章。现全文重录于下面，以期给汉语读者提供进一步的阅读参考。

一部名著往往可以包含多重的解读可能性，这不仅在读者，就是在作者也是常有的事情。日本批评家柄谷行人的文艺随笔集《日本现代文学的起源》（以下简称《起源》）初版于1980年，迄今已25年。在日本包括初版、文库版和文集版已经多次印行，1993年于美国出版英译本之后，开始越出国境，迅速传播到世界其他地区，继德文版和韩文版之后，又有了这部中文版。这部诞生于东亚日本的批评著作，经过穿越北美、西欧的"旅行"之后，又绕回到包括韩国和中国的东亚来，在周游世界的过程中遇到不同语境不同文化背景的读者而发生多种多样的阅读可能性，乃是理所当然的事情。有意思的是，最近，作者本人对自己书中说了什么也有些动摇不定了。

2004年岩波书店出版了5卷本的《定本柄谷行人集》，其第1卷收录的便是这部早期代表作。作者借编辑文集的机会重读《起源》后，写下一篇《重读之后痛感"近代文学"已然终结》的随笔。文章不长，全文抄译如下。

> 我是不去读自己所写的东西的，因为觉得与其如此，不如去写新的作品。可是偶尔也有不得不重新阅读的时候，尤其是在《日本现代文学的起源》出版英文本之际。
>
> 简单说，我在此书中指出：我们觉得理所当然、不言自明的东西（如文学中的风景、言文一致运动、小说的自白等），都是某个特定时期（明治二十年，1887年）确立起来的现代文学装置而已。
>
> 这种想法是在1975年至1977年于耶鲁大学讲授明治文学时产生的。如果不是在那样的地方（外国），我恐怕不会有上述思考的。当初写作此书的时候完全没有想到要在美国出版，因为书中讨论的主要是与日本的文学状况相关的一般常识性事项。
>
> 所以，到了1983年有人要英译此书时，我便踌躇起来了。虽然最后同意他们去翻译，但附加了一个条件，就是要做一些修改。可是，后来译者那边一直杳无音讯，到了1990年前后英文翻译稿突然寄到我手上来，我真不知道如何是好了。要是坚持对原作加以修改的话，译

者又要返工而多费周折的。考虑到这一点，我放弃了修改全书的计划，只补充一个新的章节，加了若干的注释，并写了后记。

现在，我对自己的旧作很有些不满。原因之一，就是出版英文本的时候，我更多地考虑到文学特别是言文一致以后的小说，在现代民族国家形成过程中所发挥的重要作用问题。这恐怕是受到安德森《想象的共同体》或者90年代初学术思潮的影响所致。因此，在英文本序中，我特别强调了这一点。另外，在稍后《起源》被翻译成德文、韩文和中文之际，应译者的邀请我分别写了序言。面对未知的他者（各国读者），又让我不断思考起自己的著作究竟写了些什么。

然而，因为计划出版《定本柄谷行人集》，去年我又重读一遍《起源》，感到现在自己的关注重点与此前已大不相同。或者说我又回到最初写作此书的观点上去了。比如，当今的民族主义并不需要文学，新的民族之形成也不必文学参与。民族主义虽然没有结束，但现代文学已经终结。我深深感到，现代小说这东西实在是一段特殊历史下的产物。

这样想来，我在20世纪70年代后期追问现代文学的"起源"时，实际上这个文学已在走向终结了。如果没有感到其"终结"的到来，何以会去追问它的"起源"呢？总之，我再次感到"作者很难读懂自己的著作"。（载于2004年7月18日《朝日新闻》）

这篇文章里，柄谷行人虽然最终意在强调"作者很难读懂

自己的著作"，但还是清晰地记述了对《起源》一书，其自我认识的变化过程。他至少向读者暗示了阅读此书的两条可能的线索。一是从当初的写作意图来讲，他是在20世纪70年代末于美国这一"外部"的场域获得了从"起源"上观察"日本现代文学"的视角，又在与保罗·德曼等耶鲁学派的解构主义运动成员的交往中发现了颠覆"文学现代性"的方法，据此来分析形成于明治二十年（1887年）前后的"近代文学"，发现并证实了下面这样一些事实，即我们长期以来认为毋庸置疑的"现代""文学"等概念并非普世性的价值观念，现代文学的一些基本特征如客观描写、内心自白、言文一致的口语化书写语言等，都是特定历史阶段的产物，即19世纪中期以来起源于西欧而逐渐扩散到世界各地的"现代性"文学的一种"装置"（制度）。发现了它的起源就意味着可以预见到其"终结"，《起源》一书当初就是要指出这个"现代文学"正在走向终结，如同现代性思想和社会已经在20世纪70年代前后发生转型一样。这可以称之为从"文学与现代性关系"的视角来阅读的线索。二是进入20世纪90年代以后，柄谷行人接受了安德森"想象的共同体"及民族国家理论的影响，觉得《起源》一书虽然当初没有自觉到，但实际上包含了文学在现代民族国家制度建设上所发挥作用的内容，是可以做新的阐发的。就是说，我们也可以从"文学与民族国家建制的共谋关系"这一视角来阅读此书。而且第二种阅读线索在整个90年代都得到了作者的刻意强调，我们看柄谷行人所写的英文本、德文本、韩文本和中文本的"序言"就可以明了这一点。

一部具有原创性的名著，不同的读者可以有多样的解读，甚至原作者的认识也会发生变化，这些都不是什么新奇的事情。问题是原作者到了最近又对第二种解读线索表示了"不满",强调自己的认识回到了当初的写作宗旨上。作为中文本的译者,我感到应该对此有所交代,因为我的"译者后记"(2003)依据柄谷行人当时对第二种阅读线索的强调,而突出了《起源》一书在解构文学与民族国家建制上之共谋关系的一面。记得有一位同行朋友在看了那篇"译者后记"之后曾对我说:原作的意味很是丰富,虽然时有难解而不甚明了的地方,读了你的译后记就觉得问题很是清晰了然了。对于我们不懂原文的中国读者,你的解读可是至关重要呀。朋友的笑谈是在肯定还是否定,我当时没有马上反应过来。现在读到上引柄谷行人的文章,才恍惚略有领悟。作为译者,我所提供的一种解读线索说不定会遮蔽原作本身的丰富性呢。

正因为如此,我在上面特意全文抄译了柄谷行人最近那篇随笔,希望能给中国的读者提供更多的解读《起源》的背景资料。不过,有一个翻译过程中的细节还是应该交代几句。当1999年前后我接受北京朋友的建议,开始与柄谷行人联系此书的中文本翻译事宜时,他就主动建议要把发表于1992年的《书写语言与民族主义》一文收入中译本。原因是,这篇批评雅克·德里达只局限于西方谈"语音中心主义",强调在18世纪的日本也出现过试图摆脱汉字文化压迫的日语语音中心主义的文章,与《起源》一书在内容上有密切联系。今天想来,这篇文章与英译本作者序(1991)的写作同时期,正是柄谷行人参照"想象的共同体"理论来重读自己的《起源》之时。到了1999年前后建议收此文于中译本,说明他依然期望读者从"文学与民族国家建制的共谋关系"这一阅读线索来理解该书。也因此,有了我那篇中译本"译者后记"。至于他对安德森"想象的共同体"理论产生"不满",则是在那之后。

2000年6月,本尼迪克特·安德森应邀来日本法政大学与柄谷行人同台讲演。安德森的讲题是《被创造的"国民语言"——不存在自然生成的东西》(Nothing Comes Naturally: The Creation of "National Languages"),柄谷行人的发言则是《语言与国家》(两人的讲演同时刊载于《文学界》2000年10月号,东京)。我们仅从安德森的讲演题目就可以看到,时隔十几年之后,其思考的框架依然是文学语言与民族国家的关系问题,从内容上看也只是增加了有关泰国、菲律宾方面的资料,论证国语与国家民族的语言未必一致,实际上是长期政治斗争的结果。就是说,现代国语国民文学并非自然生成之物,而是民族国家形成过程中人工塑造出来的。作为民族国家"想象"的载体,国语保证了民族主义的兴起和发展。而柄谷行人则在上面提到的那篇《书写语言与民族主义》旧稿基础上,增加有关现代资本主义"三位一体"(资本、国家、民族)牢固结合的自创理论,实际上对安德森1983年提出的"想象的共同体"理论表示了某种程度的质疑。他认为这一理论单纯强调现代民族国家形成过程中的情感"想象"即"表象"的方面,而忽略了民族国家与"资本"结合所构成的"实体性"方面。虽然可以说明远离现代性中心的地域(印度尼西亚等)其民族主义兴起的基础和原因,却无法解释为什么当今(20世纪90年代以后)新一轮的民族主义运动不再需要"文学"的参与而是与宗教原教旨主义等联系在一起。恐怕正是对文学与民族国家或者民族主义的关系有了这样一种新的认识,才导致柄谷行人在2004年重读《起源》时,开始强调自己"又回到最初写作此书的观点上去了"。

以上，我就《起源》问世25年来原作者对自身著作认识的变化过程做了简要的追溯和梳理。那么，所谓"两条可能的阅读线索"究竟哪一个更接近原作呢？这就不是译者所能回答的了。其实，读者是尽可以放开视野去自由阅读的，如果上面提供的材料能够刺激汉语读者的思考而做"积极阅读"，那已经令人喜出望外了。另外，还有一个侧面值得我们留意，那就是，柄谷行人在书里书外、前言后记中给我们提示了许多值得进一步思考的问题。比如，2003年"中文版作者序"指出："文学似乎已经失去了昔日那种特权地位。不过，我们也不必为此而担忧，正是在这样的时刻，文学的存在根据将受到质疑，同时文学也会展示出其固有的力量。"的确，无论在日本还是在中国，赋予文学以深刻意义的时代已经过去，但是文学向其固有力量的回归将是怎样一种状况呢？宣告了"现代文学"的终结，是否意味着诞生于19世纪中叶、以小说为中心的国民文学，其意识形态的功能已然消失而会真正退出历史舞台呢？又比如，上面抄译的柄谷行人文章在谈论"文学与民族国家"关系时强调："当今的民族主义并不需要文学，新的民族之形成也不必文学参与。民族主义虽然没有结束，但现代文学已经终结。"确实，观上世纪90年代以来冷战结束而东西两大阵营土崩瓦解之后，新一轮的民族独立和少数族群分离运动已不再依靠文学的力量。那么，曾经具有"想象"民族创生国家功能的文学将被宗教或者别的什么取代吗？今天的"文学"是否只剩下了"审美""娱乐""游戏"——消遣的功能？在民族国家还远未退出历史舞台的现在，"情感教育"——从感情上维系民族共同体的团结——是否还可能是文学的功能之一，虽然不必是以往那样唯一的功能？我想，这些也都是很有价值的课题，值得我们与柄谷行人一道去深入思考。

最后，衷心感谢陈言女史帮我仔细校读译文，纠正了许多错讹。同时，也感谢作者柄谷行人先生和三联书店的信任，依然让我来承担这项愉快的翻译工作。

赵京华

2019 年 1 月 12 日

于北京太阳宫三杨斋

"岩波定本"序言

我开始思考本书涉及的事情，是在1975年至1977年于耶鲁大学讲授明治文学的时候。如果不是在那样的异国，我可能不曾思考这些问题。而写作本书之际，也没有考虑到要在美国出版。想到要以英语的形式出版，是在后来有了《作为隐喻的建筑》《跨越性批判》等系列性的工作实绩之后。我是在日本文艺评论的现场，撰写了这些文学批评。它们与其说是学术的，不如说是实践性的批评工作，而我对此反而感到光荣自豪。

然而，1983年有人提出要将此书翻译成英文，我则感到有些犹豫不决了。因为，我想这样不加修改的话，外国人恐怕读不懂的。因此，虽然同意他们翻译，但我提出了一个条件，即要大幅度修改。但是，其后就渺无音讯，直到80年代末译稿突然寄到了我的手中，使我颇感焦虑。实际上，为了修改原书我已经新写了几篇文章。最后，我还是妥协了，只增加了一篇"类型的消灭"，而放弃了做大幅度修改的念头。而且，我对自己也对他人强调说，这也不错嘛。

可说真的，我是不满足的，并一直想找机会做全面修改。同时，又想到这样的机会恐怕永远没有吧。这回，终于得到出版我的著作"定本集"的机会，多年的愿望得以实现。另外，我还把为本书德文版、韩文版、中文版所写的序言，一并收入其中。因为，这些也是自己思考的一部分。另外，增补了一个与书中所论事项相关的年表。

2004 年 7 月 20 日

柄谷行人

第一章 风景的发现

1

夏目漱石把讲义稿题为《文学论》出版，是在他1903年从伦敦回到日本刚刚三年多之际，而且那时的他已作为小说家引起了人们的关注，自己亦正埋头于小说创作之中。假如"文学论"的构想是个"十年计划"，那么十年之后他一定是放弃这一计划的。就是说，从他构想的宏大计划来看，《文学论》不过是其中的一小部分而已。在所附序言中，漱石流露出一种复杂交错的心情：一方面对已经埋头于创作活动的自己来说，这不过是"空想式的闲适文字"而感到隔膜，另一方面又抱有一种难以真正放弃之感。这两种心情当然都真实无疑，他正是在这复杂交错的心情下从事创作活动的。

漱石在序言中意识到，对当时的读者来讲，《文学论》只能是一种令人感到唐突奇妙的东西。其实，我们不得不说，写作《文学论》虽然有作者个人的必然性，但是在日本（包括在西方）却没有一定要写这一类书籍的必然性。这是一朵忽然之间绽开的花，因此没有留下种子。他一定对下面这样的情况感到了一种困惑：当初的"文学论"构想，无论在日本还是在西方都是孤立无援唐突贸然的东西。[1] 在序言中，漱石如《心》里的教书先生写遗书那样，诉说着为什么一定要写这本如此奇妙的书。正因此，序言与正文格调相反，表达了更多个人性的东西，他不得不解释自己的热情为何物、从何而来。

> 我于此决意从根本上解释文学为何物之问题。同时生出举一年之时为研究此问题第一阶段之念。
>
> 我闭门寓所，将所有文学书籍藏于箱底，相信读文学书而欲知文学为何物正与以血洗血为手段者同然。我立誓究明文学于心理上何以必要，何以于此世界生成、发达、颓败之；又于社会上何以必要，且存在、兴隆、衰亡之。

夏目漱石把"文学为何物之问题"视为问题。实际上正因为这一点，使他的企图与热情变得非常个人化而难以与他人共有。漱石所质疑的，是形成于19世纪英国或法国的文学上之"趣味判断"，也即文学史的通行观念。这些观念，在他赴伦敦留学的明治三十三年的日本，也已然成为常识。这不仅使同时代的文学得以确立，而且由此来解释前现代文学的文学史观念亦得以形成。漱石所质疑的，正是这种现代文学的前提。

但是，如果由此认为漱石试图要从心理学或者社会史的角度来阐明文学，则是误解了。实际上，他要做的是从根本的语言形式上来观察文学。[2] 例如，在《文学论》中他是以这样的文学定义开始议论的："凡文学性之内容形式均要求（F+f）。F者意味着焦点性印象及观念，f者意味着与之相符之情绪。果真如此，则上述公式可显示其印象乃至观念两方面，即认识要素（F）与情绪（f）之结合。"这种观点，乃是对浪漫派和自然主义文学史观念之不言自明性的颠覆。他视浪漫主义和自然主义之间的差异，只是 F 和 f 结合程度的不同而已。

> 两种文学的特性如上所述。正因为如此，两者都是应该珍视的。决不是只有一方的存在而另一方可以驱逐出文坛那样肤浅的东西。另外，正因为名称有两样，使自然派和浪漫派相对立，筑垒掘壕，仿佛两相对垒虎视眈眈，其实可以使之敌对的不过名称而已，内容实在是相互交叉你中有我我中有你的。因此，若详细加以区分，可以说在纯客观态度与纯主观态度之间不仅发生无数的变化，而且变化各方与他方相结合又会生出无数的第二次变化，故不能笼统说谁的作品是自然派、谁的作品是浪漫派。与其如此，不如解剖作品，一一指出其哪些地方具有如此这般的浪漫派或自然派的趣味，同时还要避免仅以浪漫、自然两语简单律之，再进而说明其中有多少不同的成分以怎样的比重相互交织着。我想如此这般，或许可以解救今日之弊端。（《创作家的态度》）

无疑这是形式主义的思考方法。夏目漱石在语言表现的深层发现了隐喻和明喻，这两种要素是以浪漫主义和自然主义的形式得以表现的。罗曼·雅各布森曾把隐喻与转喻作为对比性的两个要素，提出根据这两个要素的程度不同观察文学作品倾向性的视角，而漱石则早于罗曼·雅各布森就注意到了这个问题。他们两人的相通之处在于，都是作为身处西欧之中的异邦人而试图观察西欧的"文学"。俄国形式主义为了得到人们的评价，必然要在西欧这一内部发起对"西欧中心主义"的怀疑。如果确是这样的话，那么漱石当时的尝试不用说乃是非常孤立的行为。而且，其质疑是更为根本性的。他不仅批判了19世纪西欧历史主义中隐含着的西欧中心主义，而且对视历史为必然的、连续性的观念提出了异议。

> 我们不能说风俗、习惯、情操只出现于西方的历史之中，西方的历史以外则没有。还有，西方人在自己的历史发展中经历多次变迁而达到今天的最后地步，这未必就是普遍的历史标准（虽然对他们来说大概是标准的）。特别是在文学上更是如此。许多人都说日本文学是幼稚的。很可悲，我也这么认为。但是，我自认我国的文学幼稚，与视今天的西方文学为标准不同。我坚信，不能断言当今幼稚的日本文学不断发展便一定要成为现代的俄罗斯文学。而且，我不认为日本文学一定要沿着与从雨果到巴尔扎克再到左拉这样的法兰西文学同样性质的道路而发展。幼稚的文学之发达未必只有一条道路，既然理论上无法证明发达的终点一定只是一个，那么断定当代西方文学的发展倾向必是幼稚的日本文学之发展方向，则过于轻率。另外，也很难得出结论说西方文学的倾向就一定是绝对正确的。虽然某种程度上或许可以说在直线发展的科学中新即是正确的，然而既然发展的道路是复杂的、多种多样的，那么西方的新对日本人未必就是正确的。文学并非只有一条发展道路，这不必从道理上论证，只比较地看现今各国文学——尤其是进步文学的发展，便最清楚明白了（略）。
>
> 观西方绘画史之今日的状态，应该说实在是经历了重

重难关而如走钢丝一样发展至今的结果。若稍有失之平衡，便会发展成另外一种历史。我的议论恐怕还很不充分，实际上，由前面所说的意义归纳起来，可以说绘画史的发展有其多种无限的可能性，西方绘画史是其中之一，日本风俗画的历史也仅仅是其中之一条发展道路。这里我仅举绘画为例来说明，其实这种情况未必仅限于绘画。文学大概也是一样。那么，以所接受来的西方文学史为唯一之真，万事诉之于此加以衡量决断，则恐怕失之偏狭了。既然是历史，就不应与事实相左。我相信可以这样说：未被给予的历史也是可以在头脑中进行多种发展可能性的组合，只要条件具备总有实现的可能（略）。

以上，我叙述了各种弊端，如浪漫、现实、自然主义三项被认为是文学史上连续发展而来的，及其不合情理的弃旧追新之弊，又如把偶然出现的作品冠以某种主义之名，一定要将其视为此主义的代表来对待，结果失之妥当却将此看做难以打破的 whole，还有随着时间逐渐推移，其主义的意义发生变化而引起混乱，等等。我觉得这里所述的事情虽与历史有关，但与历史的发展并没有那么深的交涉。就是说，不应该以基于某个时代、某一个人的特性来区分作品，而是应该以适用于古今东西的，离开作家与时代的，仅在作品上表现出来的特性去区分作品。既然应该如此，那么我们只好以作品的形式和主题来区分作品了。(《创作家的态度》)

夏目漱石所拒绝的是西欧的自我认同。在他看来，这里有可能"代替"的、可以重组的结构。当偶然选取的某一个结构被视为"普遍性的东西"时，历史的发展必然要成为线性的。漱石不是要树立起相对于西方文学的日本文学，主张其差异性或相对性，对他来说日本文学的自我同一性也是可疑的，它可能会成为其他的东西。但是，在漱石这里，发现这种可以取代的结构，便会立刻唤起为什么历史是这样的而不是那样的，我为什么存在于此而非彼（帕斯卡语）这样的疑问。自不待言，形式主义与结构主义的理论家们忽略了这个疑问。

后来，夏目漱石放弃了《文学论》的计划，而开始了小说创作。但是，他并没有从《文学论》所遇到的问题中获得解放。相反，他的创作显示，《文学论》中试图解决的并非单纯的理论问题，而是与自身的自我认同相关联的。例如，《道草》中所叙述的那样，漱石幼年时代当过养子，直到一定的年龄他一直把养父养母视为亲生父母。他是被"取代"了的。对他来说，父子关系绝非自然的，而只能是可以"取代"的结构。一般来说，如果是血统纯然（认同）的人，就会忽视那里存在着的残酷命运的捉弄。但是，漱石的疑问在于：即便如此，为什么自己存在于此而非彼？因为现在已是作为不可取代之物而存在着的了。

夏目漱石的创作活动，恐怕正是建立在这样的疑问之上的。并非讨厌理论而转向创作，创作本身乃是由他的理论派生而来的。漱石是很理论性的，换句话说，他并没有以所谓"文学的理论"那样的东西为目的。他的存在只能是理论性的，只能对于"文学"保持一定距离。

2

在《文学论》的序言里，夏目漱石讲述了自己对文学试图从理论上加以理解的缘由。那么,他为什么关注到"文学为何物之问题"呢?

> 少时曾喜读汉籍。所学期间虽短,然蓦然冥冥之中由《左传》《战国策》《史记》《汉书》而略知何为文学之定义。暗中思忖英国文学亦当如此也,果真如此则举有生之年而习之,亦当无悔。……春秋十载于吾有之,不敢言无学习之余暇。唯恨难能彻底习之。然毕业后不知为何脑中竟有被英国文学所欺而生不安之感念。(《文学论·序》)

但是,从上述文字中我们不能得出夏目漱石对英国文学不满而喜好汉文学的结论。他感到被"欺骗"的不是一般的英国文学,而是作为现代文学的英国文学。就是说,他所反感的是经过"从雨果到巴尔扎克再到左拉"这样一个序列发展而来的"与今日之法兰西文学一样的"东西。与此相反,他明确表示了对莎士比亚、斯威夫特尤其是司汤达的好感。一言以蔽之,此乃巴赫金所谓文艺复兴的文学或者保持着"祝祭狂欢之世界感觉"的文学。而漱石在日本的俳谐抑或"写生文"谱系中,找到了与之类似者。[3]

漱石所感到难以接受的,正是将这种文学排除掉而确立起来的"现代文学"。他认为,现代文学所经历过的发展路径未必就是我们必须经历的,我们也有别样的文学发展的可能性。因而,这和英国文学与汉文学、西方文学与日本文学的对比没有关系。实际上开始创作之后,如《我是猫》《草枕》所显示的,他也正是用与斯威夫特和司汤达类似的风格来写作的。同时,他认为这就是始于俳句的"写生文"(有关夏目漱石的创作参见本书第七章）。

漱石与当时的主流文学，即自然主义及与其对抗而出现的新浪漫派，处于同一个时代。他作为海外新归朝者虽然成为敬畏的众矢之的，但其作品对当时的自然主义文坛来说显得陈旧而小儿科。自然主义派作家对漱石的肯定，是从其倒数第二篇作品《道草》发表之后才开始的。另一方面，新浪漫派和白桦派虽然喜欢漱石，但那只是因为其作品并非自然主义的。他们并没有注意到，漱石对浪漫主义和自然主义之共同基础的"现代文学"本身的怀疑。

漱石的态度，并非那种将现代文学与中世纪乃至古代文学对峙起来的态度。将中世纪或古代或者东方与现代对立起来，这样做的人不在少数。然而所谓中世纪，已然是为了对抗现代而被赞美的浪漫派之想象的结果，同样，东方（orient）已不过是为了批判西方现代而创造出来的表象。因此，人们若是针对英国文学而称赞汉文学，那么这种态度不仅不能摆脱现代文学，反而只能成为现代文学最常见的一个典型。漱石在此称之为"汉文学"的，绝非那样的东西。对他来说，"汉文学"已非实体，而是于现代文学的彼岸所想象到的某种形态并不确定的东西。

再次重申，中世纪及古代的文学或者汉文学，那已然是通过现代文学的视角而重构起来的东西。不管否定还是赞美，这一切都已经属于现代文学的范畴了。如果不了解这一点，无论如何是走不出来的。为了深入理解这一点，我想模仿夏目漱石以绘画为例来加以思考。例如，汉文学常常被比作绘画中的山水画。这时，我们需要注意下面这一点。

宇佐见圭司指出，我们称之为"山水画"者，实际上是透过现代西方的风景画而被发现的东西。"山水画这一名称并不存在于这里展示的绘画所实际描述的时代里,在那个时代人们称之为四季绘或年中风俗画。山水画是由指导过明治日本现代化的费诺罗萨(Ernest Fenollosa)命名,并放在绘画表现的范畴中给予一席之地的。因此,可以说山水画这一命名本身,乃是由于西方现代性意识与日本文化之间的乖离而出现的"(宇佐见圭司《于"山水画"中看到绝望》,《现代思想》1977年5月号)。

就是说,山水画的名称让人感到画作仿佛就像西方的风景画里所描绘的风景。可以说在西方,风景画是与几何学上的透视法一同诞生的。以往的绘画,只是作为描写宗教性故事和历史故事的画之背景而存在的。然而,几何学式的透视法是从一点望去的透视构图法,因此难以表达包括故事性时间在内的对象。故而,这里有产生没有故事情节而单纯作为风景的风景被描写的必然性。

从这样的风景画来看,山水画中描写的好像正是作为风景的风景,故名之曰山水画。然而,应该说山水画中的风景自有其与西洋宗教性绘画相近的东西。在中国,山水正是宗教性的对象,故反复不断地得到描绘[4]。宇佐见圭司在将"山水画"与西方的几何学式透视法做比较时,指出:

> 为了说明山水画的空间,我们先来讨论一下其场和时间。山水画所有的"场"的意象是不能被还原到西欧透视法所说的位置上去的。
>
> 透视法的位置乃是由一个持有固定视角的人综合把握的结果。在某一瞬间对应于此视角的所有东西将投射到坐

标的网眼上,其相互关系得到客观的决定。而我们现在的视觉亦在默默地做着这种透视法式的对象把握。

与此相对,山水画的场不具有个人对事物的关系,那是一种作为先验性的形而上学式的模式而存在着的东西。

这个场与中世纪欧洲的场的状态在先验性上有其相通性。所谓先验性的山水画式的场乃是中国哲人彻悟的理想境界,在中世纪欧洲则是圣经及上帝。

中世纪欧洲的宗教画与中国的山水画,尽管其描写对象完全不同,但在观察对象的形态上却是共通的。山水画画家在画松柏的时候,所描写的是松的概念,而非从确定的视点和时空所见到的松林。[5] 所谓"风景",正是"拥有固定视角的一个人系统地把握到"的对象。[6] 山水画的透视法并非几何学式的。因此,在看上去只表现了风景的山水画中,是不存在"风景"的。

同样的道理也可以用于说明文学。例如,松尾芭蕉并没有看到"风景"。对于他们来说,风景不过是语言,是过去的文学。比如,芭蕉的"枯枝鸟栖息,秋之暮"一句,乃是对杜甫诗的引用。正如柳田国男所说:《奥州小道》中一行"描写"也没有。看似"描写"的东西也都不是"描写"。井原西鹤也是如此。写实主义者井原西鹤,不过是明治二十年代由现代西方文学的视角而被发现的。而且,这样的解释往往肤浅而不着边际。从俳谐师井原西鹤的作品中所发现的写实主义,正是所谓的"魔幻现实主义"(巴赫金语)。[7]

我这样类比地来观察文学与绘画,是有一定根据的。例如,潘诺夫斯基根据新康德派哲学家卡西尔的理论,将透视法作为一种"象征形式"进行了考察。象征形式本源于康德的构想：对象（现象）由主观性形式与范畴而构成。从语言方面来思考哲学诸问题而有了所谓"语言学转向"以后，康德哲学作为主观性的东西遭到了批判，但原本康德所说的感性形式和悟性的范畴，也是语言性的问题。而卡西尔早就将其称为"象征形式"了。因此，透视法在广义上也是语言的问题，反过来讲，也可以说透视法以另外的形式反映在文学的问题中。如后所述，这就是赋予现代小说以特征的第三人称客观描写问题。

透过绘画来看文学我们得以弄清楚，赋予现代文学以特征的主观性和自我表现，这种思考正对应着世界是由"拥有固定视角的一个人"所发现的这样一种事态。几何学上的透视法，乃是同时创造出客观和主观的一种装置。然而，山水画画家所描写的对象并非由一种主观而统一把握到的东西。这里，并不存在（超越论式的）自我。就文学而言，则意味着如果没有透视法那样的叙述方式的确立，现代性的"自我表现"这一观念也就无以成立了。

明治维新以后的浪漫派，看到了《万叶集》的歌里有古代人直率的"自我表现"。然而，说古代人表现了自我，这不过是源自现代的想象而已。相反，那时候替人歌咏的"代咏"，根据所出的题目来做"咏题"，才是更为普通的。可是，习惯了现代文学的人却往往把自己的观点投射到上一代乃至古代去。而且，以这样的方式捏造出"文学史"来。明治二十年代所建立起来的日本的"国文学"及其历史正是这样一种东西。对于我们来说，仿佛不言自明的"国文学史"，本身正是在"风景"的发现中形成的。夏目漱石所质疑的，就是这种风景。

3

以往关于现代文学的起源,其论述一方面是基于内面性和自我的角度,另一方面则从对象的写实这一观点出发的。然而,这两者其实是联系在一起的。重要的是,这样的主观和客观得以在历史上出现,换言之,以此为根基产生了新的"象征形式"(卡西尔语)。而这样的主客观一旦确立起来,其起源就被忘却了。

首先,我想从风景(客观)的方面来思考现代文学的起源。实际上,这并非外在的客观问题。例如,国木田独步的《武藏野》和《难忘的人们》(明治三十一年),描写了司空见惯的风景。可是,在日本的小说里自觉地描写出作为风景的风景,正始于这些作品。[8] 而且,《难忘的人们》如实地表现了这样的道理:这"风景"只有通过某种内在的颠倒才能确立起来。

这篇作品的情节构成是,无名作家大津这一人物向在多摩川沿岸的客店里偶尔相识的名叫秋山的人讲述有关"难忘的人们"。大津拿出自己题为"难忘的人未必是不可忘记之人"的手稿,对秋山示以说明。所谓"不可忘记之人"是"朋友知己及给自己以帮助的师长前辈等"。所谓"难忘的人",则是一般来说忘了也没关系但忘不了的人们。

大津举从大阪坐小火轮渡过濑户内海时发生的一事为例,这样说明道:

> 不过那时身体不怎么好,一定是心情沉郁常常陷入沉思。我只记得,那时不断地走上甲板在心里描绘将来的梦想,不断思考起此世界中人的身世境遇。当然,这乃是年

青人胡思乱想的脾性,没有什么奇怪的,那时,春日和暖的阳光如油彩一般溶解于海面,船首划开几乎没有一点涟漪的海面撞起悦耳的音响,徐徐前行的火轮迎来又送走薄雾缠绵的岛屿,我眺望着那船舷左右的景色。如同用菜花和麦叶铺成的岛屿,宛如浮在雾里一般。其时,火轮从距离不到一里远的地方通过一个小岛,我依着船栏漫无心意地望着。山脚下各处只有成片矮矮的松树林,所见之处看不到农田和人家。潮水退去后的寂寞的岸石辉映着日光,小小的波涛拍打着岸边,长长的海岸线如同白刃一样其光辉渐渐消失。听到云雀在比山还高的上空鸣叫,使人们知道这并非无人岛。云雀不知岛上有田地,这是我老父的诗句,可是我觉得山的对面一定有人家。看着看着,辉映着夕阳的沿岸有一个人影映入了我的眼帘。确实是一个男人,且不是小孩,好像在不断地拾起什么然后放到筐或桶里。每走三两步便蹲下,好像在拾起什么。我略微望了一下这个在寂寞的岛屿岸边捕鱼的人。随着火轮的行进,那人影渐渐变成一个黑点。不久,那岸边那山乃至整个岛屿便消失在雾里了。我多次回忆起岛上那不曾相识的人。这就是我"难忘的人们"中的一位。

我引用这么长的一段,是因为这段文字充分展示了,作品中的人物大津所看到的,那岛上的男人与其说是"人",不如说是一个"风景"。大津说:"当时油然浮上心头的就是这些人,啊,不对,是站在我看到这些人时的周围光景中的人们。"大津对"难忘的人们"还举了很多例子,然而这些例子都同上面引文一样是作为风景的人。当然,这种描写本身看似没有什么出奇的。但是，国木田独步在作品的最后几行里，鲜明地表现了不能忘记的作为风景的人之主人公的离奇古怪。

作品结尾是大津和秋山在客店谈天的两年之后。

> 其后经过了两年。
> 大津因故去了东北的某地，完全与在沟口客店初识的秋山中断了联系。
> 恰好是大津住在沟口的时候，发生于雨夜的事情。大津一个人面对书桌陷入了沉思冥想。书桌上放着两年前展示给秋山的同一本手稿"难忘的人们"，其手稿最后添加上去的是"龟屋主人"，而不是"秋山"。

就是说，从《难忘的人们》这篇作品所看到的不单是风景，还有某种根本性的倒错。进而言之，在这种倒错中被发现的正是风景。如前所述，风景不仅仅存在于外部。为了风景的出现，必须改变所谓知觉的形态，为此需要某种反转。《难忘的人们》的主人公这样说道：

> 简而言之，我是一个不断苦恼于人生问题，又为自己将来的期望所压迫、自找苦吃的不幸男人。

> 在此，如同今夜这样，我独自一人对着夜灯，便催生起感念此生之孤独而不堪忍受的哀情。这时我的自我之头角嘎巴一下折断了，不知怎的人也变得令人怀念起来，想起各种各样的旧事和友人。其时油然浮上心来的即是这些人，不，是站在看到这些人时的周围光景中的人们。我与

他人有何不同，不都是在天之一角得其此生而匆匆行路，携手共归无穷天国的人吗？当这样的感想由心里升起时，我便常常泪流满面。那时，实际上乃是无我无他的，什么人都变得令人怀念起来。

这里表明，风景是和孤独的内心状态紧密连接在一起的。这个人物对无所谓的他人感到了"无我无他"的一体感，反过来说，他对眼前的他者表示的是冷淡。换言之，只有在对周围外部的东西没有关心的"内在的人"（inner man）那里，风景才能得以发现。风景乃是被无视"外部"的人发现的。

4

保罗·瓦莱里抓住风景画对绘画的渗透和支配过程来观察西方绘画史，指出：

> 风景给画家提供的兴趣正是这样逐渐变迁的。最初是作为绘画主题的陪衬而从属于主题的，后来变成了用以表现仿佛妖精也住在里边的幻想新天地的手段——最后迎来的是印象的胜利，素材或光线支配了所有一切。
>
> 后来数年之中，绘画在无人存在的世界诸种表象里终至到了泛滥的程度。它意味着这样一种倾向：大海、森林、原野等仅仅作为大海、森林、原野而使大多数人得到观赏的满足。而这一倾向导致多种重要变化的发生。第一，因为我们的眼睛对于树木、原野等不像对于生物那么敏感，所以画家通过专心致志描摹这些景物可以做到比较随便的任意模仿，其结果是这种狂乱独断的画法在绘画上

成为理所当然。比如,画家若是以画一根树枝同样粗暴的画法来画人的手脚,那么我们一定会惊讶的。但是,我们的眼睛不容易分辨那些属于植物界和矿物界事物的实际形态,因此在这个意义上,风景描写得到了更多的方便。这样,就变得谁都可以作画了。(Degas, Danse, Dessin,《保罗·瓦莱里全集》日文版第10卷,筑摩书房)

当然,瓦莱里对风景画是持否定态度的,他认为受到风景画的支配,招致"艺术的理智性内容的减少",使艺术失去了作为"完整的人类行为"的性格。与此同时,他还指出:"我有关绘画的论述,完全可以适用于文学。就是说,描写对文学的侵犯与风景画对于绘画的侵犯几乎是同时进行,采取同一方向,产生了同样结果的。"(Degas, Danse, Dessin)

但是,风景或者描写的侵犯,并非单纯只是在对象方面发生的事态,它还与主观一方发生的事态密切相关。例如瓦莱里认为,正是在作为"完整的人性"而被理想化了的达·芬奇作品中,可以发现"风景画"得以渗透的萌芽。荷兰精神病理学家梵·丹尼·伯杰(Van Den Berg)指出,在西欧最初把风景作为风景来描写的作品乃是"蒙娜丽莎"。在对此做出说明之前,他举路德的《论基督教徒的自由》(1520年)为例,认为其中存在着只承认对一切外在性物质的拒绝而仅凭上帝的话语生存的"内在的人"。达·芬奇正好死于路德说这番话的前一年。正如里尔克(Rilke)所暗示的那样,蒙娜丽莎的神秘微笑里封存着内在的自我,但这个自我并非来自所谓新教,而正是由新教使其显在化的。梵·丹尼·伯杰说,路德的草稿与蒙娜丽莎在本质上是一样的,进而又指出:

同时，蒙娜丽莎又不可避免地属于被风景异化了的最初的人物（在绘画上）。她背后的风景如此有名，是当然的。此乃作为风景而被描写的最初的风景，即纯粹的风景，而非仅仅是人之行为的单纯背景。这种风景是中世纪的人们不曾知道的自给自足的外在自然，其中人性的要素在原则上被消除了。这是通过人的眼睛看到的最为奇妙的风景。（Jan Hendrick Van Den Berg. *Changing Nature of Man: Introduction to a Historical Psychology*. W. W. Norton & Co. Inc.1983）

从这个意义上讲，达·芬奇才是发现"风景"的第一人。不过，瓦莱里有关达·芬奇的论述并没有错。就是说，他一方面在描写风景，同时也在拒绝风景的渗透。从别的角度来说，意味着他在接受透视图法的同时并没有将其视为决定性的东西。根据冈崎乾二郎的说法，文艺复兴时期的画家们所要处理的并非透视图法本身，而是在设定透视图法这一假说时所产生的种种视角该如何解决的问题。在此，达·芬奇创造出了空气透视法、蛇形曲线和晕涂法（sfumoto）等各种技法。[9]

风景画的渗透，正始于忘记其起源的时刻。例如，在欧洲主要是于浪漫派那里发生了"风景的发现"这一事态的全面展开。卢梭的《忏悔录》描写了自己在1728年与阿尔卑斯大自然合一的体验。此前的阿尔卑斯不过是令人讨厌的障碍物，可如今人们为了观赏卢梭所看到的大自然而开始纷纷来到瑞士。Alpinist（登山家），正可谓诞生于"文学"。志贺重昂在《日本风景论》中极力赞美"日本的阿尔卑斯"，却忽视了这"日本的阿尔卑斯"不仅源自卢梭，而且事实上是由外国人发现的。他试图努力振兴"登山的风气",但一如柳田国男所言,如果没有对从前由禁忌和价值所区别的实质空间的变形及均质化,那么登山是不可想象的。

总之,浪漫派或者反浪漫派的"风景之发现",正源自埃德蒙·伯克(Edmond Burke)区别于美而称其为崇高的这种态度的出现。如果说美是从名胜古迹中寻找快乐的态度,那么崇高则是在以往感到威压恐怖的不愉快之大自然对象中谋求快乐的态度。这样,人们得以在阿尔卑斯山、尼亚加拉瀑布、亚利桑那峡谷、北海道原始森林等地方发现作为崇高的风景。明显地,这里存在着某种颠倒。

关于这个问题,康德批判地继承了埃德蒙·伯克的思考而认为,美基于感觉和对事物"合目的性"的发现,崇高则产生于给人威压使其感觉畏惧和无能为力的对象。然而康德也指出,崇高在于我们内在的理性之无限性得到了确认。正因此,感觉上虽不愉快,但可以获得与此不同的另一种巨大的快乐。

> 所以崇高不存在于自然界的任何物内,而是内在于我们的心里,当我们能够自觉到我们是超越着内心的自然和外面的自然——当它影响我们时。一切在我们内里引起这类感情的(激动起我们的自然力量的威力属于这一类),因此唤做崇高(尽管不是原本的意义里)。并且只有在那前提下,即那观念在我们内里和在对这观念的关联中,我们能够达到那对象的崇高性的观念,这就是:那对象不单是由于它在自然所表示的威力激动我们深心的崇敬,而且更多地是由于我们内部具有机能,无畏惧地去评判它,把我们的规定使命作为对它超越着来思维。(此处采用宗白

华的译文,《判断力批判》中文版上卷第104页,商务印书馆,1964)

但是,康德的观点其重要性在于指出了这样一种颠倒,即崇高虽然植根于主观(理性)的无限性,却是在对象物的身上被发现的。我曾指出,风景排除了实际的对象(美的),而且是通过对此漠不关心的"内在的人"而发现的。国木田独步所显示的,正是这样一种颠倒。不过,真正重要的颠倒在于,当认为崇高在于对象一方的时候才产生崇高感。换言之,人们忘记了此乃不愉快的对象,而开始觉得这本身就是美。于是,人们描写这样的风景,并称其为写实主义。然而,这原本产生于浪漫派的颠倒之中。

5

俄国形式主义理论家什克洛夫斯基(Shklovsky)说,写实主义的本质在于非亲和化,即为了使眼睛熟悉某种事物而让你看没有看到过的东西。因此,写实主义没有一定的方法。这正是不断地把亲和性的东西非亲和化的过程。在这个意义上,所谓反写实主义的,如卡夫卡的作品亦属于写实主义。写实主义并非仅仅描写风景,还要时时创造出风景,要使此前作为事实存在着的但谁也没有看到的风景得以存在。也因此,写实主义者永远是"内在的人"。明治二十六年(1893年),北村透谷这样写道:

……写实主义毕竟应予肯定,只是所谓写实者各自的关注点大有不同。既有只专注于描写人类丑恶部分的,亦有执意进行病态心理解剖的，这些偏颇之弊逐渐加重则不利于人生，亦于宇宙之进步无益。我等不该厌弃写实主义，然出于卑俗目的的写实，不能说为好。写实若不置满腔热情于根底，则难免为为写实而写实之弊。(《热情》)

北村透谷于写实之根底上所看到的"热情"意味着什么，已是非常明白了。就是说，在他所谓的"思想世界"即内在自我获得优势地位的情况下，写实才能成为可能。这正是坪内逍遥所缺乏的。这样，把浪漫派与写实主义在功能上对立起来便没有意义了。如果仅注意其对立，我们便会看不清楚派生出对立的那一事态。夏目漱石则欲将此视为两个要素，加以"平均"地看待。不必说，这种形式主义者的视角并没有将此种对立看作历史性的产物。至少，在漱石那里不想以通常的文学史视角来思考这种对立。

中村光夫说："我国的自然主义文学具有浪漫的性格，自然主义者发挥了外国文学中浪漫派所发挥的作用。"(《明治文学史》) 不过，讨论国木田独步这样的作家是浪漫主义还是自然主义，那将是愚蠢的。他的两重性只是清楚地显示了浪漫主义与写实主义的内在联系而已。如果仅以西方的"文学史"为标准观之，则在短时间内接受了西方文学影响的日本明治时期的文学，只能显出混乱的状态。然而，这里有打开在西方长期直线发展过程中所隐藏着的颠倒、抑或西方固有的颠倒性之门的钥匙。

如前所述，如果聚焦于对象的方面则现代文学将是写实主义的，聚焦于主观方面则成为浪漫主义的。所以，有的时候人们从写实主义来看现代文学，有的时候则从浪漫主义的视角观之。例如，哈罗德·布鲁姆（Harold Bloom）说，我们身处浪漫派之中，要否定浪漫派本身正是浪漫派式的行为。T. S. 艾略特、萨特、列维－斯特劳斯等也属于浪漫派。反浪漫派的正是属于浪漫派的一些人，这只要看华兹华斯《序曲》、哲学上与此相当的黑格尔《精神现象学》即可明白。在他们那里，表现了从浪漫派式的主观精神走向客观精神的"意识的经验"或者"成熟"。就是说，我们依然处于反浪漫派的本身又是浪漫派的这样一种"浪漫派的两难境地"。而将此称为"写实主义的两难境地"，也没有什么关系。因为写实主义是不断地非亲和化的运动，反写实主义正是写实主义的一个环节。如果要克服这种矛盾背反的状况，我们就需要脱离开狭义的浪漫主义和写实主义概念，而追溯其派生出浪漫和写实的根源。

比如在《难忘的人们》中，从前看似重要的人被忘记，无关紧要的人却成为"难忘的"了。这与风景画中的背景取代了宗教的、历史的主题是一样的。值得注意的是，这时看似平凡而无关紧要的人与事作为意味深远的东西而被我们所看到。浪漫派诗人同时也是民俗学创始者的柳田国男，到了昭和时代开始提出的"常民"命名，正是经过了上述价值颠倒而看得到的风景。同时也因为如此，柳田不得不排除掉当初所使用的平民、农民等指涉具体性对象的概念语词。

正如中村光夫所指出的那样，在柳田国男这一变化中有类似于国木田独步的颠倒。"在他（柳田）立志于民俗学研究的动机中，感到了书写'凡人之传'的诗意，我感到这和做出如下惊呼的国木田独步有其共通之处：'坐落在这河边的茅屋，其一家的历史是怎样的？那老人的传记如何？老人那里的一块石头难道不能成为人情的纪念吗？……我要在此记下自然、人和神留下的记录'。"（《明治文学史》）为了使民俗学得以诞生，必须有其对象存在。而这个作为对象的常民就是如此被发现的。在柳田国男那里，风景论和民俗学总是联系在一起，其原因也正在于此。柳田的风景论当另做别论，这里值得注意的是，对他说来，"民"在作为"风景"的"民"出现之前，乃是作为儒教的"经世济民"的"民"而存在的。这种二重性给柳田的思想带来了两义性。柳田与森鸥外一样，他们是文学家，同时也是明治国家的官僚。

毋宁说是昭和时期的小林秀雄，发现了作为纯粹"风景"的大众、平凡的生活者。毋庸置疑，马克思主义者所说的无产阶级也是一个"风景"。此乃与现实中的劳动者不同，或者正是在排除了实际劳动者之处所发现的一个观念。而与此相对，小林秀雄认为不被观念和意识形态所欺骗的、难以对付的生活者形象，即使是反浪漫的，也还是浪漫派式的风景。如果无产阶级并非实有，那么这样的大众也就不存在。在这一点上，吉本隆明所谓"大众的原像"也是一样，这乃是作为"像"而存在的。

小林秀雄的批评全面显示了"浪漫派的两难境地"。对他来说，"时代意识比起自我意识来，既不太大也不太小"（《各种各样的匠心》）。换句话说，我们称之为"现实"的已经成了内在化的风景，也即是"自我意识"。可以说小林秀雄不断反复强调的并非"客观之物"，而是达到"客观"这一行动，即"粉碎自我意识之球体"的行动本身。不过，他比谁都知道这事情的不可能性。比如，他的《近代绘画》既是风景画论，同时也是欲摆脱"透视法"而进行的没有完结的认识方式的格斗。然而，不仅是小林秀雄，《现代绘画》中的画家们亦没能走出"风景"，就连他们对日本浮世绘及非洲原始艺术的注目也是在"风景"的架构之下进行的。谁也无法说自己从那里走出来了。在这里，我想做的不是从风景这一球体走出来，而是阐明这个"球体"本身的起源。

第二章　内面的发现

1

中村光夫说："如果以明治时代第一个十年为疾风骤起、怒涛澎湃的时期，那么第二个十年则是统制与安定的时期。"对于明治以后成长起来的人们来说，这种秩序已非常坚固，或者感到维新后的可塑性已经成了凝固性的东西。关于明治第一个十年的自由民权运动，中村光夫这样叙述道：

> 总之，这个运动乃是维新这一重大改革的逻辑发展结果，因为这里寄托了由这场社会革命而被唤醒的民众之远大希望。通过这一运动，以前属于士族专有的维新精神终于渗透到了民众之中，故其挫折作为引起所有革命的要素包含于运动之中，而成了运动中途被篡改的理想主义的破灭。士族的穷困潦倒成为一大社会问题是在明治初年，这时他们中间出现了得意的少数者和陷入失意境地的多数者，而政治和文化的支配权仍然毫无问题地掌握在士族的手里。经过西南战争，到了明治十七、十八年左右，士族

本身作为一个阶级开始走向没落的倾向才渐渐清晰起来,故在学生中平民子女的人数亦开始增多,明治社会乃是由武士出身者建立起来的町人国家这一形象终于明显化了。

这里不久就出现了实利和出人头地主义支配下的军国主义国家,对此自由民权的幻想成为接受了维新风气的青年不惜牺牲生命而坚信的最后理想,这一幻想消失之后,以不易消去的形式留下精神的空白,稍后这个精神空白终于找到了与政治小说完全不同的表现方式。(《明治文学史》)

这种情况在某种意义上大概也适于说明夏目漱石。与正冈子规、二叶亭四迷、北村透谷、西田几多郎等同时代人相同,在致力于艰苦的实践之际,漱石则走上了自称的"洋学队队长"的道路,而且又有着总是想从其中逃出来的冲动。他所能做的就是在自己已经选择了的"英国文学"中对此做出一个了结,这只能是个"理论性的"了结。不过,作为小说家的漱石好像很固执于这一时期的"选择"和"落后"的问题。由此观之,则可以说他"举其一生所学而未必后悔"的"汉文学"正反映了现代诸种制度确立以前的时代气氛。而所言"仿佛有被英国文学所欺"之感,可以说只能是对应着已经确立起来的制度其欺瞒性而言的。

显然,明治二十年代的"内面性"正源自这种政治上的挫折。实际上,从这样的角度加以研究和批评的也的确汗牛充栋[1]。他们以毫无疑问的口气论及文学依靠这种内面性而与制度如何相抗衡。但是,我在此特意避开这样的观点视角,是想说"内面性"只有在某种装置(制度)中才能得以产生。

如果不追问这种制度本身，那么只能没有效果地重复着"从政治性挫折走向内面即文学"这样一种套路。明治二十年代之所以重要，不仅是因为此时建立起了宪法、议会那样的制度，而且还在于看上去并非制度的制度——内面与风景也已然确立起来了。

处理现代文学的文学史家们觉得，"现代的自我"好像只是在头脑里建立起来的。然而，自我或内面性得以存在，是需要别的条件的。例如，弗洛伊德和尼采一样，他们都持"意识"并非一开始就存在，而是经由"内面化"的派生物这一观察视角。弗洛伊德认为，从前没有内面也没有外界，在外界是内部的投射的情况下蒙受外伤的利比多内向化时，内面作为内面，外界作为外界才开始出现。不过他又补充说："抽象的思考语言被创造出来之后，语言表象的感觉残留物才与内在的现象结合起来，由此，内在的现象本身渐渐被感知到了。"(《图腾与禁忌》，《弗洛伊德全集》第3卷，人文书院）

模仿弗洛伊德式的说法，可以说当被引向政治小说及自由民权运动的利比多失掉其对象而内向化了的时候，"内面"和"风景"便出现了。不过重要的是下面这样一种思考，"内部"（进而作为外界的外部）的存在始于"抽象的思考语言被创造出来之后"。那么，在我们的思考理路下"抽象的思考语言"意味着什么呢？大概可以说是"言文一致"吧。言文一致乃是明治二十年前后现代诸种制度的确立在语言层面的表现。毋庸置疑，言文一致既不是言从于文，也不是文从于言，而是新的言＝文之创造。

最初的言文一致之尝试，始于公布宪法开设议会的明治二十年代初期。其有名的例子，是二叶亭四迷的《浮云》（明治二十年至二十二年）。然而，这种作品在当时根本没有什么影响，二叶亭自己也停止了创作。他的"言文一致"尝试真正具有影响力，是通过翻译尤其是翻译了屠格涅夫之后。正像森鸥外、北村透谷那样，这一时期的"内向的"作家们走向了文言体，"言文一致"运动本身也立刻出现了颓势。到了再次兴起的时候，已是国木田独步写作《武藏野》的时期，即明治二十年代末了。而影响了独步的并非《浮云》，而是屠格涅夫《猎人笔记》的译本。

对国木田独步来说，所谓内面乃是言（声音），表现则是其声音的外化。这时"自我表现"这一思考才开始得以出现。我们对于这之前的文学是不能作为"自我表现"的东西来论述的。"自我表现"通过言＝文的一致才有可能存在。然而，国木田独步没能感受到二叶亭四迷那样的痛苦，是因为对他来说并没有意识到"言文一致"就是一种制度。在此，"内面"本身的制度性、历史性已被忘记。不用说，我们也仍处在这个基础之上，为了弄清楚将我们封闭在内里的是什么，我们必须追究它的起源，关键在于要进一步探讨"语言"刚一露头又被隐蔽起来的这个时期。

2

言文一致运动，原本是坪内逍遥那样的小说家旨在"小说改良"而进行的尝试。江户时代的小说已经有了会话部分的口语（言）和叙述部分的文言（文）之分，而试图将后者也改成口语（言）则为言文一致。当然，这里所说的言文一致毋宁说是口语之全新的"文"之创出。从这样的背景观之，言文一致仿佛属于小说领域的事情，但即使不称其为言文一致，实际上是在各方面都有向这个方向发展的企图存在。不这样看的话，就难以理解言文一致的问题所在。反之，只有这样观之，才能够了解小说上的言文一致所包含的问题之特殊性。

一般认为，言文一致运动始于幕府末期前岛密提出《汉字御废止之义》（庆应二年）的进言。不用说，这与小说领域的言文一致没有关系，也不曾产生任何影响。但是，在思考言文一致的本质之际，这个进言十分重要。前岛密为幕府开成所通译（开成所乃江户幕府所设教授荷英法德俄语等西学的学校。——译注），据说他提出这个进言是由于长崎游学途中结识的美国传教士的建议，该传教士认为"难解多谬的汉字"不利于教育。

> 国家宗旨在国民之教育，其教育当不论士民之别而普及于全国民也。予普及之则当尽其可能用简易之文字文章。知其文字方得知其事理，故深邃高远之百科学问亦当避其晦涩迂远之教授法，一切学问在于理解领悟其事理也。

这一最早的进言非常鲜明地显示了言文一致运动的性格。第一，一般认为言文一致是为建立现代国家所不可或缺的事项，事实上也正如此。这个进言当初虽未得到重视，然而到了明治十十年代后期开始准备建立现代国家的诸种制度时，却成为重大问题被提到日程上来。"日语假名学会"（明治十六年七月）、"罗马字学会"（明治十八年一月）的成立，正是在所谓鹿鸣馆（明治时代官设社交场所，1883年建于东京，被视为欧化主义时代的象征。——译注）时代。这一时期出现了"戏剧改良""诗歌改良"，还有接踵而来的"小说改良"。不过，可以说在广义上这些都包含在"言文一致"运动中。

第二，前岛密的进言其深远意义在于，与一般所想象的言文一致不同，这个进言是以"汉字御废止"为主旨的。它明确标示了言文一致运动，其根本在于文字改革和对汉字的否定。前岛密有关言文一致的议论，只有下面这一项条陈：

> 钦定国文创制文典，并无必仿古文而用"ハベル""ケル""カナ"之理，使用今日普通之"ツカマツル""ゴザル"，而置一定之法则即可。语言随时代而转变，此乃内外皆然之理。而口舌为谈话，笔书则成文章，吾辈当勿使口语笔记之两事相乖离也。

如果仅以此作为言文一致的思想主旨，恐怕会看不到这场运动的本质。其实，重要的是文字改革，而上述意见不过是派生性的论述。本来，口语与书面语是不同的，这只是因为"说话"和"书写"是性质不同的行为。因此，两者相互一致的语言乃是不可能有的事。我们也不能说日语在这方面有什么特别之处。如前岛密所言，问题在于文字表记。

"言文一致"运动主要始于有关"文字"的新观念。引起幕府通译前岛密关注的是声音性的文字所具有的经济性、直接性和民主性。他感到西欧的优势在于声音性的文字，因此认为实现日语的声音文字化乃是紧迫的课题。一般认为声音性文字是对声音的书写记号。然而实际上，索绪尔在考虑语言问题时，是把文字作为次要的问题而排除在考虑之外的[2]。我们从《汉字御废止》的进言所能清楚看到的，是文字必须服务于声音这一思考。这必然会把注意力转向口语。这样一来，实际上要保留还是废除汉字其实是一回事。因为汉字也被认为是服务于声音的，故选用汉字还是选用假名只是选择的问题而已。

　　重要的在于，这个进言从根本上否定了"文"（汉字）的优越地位。所谓"文"的优越地位，可以从各种语境来思考。初看起来仿佛是没有关系的不同领域所发生的变化，但实际上都可以视为广义上"言文一致"的展开。例如，这同时也发生在戏剧领域。在观察明治文学史时，如果不偏重于小说，我们就会感到"戏剧改良"才是最为重要的事件。

　　在称为鹿鸣馆时代的欧化主义全盛期，伊藤博文和井上馨等为发起人于明治十九年（1886年）组织了戏剧改良会。在文学艺术领域里，值得注意的是，"戏剧改良"乃在明治政府的后援之下得以推进的。这种后援是不可缺少的，正如前岛密所谓"言文一致"对日本现代制度的确立不可或缺一样。坪内逍遥的"演剧改良"直接联系着"小说改良"或言文一致运动。中村光夫说，"改良会的实际工作几乎没有什么值得注目的成就，不久便销声匿迹了。在我国这样的社会里要通过改良来提高艺术的社会地位，这种趋向不仅对戏剧而且对明治时期其他艺术部门的勃兴都产生了巨大的推动作用，坪内逍遥的小说革新正是乘此大的时代潮流，而赋予了其内容的"（《明治文学史》）。

　　不过，"戏剧改良"早在露骨地走上欧化主义道路之前的明治第一个十年就开始了。承担此改革之任的是新富座（能乐等戏剧剧团名称。——译注）的演员市川团十郎，及座付（剧团专职人员。——译注）的作者河竹默阿弥。

　　　　市川团十郎当时被嘲讽为不入流的演员，因为他的演技太新潮了。他抛弃古典夸张的科白，活用日常会话的形式，比起大幅度转动身体之艳丽演技，他更苦心于摸索把神情印象传达给观众的表现手法。这正与守田勘弥策划的演剧改良相一致。明治时代的新知识阶级群体渐渐习惯了市川团十郎这种写实性的且具有现实人之魄力的演技，最终承认了他为当代首屈一指的演员。（伊藤整《日本文坛史1》第1卷，讲谈社）

市川团十郎的演技是"写实的"，即"言文一致"的。本来歌舞伎源于人形净琉璃（说唱木偶戏。——译注），后来代替人形而使用人即演员来演出的。所谓"古典夸张的科白""大幅度转动身体之艳丽演技"，乃是为了于舞台上把人即演员非人化、"人形"化所不可缺少的。歌舞伎演员以厚重化装所勾脸谱乃是"假面"。可以说由市川团十郎所创出，后来经话剧确定下来的，正是这个非脸谱化的所谓"素颜"。

但是，对从前的人们来说，正是这个化了妆的脸谱才有其真实感。换言之，作为"概念"的脸谱才能给人以官能的感觉。这与作为"概念"的风景才是充足的，道理同然。因此，"风景的发现"即是作为"素颜"的风景之发现，上面有关风景的论述也可以适用于戏剧。

关于素颜和化妆、文身的关系，列维－斯特劳斯这样认为："正如已经看到的那样，在土著的思想中装饰即脸面，毋宁说是装饰创造了脸面。使脸面具有了社会性、人的尊严及其精神性意义的，正是装饰。"（《结构人类学》，美玲书房）脸面本来作为一种形象，乃是如"汉字"那样的一种存在。作为脸面的脸和"作为风景的风景"（梵·丹尼·伯杰）一样，只有在某种颠倒中才能看得见。

正如风景从前就存在一样，素颜本来就存在的。但是，这个素颜单纯作为自然的存在而成为可视的并不在于视觉。为此，需要把作为概念（所指）的风景和脸面处于优越位置的"场"颠倒过来。只有这个时候，素颜和作为素颜的风景才能成为"能指"。以前被视为无意义的东西，才能见出深远的意义。这正是我所谓"风景的发现"。

伊藤整说市川团十郎"苦心摸索把神情印象传达给观众的表现手法"，而实际上是无所不在的（写实性的）素颜作为具有意义的某种东西出现了，"内面"正是这个某种东西。"内面"并不是从一开始就存在着的。它不过是在符号论式的装置之颠倒中，最终才出现的。可是，"内面"一旦出现，素颜恐怕就要成为"表现"这个"内面"的东西了。演技的意义在这里被反转过来，市川团十郎当初被称为不入流的演员具有象征意义。这与二叶亭四迷"写不好文章"而开始了言文一致体的写作，有相似之处。

从前的观众在演员的"人形"式的身体姿态中，在"假面"化的脸面上，换句话说在作为形象的脸面里感受到了活生生的意义。可是，现在则必须于无所不在的身影姿态和面孔的"背后"寻找其所指。市川团十郎们的"改良"决不是彻底的改革，却取得了足以促使不久之后坪内逍遥"小说改良"计划出现的实际成就。

很显然，这种戏剧改良的本质与"言文一致"相同。我说过"言文一致"的本质在于文字改革，在于"汉字御废止"。文字并非来源于声音。文字原本与声音是不同的存在。大脑中有文字中枢，这意味着人类自诞生以来就拥有文字能力。正如勒儒瓦·高汉所说，并不是由绘画产生了文字，而是由表意文字产生了绘画。使人们看不到这种文字的根源性或者德里达所谓原书写的，在于将文字视为声音之表现的语音中心主义这样的思考方式。

在汉字上，形象直接构成意义，这和作为形象的脸面直接构成意义是相同的。可是，到了表音主义出现之后，则认为即使带着汉字，这汉字也只能从属于声音。同样，现在"脸面"作为所谓的素颜变成了一种声音性的文字。这使得应该摹写（表现）的内在声音＝意义得以存在。作为"言文一致"的表音主义是与"写实""内面"的发现等，在根源上相互关联的。

3

不过值得注意的是，前岛密首先把"ツカマツル""ゴザル"等语尾视为问题。从一开始"言文一致"便仿佛像是一个语尾问题似的，这是由日语的性质而产生的必然结果。日语总是到了语尾才显示说话者和听话者的"关系"，因此，没有主语也知道说的是谁的事情。这不仅仅是语言的敬语问题。正如时枝诚记所说，日语本质上乃"敬语性"的语言。前岛密建议使用"ツカマツル""ゴザル"等，是与武士身份及其"关系"问题分不开的。

一方面，二叶亭四迷这样回忆说：

> 要说对言文一致的意见，我还没有什么了不起的研究，咱们就说说悔过的话吧，也就是老实地讲讲我自己当初写言文一致的文章之由来——凄惨得很，实在是一个写不出好文章的前后经过。

不知是多少年前，总之是很早很早以前的事儿了。我想试试写一篇什么，可本来就愚钝而根本不懂那文章的写法。于是就到坪内先生那里去拜访，询问怎么办好。先生说，你知道元朝（三笑亭元朝，落语家。——译注）的落语吧，就按元朝落语的样儿写如何？

好，我就按先生讲的做了。不用说自己是东京人，用的是东京土话。写出来的乃是一篇东京方言味的作品。我及早带了这作品去先生那儿，先生认真地过了目，忽的一拍大腿说道：好，就这么着，什么也无须改动。

我觉得不太是滋味，可先生说好，咱又没生气的道理，心里当然也有点儿喜滋滋的。总之，模仿元朝落语的样儿自然成了言文一致体，可这儿还有个问题。就是用"私が……でございます"的调子，还是用"俺はいやだ"的调子。坪内先生的说法是没有敬语为好。我自己还有点不服，不过先生都说了，也就先照此做了。这就是自己开始写言文一致体的缘起。

不久，山田美妙的言文一致体发表了。一看，是"私は……です"的敬语调，和自己不是一派。我是"だ"主义，山田君则是"です"主义。后来听说山田君一开始也试着用过"だ"调，可怎么也弄不好，最后选定了"です"调。就是说，我们的做法刚好相反。（《我之言文一致体的由来》）

二叶亭四迷虽然尝试用了"不带敬语"的"だ调"，但是"だ"还是一种表示与对方某种关系的用法，因此，依然是广义上的"敬语"。我们于口语上使用"だ"时，往往是在同等以及下属关系的情况下。无论是"です"还是"だ",其实是一样的,并非超越了关系的中性表现。而"だ"调之所以成为支配性的语体,则是因为我们觉得"だ"调好像接近所谓"不带敬语"的状态。二叶亭四迷说自己与山田美妙的"做法完全相反",是因为即使采用口语,二叶亭四迷也试图将此往书面语方面抽象化。换言之,二叶亭四迷懂得什么是"文"。[3]

言文一致乃是新的文言的创造,而事实上却归结为"语尾"问题了。然而,语尾之所以重要,在于其在日语中直接联系着主语问题。例如,没有直接标示出人称的《源氏物语》那样的文章,主语是谁依然明确,因为在语尾表示出来了关系。这一点,在江户时代的文学中也没有很大的变化。不过,若将语尾统一于"だ"就需要作为主语的人称了。为此,"彼"特别是"彼女"这些不常见的人称开始频繁使用起来。关于"私"也是如此。这个所谓"私"与"余"或"吾辈"等表现不同,开始意指中立于他者关系中的"自我"。

进而,二叶亭四迷所致力的言文一致,其重要性在于使用了作为标示过去的语尾词"た"。言文一致以前的文言中,有大量标示过去的助动词。据说,这个"た"是由"たり"派生而来的。据大野晋的研究,这是由"たり取代了キ和ケリ的功能"而产生的结果。"キ"乃是表示"自己对过去确有记忆"时使用的助动词,相反"ケリ"则是表示"曾经是不了解的过去如今已经十分清楚"的助动词。(大野晋《关于日语的文法》,岩波新书)而野口武彦则注意到多种语尾词统一于"た"在故事叙述上的意义(《小说之日语》,见《日语的世界》第13卷,中央公论社)。例如,"青男ありけり"意思是"小青年好像在那儿"。"けり"这一语尾词,表示此乃虚构。可是,语尾词在口语中只有"た"。如后所述，这对小说中的言文一致构成了巨大的障碍。

例如，在二叶亭四迷和山田美妙尝试言文一致的时候，森鸥外则用拟古体写作了《舞姬》(明治二十三年)。而由于后者博得好评，小说方面的言文一致尝试便中断了。因此，一般把明治二十三年（1890年）至二十七年（1894年）视为言文一致运动的停滞期。[4] 不过，若从现代小说方面观之，这也并非什么大事。比如，夏目漱石就说："今天言文一致得以广泛实行，句子的结尾用了'である'或'のだ'，所以得以言文一致。而若拿掉'である'或'のだ'的话，则很多文章可以成为漂亮的雅文的。"(《摹写自然的文章》，明治三十九年) 反过来讲，看上去仿佛"雅文"的，若改语尾为"のだ""のである"的话，也可能变成漂亮的言文一致体。在此，让我们先来比较一下用言文一致体写就的《浮云》和用雅文写作的《舞姬》两者的开头部分吧。

或る日の夕暮なりしが、余は獣宛を漫歩して、ウンテル、デン、リンデンを過ぎ、我がモンビシュウ街の喬居に帰らんと、クロステル港の古寺の前に来ぬ。余は彼の灯火の海を渡り来て、この狭く薄暗き港に入り、楼上の木欄に干したる敷布、襦袢などまだ取り入れぬ人家、頬鬚長き猶太教徒の翁が戸前に佇みたる居酒屋、一つの梯は直ちに楼に達し、他の梯は窖住まひの鍛冶が家に通じたる貸家などに向ひて、凹字の形に引き籠みて立てられたる、此三百年前の遺跡を望む毎に、心の恍惚となりて暫し佇みしこと幾度なるを知らず。(《舞姬》)

（意译：某日黄昏，我漫步兽苑，途径温德尔、登莱、林登等街欲返回梦庇希街的侨居寓所，不期来到克罗斯迪尔港的古寺前。我由灯火之彼岸渡海而来，入此狭长薄暗之港，楼上栏杆挂着抹布、内衣的住户人家，门前胡须修长的犹太教徒坐着休憩的酒店，楼梯直达高楼顶层，另外的梯子则伸展到地下室通往下面的住家，我面对此种风景，每眺望那围在凹字形中三百年前的遗迹，常停下脚步心神恍惚。）

千早振る神無月も最早跡二日の余波となツた廿八日の午後三時頃に、神田見付の内より、塗渡る蟻、散る蜘蛛の子とうようとうようぞよぞよ沸出で来るのは、孰れも頤を気にし給ふ方々。しかし熟々見て篤と点検すると、是れにも種々種類のあるもので、まづ髭から書き立てれば、口髭、頬髭、顎の髭、暴に興起した拿破崙髭に、狆の口めいた比斯馬克髭、そのほか矮鶏髭、貉髭、ありやなしやの幻の髭と、濃くも淡くもいろいろに生分る。……（《浮云》）

（意译：离千早振神无月［神氏名］只剩下两日的28日午后三时顷，从神田见付街内涌动出来的过街蚂蚁的蜘蛛仔，都是很讲究下巴胡须的。不过，仔细检点你会发现它们的下巴各种各样，若从胡须说起则有口髭、頬髭、颚髭、突起之拿破仑髭和巴儿狗嘴似的比斯马克髭，还有短腿鸡髭、貂髭、似有似无之髭，各自生得浓淡不一。）

《舞姬》虽为雅文，然而其骨架乃是彻底的翻译文体。至于《浮云》，则大半以人情本和马琴文体写成。当然第二编中的文体又变过来了,但据说此刻二叶亭四迷是首先用俄语写就,再译成日语口语的。也就是那时候,他放弃了《浮云》的写作,之后二十多年没有创作小说。二叶亭并非放弃了对书写语的创造,写作虽然中断了,但之后在屠格涅夫的翻译方面依然继续尝试着"言文一致"。如后所述,国木田独步所受影响,就来自《猎人笔记》等的翻译,而非《浮云》。

对两者加以比较我们会注意到,《舞姬》虽为雅文却是"写实的",《浮云》列举各类胡须但并非"写实"。这种差异,若以绘画来类推则可以说《舞姬》中有几何学式的透视法,而《浮云》则没有。这在小说上,与叙事 narration 的问题有关。正像《浮云》以下这一段那样,叙述者是明显存在的。

> 不要胡扯。
> 高个子男人皮笑肉不笑地轻轻招招手,就离开而一个人朝着小川町方向去了。随着脸上的笑容渐渐消失脚步也缓慢下来,最终像虫子一样悄然垂下脑袋,穿过两三条街道忽然停住脚步四顾,愕然回头走了两三步,拐进后街角上第三栋格子门的两层楼人家,进去探个究竟。(《浮云》)

"进去探个究竟"一句,明显是滑稽本的腔调。对此,野口武彦是这样评论的:

> 与后来的读本比较,一般来说滑稽本是"写实型"的,但未必就是近代写实主义的先锋。实际上,也不可能是。在此,占统治地位的是仿佛透过扭曲的镜子那样夸张性的经过主观性而实现的对于对象的呈现。这种主观性,

不能不将作品中的人物矮小化、滑稽化、戏耍化。他们只是供人玩笑才出现在作品中的世界里。这里所再现的对话和"叙述"虽然仿佛被赋予了口语性，但这里到处深潜着与此种主观性一体化的第一人称叙述法。如果我们愿意，可以将其称为在量和质上极度加以掐头去尾的第一人称性。概而言之，现代以前的日本文学都在这个屈伸自由的第一人称范围之内。如果是这样，那么为什么受到西欧文学强烈影响的二叶亭要以江户戏作文学中靠近滑稽本的类型为样本呢？因为不管愿意与否，只要是追求现代写实主义，就必须尊重文章的口语性，而眼下身边所有的也就是这种类型了。为此，也就不能不背负着与江户时代口语化小说叙述法密切结合在一起的将对象滑稽化的功能，而且这还与《浮云》前半部分的社会讽刺之动机要素微妙地交错在一起。(《近代小说的话语空间》，福武书店)

但是到了第二编，这样的"作者"(叙述者)就消失了。"第一编完全是从外部来观察主人公的作者，到了第二编第三编里则渐渐消除了作为有形之叙述者的身影，而深深切入到主人公的内心。"在此，与"第三人称客观描写"相近的东西才得以实现。《浮云》被称为日本最早的现代小说，原因也正在于此。然而，二叶亭四迷并不喜欢这样。于是，他放弃了继续写作，而且在晚年创作《平凡》的时候，他采取的正是将"叙述者"推向前台而导致"对象滑稽化"的戏作式的叙述方法。可以说，他反对的是如《破戒》所确立起来的下面这种叙述法。

    丑松急忙回到宿舍。领了月薪就感到有了精气神。昨天没进浴场洗澡也没买烟,只想着如何早点儿到莲花寺去,就这样度过了暗淡的一天。实际上,身无分文谁能有嬉笑的心情呢。全数交了房租,准备好车来了就可以出门,而当点上一支烟的时候,感到了难以言表的快乐。(《破戒》)

这是"第三人称客观"叙述。在此,不是叙述者潜入主人公的内部,而是通过主人公来观察世界。结果,读者忘记了这是叙述,即叙述者的存在。例如,"身无分文谁能有嬉笑的心情呢",乃是叙述者的想法。但这与主人公的心情是两回事,则并不显眼。为此,这里明明有叙述者存在着,却仿佛没有似的。所谓叙述者的中性化,正意味着叙述者与主人公这样一种暗暗的共谋关系。

但是我们不能认为,这种"第三人称客观"叙述法很容易就能实现。例如,即使熟读了西方小说,恐怕也难以用日语来这样做。因为,正如二叶亭四迷《浮云》第一编那样,这样一来叙述者会立刻出现。在18世纪的英国小说中,笛福的《鲁滨逊漂流记》是用第一人称写的。第一人称赋予了小说与以往的故事不同的"真实性"。如果使用第三人称,则会变成故事而失去写实性。但是,第三人称客观描写并不是通过第一人称一下子就能够实现的。作为从第一人称到第三人称客观描写的过渡阶段,曾有塞缪尔·理查逊的《帕米拉》那样交错着第一人称的书信体小说。而叙述者和主人公之暗默的共谋关系得以确立起来,则在那之后的19世纪[5]。

这样看来,森鸥外的《舞姬》用第一人称写就,可以说是不可避免的了。在那里,叙述者即主人公,换言之叙述者被消除了（中性化）。这当然不是"第三人称客观描写"，却是达到此目的的必经之路。另一方面，二叶亭四迷以传统的故事叙述法来写《浮云》，结果却未能将叙述者中性化。因此，从现代小说的意义上讲，比起《浮云》来，《舞姬》产生了更巨大的影响，则并非不可思议。在《舞姬》中，通过现在的"余"而回顾过去，这样的视角（透视法）已经确立起来了。于是，鸥外分别使用了多种表示过去的语尾词。可以说，正因此他得以回避了言文一致。就是说，因为俗语中只有"た"这样一种语尾词。

但是，通过俗语来实现这种透视法的应用，也并非不可能。重点在于，使从某一点出发来回顾过去的透视法变为可能的叙述法。[6]毋宁说，俗语中指示过去的语尾词只有"た"反而使连续的、时间均质化的透视法变得更为容易。而对此做出贡献的，实际上是二叶亭四迷的翻译。因此，当二十年后看到岛崎藤村毫不费力地使用着这样的叙述法，他大为震惊。然而，他同时也完全忘记了这种叙述法只是与几何学上的透视法一样的"作图"。另一方面，二叶亭并没有失去对这种叙述法，换言之对现代小说之根本前提的怀疑。

4

柳田国男在《纪行文集》（帝国文库版，昭和五年）中说，他编选了"自己少年时代以来不断阅读，今后有时间亦想再读的若干近世著名旅行家游记"，然后指出：

> 统称为游记，然而一方面是诗歌美文的排列，另一方面作为单纯的记述，不过是旅行者基于事实的自然记录罢

了，将这些笼统地综合起来实在要使读者的思绪变得纷乱。以纪贯之的《土佐日记》为始，古来行于世间的游记书毋宁说以前者的诗歌美文为多。后世新出现的观察风土之类的书籍往往被文学爱好者视为意想之外的低俗文字而摈弃之，同时，以为这种书籍不为世间所用，故甚而导致作者们苦心于无益的雕琢。

柳田国男讲的"风景的发现"，实际上乃游记"文"的变化。这暂时可以视为意味着从"诗歌美文的排列"，即从"文"的束缚中获得解放。

从这个意义上讲，把风景与名胜古迹分离开来，使国木田独步的《武藏野》（明治三十一年一月）显示了鲜明的特征。所谓名胜古迹正是笼罩着历史、文学意义（概念）的场所。在独步所发现的风景里，这样的历史被全部舍弃掉了。这在反映明治二十八年出征开拓北海道的经验之《空知川的岸边》（明治三十五年）一书中，表现得更为彻底。

> 在我国本土中亦有像中国那样的，在人口稠密的地方山野为人力所化为平地的风景，看惯了这种风景的我，即使是东北的原野亦使我感到有回归大自然的感动了，待看到北海道时，我的心情是怎样的跃动啊！札幌是北海道的东京，然而那满目的光景真使我着迷。

> 当感到林子黑暗下来时，从高高的树枝上飒飒地下起雨来。感到雨真的来了，可不久又停了，山林重归于寂静。我目不转睛地向林子深处望了片刻。

哪里有社会？哪里有人们骄傲地传咏着的"历史"啊？在这里，于此刻，我感到人不过是一个"生存"之物，寄付在大自然的一呼一吸中。俄国诗人曾静坐于森林中，感到死亡之影向自己逼来，实在是如此这般的感觉。诗人还说："即使到了人类最后一个人消失之时，那树叶之一片也不会为此而颤动。"

国木田独步这样的思考，并非单纯因为他站在北海道的原始森林前。因为，实际上他去的是因原住民阿依奴族而命名的地方。因此，他所站立的乃是激进的观念上的位置。由此观之，如马克思所说，我们所看到的"自然"已经是人化了的自然。亦如柳田国男所说，风景乃是"人类创造"出来的。这里的视野不是把"历史"视为政治性的或者人性的创造，而是通过"人类与自然的交涉"（柳田国男语）而发现的视野。一度被打上引号悬置起来的历史，得以恢复。但并非作为"名胜古迹"。例如，《武藏野》是这样描写的：

武藏野里绝没有秃山，有的是如大海波涛一样的高低起伏。由外面看去仿佛一片平原似的，其实毋宁说是高岗上时时凹进去形成浅浅的低谷更合适。低谷处大概是水田，而田地则在高岗上。高岗上树林与田地构成林林总总的区域。田地也即是原野，树林面积不出数里，田地一眼望去亦不很辽远，往往是一顷之地三面环林，农家则散见其间。也就是说，原野也好树林也好，只是杂然组合，你仿佛是进了林子可一转眼又走上了田地。这样的地势形态给武藏野带来了一种特色，这里有自然，这里有生活，与北海道大自然中的大原野大森林相异其趣。

国木田独步对武藏野做了地理性的划定，然后说："东京在我划定的武藏野范围中，但必须将此省略掉，因为我们从有着农商务省巍峨的官衙门、发生过铁管事件审判的蔬菜果品商店街那里是无法想象那昔日的面影的。"这意味着，东京这一政治性的历史不过是武藏野作为"人与自然之关系"历史的一部分而已。换言之，"风景的发现"也即是"历史的发现"。

国木田独步的新鲜之处在于如此这般的"切断"。然而，这是怎样发生的呢？我在前面论及独步的《难忘的人们》时，曾于此看到了对"风景"的发现。即，外在的对象通过内在的颠倒而得以发现的。不过，那时没能论述到的是，在那种主观—客观的根底里存在着一种新的象征性形式（语言形式）。实际上，它们是无法相互切断的。如今已经清楚的是，独步所获得的风景之发现不仅是通过内在的颠倒，而且还伴随着某种语言上的颠倒才发生的。

对此，国木田独步是这样说明的："我既没有受到德川时代文学的感化，也没有接受尾崎红叶和幸田露伴两氏的影响，而是以与以往文坛全然不同的构想、手法和作风开始了自己的文学创作，然而应该说必有其基本渊源的。我自问这个渊源是什么呢，便想到了华兹华斯。"（《不可思议的大自然》）然而，重要的不是"头脑"而是"手笔"。无论从西欧文学接受了怎样的影响，实际"写作"起来则又是另外一回事了。在《武藏野》中，作者引用的与其说是"俄国诗人"屠格涅夫，不如说是经由二叶亭四迷而被翻译过来的风景描写。

我要重申，国木田独步的风景发现，即对以往的风景之切断，乃是只有通过新的书写表现才成为可能的。《浮云》(明治二十年至二十二年) 与《舞姬》(明治二十三年) 相比明显不同的是，独步似已与"文"没有什么距离了，他习惯了新的"文"。这种习惯从另一个角度说，意味着他已经具有了能够"表现"的"内面"。在他那里，语言不是可以分为口语和书面语什么的，而是深深浸透到"内面"里的东西了。或者可以说正是这个时候，"内面"开始作为直接显现于眼前的东西而自立起来。同时，这之后使"内面"得以成为可能的历史和物质性的起源将被忘却。

比如，卢梭给了明治时期第一个十年的自由民权运动以决定性的影响。但是，卢梭的"影响"是什么呢？进而可以问卢梭是何人？例如，有着从对以往的旅行者不过是障碍物的阿尔卑斯山中发现了"风景"的卢梭，还有写了《忏悔录》的卢梭和作为政治思想家的卢梭。卢梭本身是一个充满矛盾的具有多重意义的存在。

斯塔罗宾斯基在《透明与障碍》中，对多重意义的卢梭文本给出了一个明确的视角。这个视角与"透明"相关。他认为，对卢梭来说只有自我意识才是透明的。换言之，只有直接的面前的东西才是透明的，此外都是从属的暧昧的不透明的。对这种不透明之物的愤怒，以及对（他所相信的）具有透明的直接性的原始人之赞美，构成了他的政治、文化论述。

另一方面，对于这种不透明性的攻击，当然首先对准了文字表现。文字表现是从属的，背叛了直接的透明性。而且对于卢梭来说，声音表现本身也不是重要的，重要的在于自己所听到的声音、内面的声音，只有这个声音才是透明的。这里"主体和语言已经不是相互外在的东西。主体即是感动，感动立刻变成语言。主体、感动、语言已经不再区别开来"(《透明与障碍》，美玲书房)。在这里，斯塔罗宾斯基看到了卢梭的"新鲜之处"。

> 可以说，正是在这里，卢梭作品产生了无限的新鲜感。语言活动依然是媒介性的工具，也是直接的经验之场。语言活动既是存在于作者内面的"根源"中的固有之物，同时又是直面于审判，即证明由普遍性而被正当化了的欲求。这种语言活动与古典的"语言表现"没有任何相通之处，有的只是无限的傲慢和不稳定性。语言作为真正的自我而存在着，另一方面，完全的真正性还有些欠缺，还需要充分的获取，如果证人拒绝同意则什么也不能得到保证。文学作品不再谋求读者对介于作家与一般大众之间"第三方"的真实之赞同，而是谋求对作家通过作品展示自我，即个人体验的真实之赞同。卢梭发现了这个问题，并且正是他创造了成为现代文学之态度的这种新态度（在他所背负的感伤的浪漫主义彼岸），可以说他是以典型的方法实践了自我与语言的危险约会，即人类把自己变成语言这一"新的结合"的第一个作家。(《透明与障碍》)

恐怕国木田独步的"新鲜之处"正与此类似。他的根本性"障碍"孕育在他的"透明"，即"主体与语言不再相互外在"之"新的结合"中。描写友人自杀之后的《死》（明治三十一年），已经昭示了其"障碍"是什么。

> 医生对死极为冷淡，诸位朋友亦不过是五十步笑百

步，我们如果懂得由生至死的物质性过程，那么"死"便不再是不可思议的了。知道了自杀原因后，自杀也不再是不可思议的事。

如此思考起来，我便渐渐感到自己仿佛完全被封闭在一种薄膜之中，对于天地万物自己的感觉好像是隔着一层皮似的而无法忍受。

至今仍然感到烦闷的我，坚信面对面如果能够直接成为事实与万物，那么，"神""美""真"最终都不过是一种追逐幻影的游戏，我准备这样坚信下去。

这种感觉在《牛肉与马铃薯》中表现得更为极端。主人公冈本有一种"想使自己震惊一下"的"不可思议的愿望"。这个愿望"不是要知道宇宙之谜，而是要被不可思议的宇宙震惊一下"，"不是要知道死的秘密，而是要震惊于死这一事实"。还有，不是想烦恼于信仰本身，而是要"被不能片刻没有信仰的宇宙人生之神秘意义所烦恼，这才是我的愿望"。

国木田独步感到似乎自己被自己所隔绝了似的，那里存在着不透明的"一层薄膜"。期望震惊一下乃是要突破此薄膜而达到"透明"的境界。在那里埋下了仿佛"真正的自我"真的存在似的幻影之种子。这个幻影的确立乃是在"文"变成从属的，于自己最近的声音——即自我意识——处于优越地位之际。这时，始于内面亦终于内面的"心理性的人"诞生了。

可以说，在现代日本文学中，从国木田独步那里开始获得了写作的自在性，这个自在性与"内面"和"自我表现"概念的不证自明性相关联。至此，我是把此作为"言文一致"这一文字表现的问题来思考的。再重申一遍，内面作为内面而存在，即是倾听自己的声音这一可视性的确立。德里达认为，这就是西方的语音中心主义，其根底有声音文字（拉丁字母）的存在。柏拉图以来，文字作为单纯的声音之复写物而遭到贬低，对于意识而言的可视性，即"声音"的优越地位，构成了西欧形而上学的特征。[7]

日本的"言文一致"运动蕴含了什么，这已是非常明了的事情了。正如我反复强调的那样，这就是形象（汉字）的压抑。这样思考时，我们大概就会谅解为什么夏目漱石一方面进入了西方"文学"的深层，另一方面又固执于"汉文学"——而非和歌所代表的古典文学了。漱石已经把全身浸到封闭的"内面"里了，但仍然在追求线性的声音语言之外的所谓放射状态的多重意义世界。这对我们来说是很难想象的。安德列·勒儒瓦-高汉指出：

> 智人进化最为漫长的历史是在对我们已经很疏远的思考形式中进行的，尽管如此，这个思考形式仍是我们行动的重要部分的底流。我们一直在进行通过与声音结合在一起的书写文字来记录声音的单一的语言活动，因此，对以所谓放射状态的结构来记录思考的表现方式之可能性，是很难想象的。（《身姿与语言》，新潮社）

勒儒瓦-高汉所说的"我们"当然是指西方人，但我们也已经包含在内了。然而，夏目漱石、二叶亭四迷、森鸥外等明治时代的文学家，他们已然属于现代文学之中，但同时对此又表现出了不适和异议。比如，在《妄想》（明治四十四年）中鸥外说，"我"在死亡之际即使考虑到肉体的痛苦，也不会像西方人那样"为自我的消亡而痛苦"。

　　西方人说，不惧死亡乃是野蛮人的特性。我想自己说不定就是西方人所谓的野蛮人。这样想的同时，使我回忆起儿时父母的不断教诲：生于武士之家必须做到敢于剖腹自杀。也回想起当时考虑过肉体痛苦的问题，想过其痛苦一定是很难受的。于是越发觉得自己是野蛮人了。但不能确信西方人的说法就一定最好。

　　这样是不是说关于自我的消亡便是无所谓的事呢？也不是。这所谓自我若在还存的时候，不去认真地思考其为何物，不知不觉中丧失掉了则是很可惜很遗憾的。如汉学家所说的醉生梦死那样度此一生，则太令人遗憾了。而在觉得遗憾可惜的同时，我感到了痛切的心灵空虚，感到无以言状的寂寞。

　　这成了我的烦恼，我的痛苦。

初看起来，这仿佛与国木田独步"想使自己震惊一下"的作品有些相似。不过，如果说在独步那里，那不透明的"薄膜"是存在于内部的话，在森鸥外那里则存在于外部。对鸥外来说，"自我"并不是什么实体性的东西，而是"从各种角度拉到一起的线绳之会合"，用马克思的话说正是"一切社会关系的总体"（《关于费尔巴哈的提纲》）。鸥外反而觉得，自己不具有西方人那样直接地实体性地观察"自我"的幻想是一种"痛苦"（虽说如此，我们要注意的是此乃鸥外的幽默）。因此，他在晚年描写德川时代人物的历史小说中发挥了自己的本领，这里他试图彻底地排除掉心理性的内面性。这个姿态与晚年的午前写小说午后潜心于汉诗和山水画世界的夏目漱石相通。大概在他们那里，存在着不能与"文学"相调和的东西。

现代"文学"的主流并不在森鸥外和夏目漱石、二叶亭四迷那里，而是在国木田独步的路线上发展起来的。这位夭折了的作家，在某种意义上可以说多方面地预示了下一代文学家的诞生。比如，是他最早写了《不可欺骗记》这样的忏悔录。不用说他与柳田国男有着深厚的关系，田山花袋也称"国木田君是写性欲小说的始祖"（《自然的人独步》），芥川龙之介在《河童》中把独步与瑞典的斯特林堡、尼采、托尔斯泰相比，称其为"真正知道来去匆匆的世人之心的诗人"。还有，早期的志贺直哉明显是在独步的影响下起步的。正由于这样的多重性，便产生了对他是浪漫派还是自然主义派的议论，而他的多重性——某种意义上与卢梭的多重性相似——可以说是来自他最早站到了新的地平线上的缘故。正如瓦莱里所说，在某一事物上开阔了视野的人往往突然可以看到多方面的事物。爱伦·坡（Edgar Allan Poe）写尽了推理小说的基本类型，不过他迈出的"一步"不在于写犯罪行为，而在于把作诗行为意识化这一未曾有过的尝试。国木田独步的多姿多彩不在于文学的流派等问题，而在于他第一次获得了那个"透明"。

5

言文一致运动在小说方面有两个源头。到此为止，我讨论了二叶亭四迷、国木田独步等自然主义者的脉络。但言文一致并非仅此而已，它还有一个源头也不可忽视，即"写生文"运动。与沿着二叶亭四迷和自然主义者的脉络来思考现代日本写实主义的一般倾向不同，江藤淳认为，正冈子规和高滨虚子的

"写生文"具有划时代的意义。所谓"描写"并非描摹事物，而在于"事物"本身的出现，因此得以形成"事物"和"语言"的新的关系。江藤说：

> 此乃认识事物的一种努力，即对崩溃之后出现的无以命名的新事物试图赋予其名称的尝试。同时也是这样一种"渴望"的表现，即在人类的感性或者语言与事物之间确立起新的活生生关系。并非写实主义这一新理论自西方传来，促使人们去实践这写实主义的，而是如正冈子规强调的那样，"不知不觉，两人提出的新机轴仿佛在即将熄灭的灯火上滴下一滴油"，他们处在不得不面对事物的位置上，故提出了"新机轴"。
>
> 因此，高滨虚子和碧梧桐也只能抛弃"古来的俳句"而奔赴"写生"。子规在不断拼命地反问，当由芭蕉确立起来而在芜村那里得到发展的俳谐世界与江户时代的世界像一起"走到尽头"的时候，除了"写生"我们还有其他使俳句乃至文学复兴的手段吗？（《写实主义的源流》，载《新潮》1971年10月号）

这篇论文具有划时代的意义，因为它不是把"写实主义"作为再现的对象，而是在语言（文）本身的维度上且从日本的语境出发来观察问题的，不过，依然有这样几点需要修正一下。江藤淳虽然说正冈子规等的腔调并非"写实主义这一新理论自西方传来，促使人们去实践这种写实主义"，而是直面"事物"才建立起"新机轴"的，但虽说是自然主义者，仅凭西方输入的"新理论"也难以写出《破戒》《棉被》来。他们已经掌握了某种"文",并试图"写生"其中被发现的"事物"(风景)。这期间,有着漫长的尝试"言文一致"的过程。所谓"言文一致"乃全新的"文"之创立,这才是使应该"再现"的"东西"得以出现的关键。正冈子规的写生文,也属于这个过程的产物。如果说自然主义派与子规有什么不同,其差异就在于前者于新的文之创造过程中失却了"文"之意识,而子规依然坚守着"文"(语言)的立场。

江藤淳说,对正冈子规而言,"写生"的客观性与自然科学相近,在此"语言作为语言的自律性遭到了剥夺,而成为一种无限接近于某种透明的符号那样一种东西"。他强调,创造出"事物与语言之新的关系"者并非正冈子规,而是高滨虚子。在他看来,夏目漱石不属于子规一派而在虚子那边。[8]然而,我无法赞同这样的观点。关于写生文,高滨虚子这样写道:

> 我想可以说今天的写生文是从我们这一派开始的。而且,我相信世人也会允许这样说的。极力促进了明治文学新发展的坪内逍遥之《当世书生气质》乃是最早的一种写生文,但还保留着受束缚于七五调,拘泥古典形式的气味。其后崛起的砚友社一派的新运动,也具有写生文的倾向,然终不能摆脱旧有戏作文人的系统。今天回顾起当时的文学界来,会感到那时一面要摆脱古老的铸型,一面摆脱出来却仍写不出小说来。
>
> 正是在这个时候,西洋画画家——我们直接接触的是中村不折氏——提出了写生的口号。若观传统日本画家之说,则女郎花之下必有鹌鹑,芦苇必配雁阵,一定要尊重

第二章 内面的发现 *51*

古人创出的范型，与能乐和歌舞伎等一样，偏于墨守成规。然而，西洋画画家与此相反，主张蹈袭古人范型乃是陈腐，必须摹写以目所见的自然界，由此提取新的事物。（高滨虚子《写生文的由来及其意义》）

如果是从这个意义上来讲，那么高滨虚子的写生文的确处在"写实主义的源流"上。就是说，这明显地成了私小说、心境小说等的源头。但是，还有一种完全脱离了上述定义的写生文，即夏目漱石和正冈子规那样的文章。子规的"写生"与"自然科学式的"语言不同，他说自己也见习过绘画（油画）的写生。然而实际上，他所讲的有关俳句的"写生性""绘画性"涉及的都是语言问题。例如，子规注意到的芜村俳句和实朝和歌的写生性，在于他们的语言，即他们使用汉语或者少用助词多用名词。关于和歌的腐朽衰微，他指出："此所谓腐朽在其趣向之少变化，而趣向之少变化则在其用语之贫乏。"（《七论歌咏书》）故主张"依其所需当用雅言俗语洋话汉文"。9

总之，比起"写生"这个观念来，对正冈子规来说更重要的是语言，即语言的多样性。而自觉到这一点并善于利用多种多样文体的，却只有夏目漱石一人。一般认为写生文是以平板的语言来"写生"，当初想做小说家的高滨虚子便按这个方向推进了"写生文"的创作，而与岛崎藤村等人的"写生文"趋同。因此，使语言"接近无限透明的符号"的并非正冈子规，而是高滨虚子乃至自然主义者。

关于写生文，即所谓"写实的小品文"，正冈子规是这样论述的：

> 这其中也有出题征集小品文的,最伤脑筋的是写实的小品文。……空间上的景色也好时间上的动作也好,要使读者感到就在眼前,仿佛看到了实物接触到实事一样,而且文字虽冗长却要写得让读者不厌烦,这样效果才能渐渐显现出来。所谓写实如果无节制地详写,其事物不能在读者面前活灵活现,则无法收到写实的效果,在此我们需要好好研究。
> (《杜鹃第四卷第一号前言》,载《杜鹃》,明治三十三年)

为了达到这种"现前性",子规所采取的方法是将时态控制在现在时或现在进行时之内。如前所述,语尾词"た"的采用使从一个原点出发来回忆故事的发展这种透视法式的时间性,成为可能。中立的叙述者和主人公之间的默契,在"た"的基础上得以实现。但是,写生文却拒绝了这样的"た"。日语中虽然没有这样的时态,但写生文确实用所谓的现在进行时。[10]

例如,夏目漱石的《幻影之盾》和《开罗行》,如果将文末的"である"去掉则成"雅文",但这里几乎没有过去时。虽然是以"那是一个遥远时代的故事,名为巴伦之城,城为护城河所环,仿佛回到屠人骄天的往昔,而非现代的故事"(《幻影之盾》)开篇,写的是过去的故事,却几乎不用过去时态"た",结果构不成某种统一起来的回忆,"现在"的意识向多个方向扩散开来。

在《矿工》这样的作品里,如下面引用的开头一段,其现在时态与主人公不能确切感知到自己的存在这种病态相对应。

> 我刚刚走过松林,这松林比起画上看到的要长得多了。不管你走到哪儿生长的都是松林,真是不得要领。

> 我这边儿就是怎么走,那松林不跟着你往前发展也没办法。还是从头来就站在那儿盯着那松树,说不定还好些。(《矿工》)

如果说"た"是为从某一个点上开始的回忆而存在的,那么,漱石通过拒绝"た"时态的使用,也就拒绝了把全体集中统摄起来的视角,同时也是对仿佛确实存在的"自己"之拒绝(上文中略去了"我")。可以说,这种"现在时态"的多用乃是"写生文"的一般特征。

另一方面,夏目漱石从"作者的心理状态"而非对象和叙述方法上,来观察写生文的特征:

> 如果说起写生文和一般文章的差异,可谓有种种。而各种差异之中我认为最重要且无人谈及的,是作者的心理状态。其余各点均由这一源头流露出来,故面向此源头而努力下去则种种问题会迎刃而解。……
>
> 写生文作家对于人世的态度并非贵人俯视低贱者的态度,也不是贤者对待愚昧者……,男人对待女人,更不是女人对待男人的态度。那是一种大人对待孩子、父母对待儿童的态度。世人并不这么看,写生文作家本身也不这么认为,但解剖来看结果就是这样的。(《写生文》,明治四十年一月二十日)

从这一观点来看,赋予正冈子规写生文以特征的,乃是于濒临死亡的病床上面对无力的自己的那种态度。例如,子规在题为《死后》的文章中,这样写道:

像我这样长年的病人曾多次遇到思考死这种事的机会，而且有适合思考此等事情的闲工夫，所以我确实反复研究过。不过，感到死亡有两种感觉形态。一种是主观的，另一种是客观的。这样说来好像不甚明了，主观地感觉死亡是感到现在自己即将死去，故非常恐怖。要拼命地活动，而感到精神不安十分烦闷。这是病人每每遇到疾病的障碍而常常产生的，没有比这个更不愉快的了。而客观地感受自己的死虽是一种奇怪的说法，即自己的形体死了但思考还存在，而客观地看待自己的形体之死。主观的思考乃是一般的人常常产生的感情，但客观的思考其意义恐怕很少有人理解吧。主观的思考，很恐怖很痛苦悲哀，一时间甚至感到难以忍受；客观地思考却能相对冷淡地看待自己的死，或者多少有些悲哀难耐的感觉，但有时更容易堕入滑稽而独自微笑起来。（载《杜鹃》，明治三十四年二月）

如果从《死后》这一题目，读者期望着看到关于彼岸或阴界的事情，那一定会失望的。因为，这里谈论的是死后自己的尸骸如何被处理的事儿。棺材很狭窄，土葬令人窒息，火葬又太热了，水葬无法游动恐怕会吃水的，干尸则比较麻烦，等等，不厌其烦地讲述着。这种态度，可以称之为幽默。

有意思的是，夏目漱石有关写生文的说法与弗洛伊德对幽默所指出的"精神态度"完全一致。"从我们以对他人表现出幽默的精神态度这种事例来看，就会极自然地得出下列解释：这个人对待他人取的是一种对待孩子似的态度。在孩子看来有十分重大的利害和苦楚者，该人却知道这些都是无足轻重的，而宛然一笑。"(《幽默》,《弗洛伊德著作集》第3卷,人文书院)作为幽默的例子,弗洛伊德曾提到周一要上绞刑架的囚徒所言"这星期运气也不错啊"。而正冈子规在《死后》中所写的,和这种态度也没有什么不同。

晚年因喉癌而几次接受手术却依然以平静的态度继续工作的弗洛伊德,与因结核而卧床却持续积极地思索作诗的正冈子规,两者之间所共通的是这样一种幽默的态度。在弗洛伊德看来,幽默乃是超我(父母)针对自我(孩子)的痛苦而给予鼓励的态度——这不算一回事的。此乃在幻想的层面对自己的俯视。但是,这与通过蔑视现实的痛苦或痛苦中的自己(像三岛由纪夫那样)而得以夸示更高维度的自我之浪漫派的反讽,似是而非。因为,反讽会给他人带来不快,而幽默则不知为什么可以使听者也有获得解放的感觉。弗洛伊德在前面讲到囚徒所采取的态度,他追问的是囚徒感到自己快乐的同时,为什么也会给没有关系的听者带来快感。

实际上,波德莱尔已经对这样的追问给出了答案。他将"有意义的滑稽"和"绝对的滑稽"区分开来。柏格森考察的是前者,而巴赫金研究的是后者。但不论在哪种情况下,笑最终是笑者之优越性的象征。波德莱尔一边对这两种滑稽做了考察,一边也举出了例外。

> 笑本质上是属于人类的,因此包含着矛盾。就是说,笑是无限伟大的象征同时又是无限悲惨的象征。这在人的头脑中所知"绝对存在者"之关系上是无限的悲惨,在与动物的关联上则为无限的伟大。两种无限的不断冲突,使人发笑。滑稽,其发笑的动力存在于发笑者

一边,而绝不会在对象一边。跌倒了的人绝不会笑自己的跌倒。当然,那些哲人可能会迅速地将自己二重化,如具备作为旁观者来眺望自我之诸现象的能力者,则另当别论。(《关于笑的本质》,《波德莱尔全集》第4卷,筑摩书房)

虽然没有直接使用这一词语,波德莱尔在此饱含敬意所列举的"例外",就是幽默。它超越了有限的人类条件,同时又告知人们其不可能性。即,告知你可以站在幻想的层面同时又暗示这幻想层面不可能存在。幽默,"显示了既可以是自己同时也是他者的力量之存在"(波德莱尔语)。接受幽默的人,将在自身发现这样的"力量"。但是,这未必是所有人都能做到的。弗洛伊德说:"不是谁都能有幽默的精神态度的。这是一种稀有珍贵的天分,大多数人则甚至缺乏感受外部所给予的幽默之快感的力量。"(《幽默》,同上)

在国木田独步之"风景的发现"中,有表示比经验性自我更高的超越性自我之优越性的反讽存在。这导致将现实中无力的自我置于更高位置的颠倒。现代文学正是这样,不断给予人们将政治现实虚化的视角。不用说,幽默与此立场正好相反。然而,日本文学中的写生即写实主义,乃是在反讽的方向即国木田独步和岛崎藤村的方向上得以实现的。对此,有三位作家提出了根本的质疑。这就是已经讲到的二叶亭四迷、森鸥外和夏目漱石。不用说,他们具备了将"文学"相对化的视野。例如,二叶亭四迷这样写道:

> 人们觉得文学和哲学可贵,我觉得多少有些落后了。

第一，说这些东西可贵，是虚伪的。如果一旦从根本上怀疑起文学哲学的价值来，则其真正的价值就变得模糊起来。可是，当我们思考日本文学的发展之际，结果会有这样的动量吗？没有。如今的文学家等，受到了西方的影响立刻将文学作为珍贵的东西来回转悠。可是一旦打破尊崇文学的风气，则对于构筑在颓败上的文学其态度就会变成"文学也不坏嘛！"。心情居于第一而人之行为是第二义的，所以没法子，我觉得文学的价值还是有那么一点儿吧。(《我是怀疑派》)

6

在此，我想就由翻译而来的影响而不是二叶亭四迷的小说，做些思考。明治前期，有众多的西方小说翻译过来，但这与其说是翻译更接近于翻案。就是说，这些翻译只是介绍了言辞的意义或者大致的情节。其中，最早忠实于原作而试图逐句翻译的是二叶亭四迷。关于翻译的方法，他有自己独特的见解："翻译外国文的时候，只注重其意义则有损坏原文之虞。我坚信，要熟悉其原文的音调而后才可转译，每个逗号句号都不可轻易放过，比如原文有逗号三个、句号一个，译文中也尽量是句号一个逗号三个，以此将原文的音调也移植过来。"(《我的翻译标准》)

但是，这也并非可以想当然的。如何翻译才好，他确实做了细心的研究。他觉得，俄国诗人 A.朱可夫斯基将拜伦的作品翻译成俄文的做法比较好。简单说，即"拆解开原文，组成自己喜好的诗形而只翻译其意义"这样一种方法。其俄语翻译比用他的英语能力所理解的拜伦，还要漂亮。二叶亭也想这样做，但未能成功。"因为，以这位俄国诗人的方法来做，自己需要有充分的笔力，即使拆解了原诗也要赋予其诗意以新的诗形，可自己并没有那样的才能。"所以才采用了逐句翻译的方法。不过，我们不要完全相信他这种自嘲式的回忆。

例如，森鸥外的翻译便用的是所谓那位俄国诗人的手法，离开原著而成为独立的创作。对此，二叶亭四迷的翻译则如他自己所言"实在是难读费解、诘屈聱牙的，生硬拗口得不像样子。所以人们的评价很糟糕，虽然偶有赞美者，但更多是非难之声"。不过，实际上他的翻译如屠格涅夫的《猎人笔记》等，产生了很大影响。另一方面，他自己的小说《浮云》以言文一致体写就，后来作为日本最早的现代小说得到了评价，但在当时却几乎没有什么影响。二叶亭自身也渐渐放弃了对创作的志向。那么，为什么不是他的小说而是翻译产生了影响呢？这是因为，他的小说以继承了德川时代俗语小说的笔法写就，而翻译则采用了逐字逐句的译法。

中村光夫指出："这种方法在他自己看来未必是成功的，当时的一般作家对此也没有什么好评。但原作感性的运动得以容易地转译到日语中来而产生某种独特的格调，这给青年们以清新的印象，从习惯了传统的文章感觉的眼光来看，这可能是不够整饰完美的文体，却为他们年轻的感性提供了新的表现路径。"(《明治文学史》) 然而，我们不应该将此仅仅视为偶然的结果。二叶亭四迷说自己的日语能力不够而放弃了巧妙传达原作意思的创造性译法，这不过是他常有的自虐式说法而已。其实，他是真想否定这种翻译方法的。人们看到二叶亭翻译的独特性及其结果的重大性，却没有注意到他所持有的认识。对此，我想本雅明在《译作者的使命》这篇散文中所表述的观点很有启示意义。在19世纪，人们视荷尔德林的索福克勒斯翻译为很糟糕的逐字逐句译法的例子，但本雅明赞成这种翻译，他引用了潘维茨的下面一段话：

> 我们的译作，甚至最好的译作，都往往从一个错误的前提出发。这些译作总是要把印地语、希腊语、英语变成德语。……翻译家的错误是试图保有本国语言本身的偶然状态，而不是通过让自己的语言受到外来语言的有利影响。当我们从一种离我们自己的语言相当遥远的语言翻译时，我们必须回到语言的最基本的因素中去，力争达到作品的意象和音调的聚汇点。我们必须通过外国语言来扩展和深化本国语言。（潘维茨《欧洲文化的危机》。转引自本雅明《译作者的使命》，日文版《本雅明著作集》第6卷，晶文社。译者按：此处采用张旭东的译文，见《启迪——本雅明文选》，北京：三联书店，2008年，第92—93页）

这种观点，正是对二叶亭参考的朱可夫斯基翻译法的彻底否定。本雅明自身则是在下面这样的思考中找到其逐句翻译的根据的。文学文本中，包含着语言形式本身，这是无法还原到什么意义上去的东西。本雅明称此为"纯语言"（die reine Sprache）。逐句翻译的忠实性，要求译者不仅要把原作作为意义来接受，还要直接面对其"纯语言"。在此，本雅明指出：

> 这种纯语言不再意味什么，也不再表达什么，它是托付在一切语言中的不具表现性的、创造性的言词。在这纯语言中，所有的信息，所有的意味，所有的意图都面临

被终止的命运。这个纯语言的层面为自由的翻译提供了新的、更高的理由；这个理由并不来自内容的意味，因为从这种意味中解放出来正是忠实翻译的任务。不如说，为了纯语言的缘故，一部自由的译作在自己语言的基础上接受这个考验。译作者的任务就是在自己的语言中把纯语言从另一种语言的魔咒中释放出来，是通过自己的再创造把囚禁在作品中的语言解放出来。为了纯语言的缘故，译作者打破他自己语言中的种种的腐朽的障碍。路德、弗斯、荷尔德林和奥斯格都拓展了德语的领域。(《译作者的使命》。译者按：此处采用张旭东的译文，见《启迪——本雅明文选》，第92页)

众所周知，路德以德国的俗语翻译《圣经》，结果这成了标准的德语。费希特称，德语是只有希腊语可以比肩的唯一的元语言。不过，这个时候他忘记了，德语是经过翻译才得以形成的。不仅德语，现代所有民族语言都是通过翻译而形成。不过，重要的是为什么路德的翻译具有足以成就德语的强烈影响力。本雅明最终也是在逐句翻译的方法中，发现了路德的《圣经》所具有的影响力。即，强使路德逐句（faithful）翻译的，是他对于《圣经》这一神圣文本的信仰（faith）。

而这，也足以说明二叶亭四迷采取逐句翻译法的理由。他说："我对于文学的尊重之念十分强烈，而屠格涅夫创作作品的时候其心情非常神圣，因此，翻译该作品也同样要带着神圣的心情，我坚信必须尊重其每一字每一句。""屠格涅夫也好，果戈里也好，必须体会他们各自的诗思，更严格地讲，要尽其坐卧行至和身心状态加以忠实地转译。这实在是翻译之根本的

必要条件。"(《我的翻译标准》)

从这样的观点来看,二叶亭四迷的逐句翻译不仅要传达其意义,还要将被意义所束缚的"纯语言"搭救出来并移植到日语中。比起日语来他对俄语更了解,这并非夸张之词。相反,正因为是外国语言,才能感觉到其无法还原到意义的"纯语言"。另一方面,逐句翻译"强烈撼动了本国的语言"。青年人如国木田独步那样的作家,他们被二叶亭翻译的屠格涅夫所震撼,也正因为如此。而以往的翻译或者经由日语的种种努力,都是在"墨守本国语言偶然形成的状态",因而没有产生二叶亭的翻译所给予的清新感。

问题在于,日本现代文学却朝着他翻译的屠格涅夫的方向发展而去。实际上,这又与他的《浮云》没有产生影响有关。我说,二叶亭四迷的屠格涅夫翻译是逐字逐句法,因此产生了影响。实际上,他不但逐字逐句翻译了屠格涅夫,而且还翻译了果戈里和高尔基。值得注意的是,他的果戈里翻译某种意义上其文章接近于自己的《浮云》。如果进而追本溯源,这又与式亭三马那样的江户作家(滑稽本)相仿佛。

二叶亭四迷翻译了屠格涅夫,但很难说他就喜欢该作家。就他的资质来说,可能更倾向于果戈里、陀思妥耶夫斯基那一脉络。可是,他的翻译产生了影响的,并非果戈里而只有屠格涅夫那一脉。这意味着什么呢?明治日本的作家,他们首先要实现的不是与江户文学相连的那种戏作似的小说,而是用日语创作的写实主义小说。

导致写实主义小说的,乃是下功夫追求仿佛叙述者不存在似的那样一种叙述法。不断移动的叙述者、没有固定的视点、没有时间性的透视法,因此"现前性"和"深度"都归于消失。写实主义叙述法的完成形态，就是"第三人称客观描写"。这在法国，于19世纪后期得以确立。在俄国，则可以说始于屠格涅夫。而这，是通过二叶亭四迷而翻译成日语的。可是，在同一时期的俄国，也曾出现拒绝这种写实主义的作家。即，果戈里及"从其外套脱离出来"的陀思妥耶夫斯基。

他们的作品是所谓文艺复兴式的小说，如巴赫金所强调的那样，保持着"祭祀狂欢式的世界感觉"。巴赫金说，英国前期浪漫派文学特别是在劳伦斯·斯特恩（Laurence Sterne）那里，"祭祀狂欢式的世界感觉"以主观性的形式得以恢复。让我们回想夏目漱石讨厌笛福而赞赏司汤达和斯威夫特这件事吧。这样，于果戈里有亲近感的二叶亭四迷和亲近于司汤达的夏目漱石，两者能够达成相互共鸣，也就没有什么不可思议的了。这种"祭祀狂欢式的世界感觉"与其说存在于江户时代的戏作文学中，不如说根本上更植根于"俳谐"这一日本的传统中。

如前所述，西方人开始怀疑几何学式的透视法而到日本的浮世绘中寻找摆脱其束缚的钥匙之际，日本人相反要在油画中实现写实主义绘画。例如，冈仓天心与费洛罗萨一起创办东京美术学校的时候排除了西洋画派，这并非只是源自传统主义和民族主义。因为，这在西方也得到了高度评价。但是明治三十一年，冈仓天心却被西洋派逐出了美术学校。这与国木田独步大段大段引用二叶亭四迷的翻译而创作《武藏野》，为同一时期。因此可以说，日本美术领域发生的反讽性事态，同时也在文学上发生了。

二叶亭翻译的屠格涅夫译本，其影响的结果是《武藏野》的出现。可是另一方面，他所翻译的果戈里却遭到了忽视，其创作的《浮云》也是一样。直到后来《浮云》被称为最早的现代小说，人们亦认为它属于残留着江户小说陈旧传统的过渡性作品。但是，二叶亭本人终其一生也没有改变自己的立场。例如，因夏目漱石的约稿而连载于《朝日新闻》的《平凡》，就是这样开头的：

> 题目，这题目该如何起呢？想来想去我一拍大腿有了，平凡！就是它了。平凡者以平凡之笔记述平凡的大半生，就是这个题目啦。
> 接着是写法，得好好琢磨琢磨。这阵子常说自然主义，只要是作者经历的事儿，不加掩饰不用技巧，原汁原味一五一十地写出来，象老牛流口水一般。据说这很流行。好事就会流行。我也这么办吧。
> 就这么着了，题目是《平凡》，写法为牛涎。

二叶亭四迷把沿着自己翻译的屠格涅夫这条线发展而来的日本现代文学主流，即自然主义小说称之为"牛涎"。而在自然主义的全盛期，某种意义上他以《浮云》同样的风格书写了同样的经验。最后，他又把这自传体小说彻底变成了"滑稽本"。"二叶亭如是说，此稿乃逛夜店所得，故事还未断线，正巧说话中电话断了线，没法子。"就是说，他自己始终是在《浮云》或果戈里的路线上前行的。

第三章　所谓自白制度

1

　　以中村光夫为代表的日本批评家，总是以私小说为讨论的目标。他们的前提条件是，私小说中的主人公与作者是同一人物。他们异口同声说，日本的私小说把"我"和作品中的"我"混同起来，因此未能形成独立的作品空间。而始作俑者，一般认为是田山花袋的《蒲团》(明治四十年)。花袋通过《蒲团》所产生的冲击，在于描写了有妻小的中年作家爱上了年轻的女弟子且苦恼不堪，而对这个形象的描写仿佛作者自身的体验一样。这就阻碍了发表于一年前的岛崎藤村《破戒》所开辟的现代虚构小说的发展道路，走上了"私小说"的弯路。这大概就是文学史上的常识吧。

　　可是，《蒲团》为什么会产生那么大的影响呢？这可以从两种角度来思考。一个是表现形式的问题。为什么实际上并非如此，但作品却带来了将作者与主人公等同视之的效果。如果回顾一下西方现代小说的历史，就会发现作家们为将故事写得真实而做了各种努力。例如，用第一人称写日记和自白录，或者伪装的古文书等。中村光夫说，西方小说中的自白是作为虚构来写的，但实际上应该说是为了将虚构写得真实而采用了自白这一形态。这就是写实主义。

例如，森鸥外的《舞姬》（明治二十三年）是以第一人称"余"写就的。结果，带来了以往的物语所不曾有的现实性。但是，虽说用第一人称写就，但这并非私小说也不是私小说的先驱。当时的森鸥外不懂用第三人称写作的叙述方法，因此采用了第一人称。另一方面，可以说私小说乃是在"第三人称客观描写"确立起来之际才产生的。实际的情况也是岛崎藤村的《破戒》在前，田山花袋的《蒲团》在后。《蒲团》并非第一人称（我），而是以第三人称（他）写作的。当然，这是与"第三人称客观描写"似是而非的第三人称。在"第三人称客观描写"上，所有人物都成为可透视的。可《蒲团》中的第三人称，则除了主人公外都是不可透视的。在此，看似第三人称描写，实际上却采取了与第一人称相同的写法。换言之，一面在形式上吸取了第三人称客观描写，一面又将其排除掉了，于此私小说得以出现。

由此观之，日本的私小说批判者一贯是强调要写第三人称客观描写的小说了。但是，对于日本私小说的强劲发展，单纯按西方标准斥责其脱离了正轨，是无济于事的。因为，在西方也曾产生对第三人称客观描写的怀疑。其典型的例子，是萨特对莫里亚克的批评。[1] 而因为萨特的批评，后来在法国产生了"反浪漫"。另一方面，日本作家走向私小说是因为在确立了"第三人称客观描写"的同时，又将其作为虚伪的方法而否定掉了。从这个意义上讲，"私小说"可以称之为一种"反浪漫"。因此，芥川龙之介称其为"没有情节的小说"而大加肯

定。(参见本书第六章第二节)

《蒲团》所产生的影响,不仅在于其形式,还源自它的内容。例如,国木田独步写过一篇名为《不受欺骗之记》(明治二十六年至三十年)的自白录。对此,中村光夫写道:

> 国木田独步与后来的田山花袋等人不同,他几乎没有写什么直接描写实际生活的作品,其日记《不受欺骗之记》也不能算小说。但是,这时期的作品中尽管没有写生活,却生动表现了其精神,作为人的独步在此栩栩如生。这种虚构的自我表现,给他带来了同时代作家如眉山、风叶、天外等没有的特色,如果他再长寿一些,或者在我国自然主义文学方面能够留下更具想象力的小说也说不定。(《明治文学史》)

《不受欺骗之记》是国木田独步的"日记",也即对"实际生活的直接描写",其中详细描述了他与佐佐城信子结婚而不到五个月便逃离的过程。然而,中村光夫反而将此视为"虚构的自我表现"。这是为什么呢?恐怕是因为这里没有描写"肉欲"。正如中村所言,独步不是将这个过程作为"生活"而是作为"精神"来记述的。然而,独步本人却终于放弃了这样的态度。明治三十六年,他写了《恶魔》《女难》《正直者》。对这些作品给予高度评价的田山花袋称,"国木田君是肉欲小说的鼻祖"。(《自然人独步》)这样,据说独步从《不受欺骗之记》时期的浪漫主义转向了自然主义。

然而,"肉欲小说的鼻祖"应该是始于《不受欺骗之记》的自白的。就是说,所谓"肉欲"最终成为基督教式告白的某种存在。例如，国木田独步斥之为"穿着西装的元禄文学"的尾崎红叶，其小说专以描写情欲世界为能事，而其中却没有"肉欲"。应该说，需要告白的"肉欲"反而是通过压抑尾崎红叶式情欲世界才得以形成的。而田山花袋的《蒲团》很明显，属于这个谱系。

田山花袋这样回忆说："我也愿走苦难的道路，与人世间斗争的同时也与自己勇敢地斗争。我也想把放着不曾去理会的东西，遮蔽着没有说出来以及说出来会使自己感到精神要崩溃似的东西，都敞开来做一番观察。"（《东京三十年》）可是，在《蒲团》中所告白的却完全是无足轻重的事。大概，田山花袋是可以自白些比这更值得惭悔的事的。但是他没有这样做，他只是自白了那些无足轻重的事，这里有着现代小说中"自白"的独特之处。

岛村抱月评论说："当然时至今日，在这方面的创作上前面所举的诸作家之外，新近作家中着手于此种写作的也不是没有。但是，他们多写丑陋的事情却没有写心理。《蒲团》的作者则相反，写了丑陋的心而没有写事情。"（《评〈蒲团〉》）就是说，田山花袋自白的不是丑陋的"事"而是"心"，实在说来是写了根本就不存在的事情。那么，这怎样会成为"说出来而会使自己感到精神要崩溃似的东西"呢？其实，花袋所要自白的"放置着不曾理会的东西"，已经是通过自白这一制度才出现的东西。或者所谓"自我的精神"，乃是由自白这一制度而得以诞生的亦未可知。

田山花袋是准备写"真实"的，可"真实"者在自白这一制度中已经成为一种可视性的东西。正如精神分析的自白技术使深层心理得以存在一样，自白制度是先于自白行为而存在的。"精神"并非存在于先验性之中,这个精神亦是由自白制度创造出来的。"精神"常常使人们忘记其物质性的起源。

人们说因为田山花袋的《蒲团》,日本现代小说的发展方向遭到了扭曲,我们即使承认这种说法也无妨。然而,未遭到扭曲又会怎样呢?批评家们所梦想的日本小说应有的正常发展,真的正常吗?如果他们视为模范的西方之正常性其本身是异常的,那该怎么办呢?如果日本"私小说"的异常乃是因为西方的异常而发生的,那又该如何呢?

岛村抱月说,田山花袋的《蒲团》写了"心"而没有写"事"。但是,这个"心"并非当初就存在,而是被创造出来的。"你们听见有话说,'不可奸淫'。只是我告诉你们,凡看见妇女就动淫念的,这人心里已经与他犯奸淫了。"(《马太福音》)这里有一种令人恐怖的颠倒。不可奸淫不仅是犹太教的戒律,也是其他宗教的戒律,但是在视奸淫之"心"而非其"事"为问题这一点上,基督教有着无以类比的倒错性。如果人们有这样的意识,那就是在不断地窥视色情。他们必须时时刻刻注视着"内面",时时监视从"内面"的什么地方涌现出来的色情。实际上,这个"内面"正是在这种监视下产生的,而更为重要的是,正因此,"肉体"或者"性"被发掘出来了。

这个"肉体"已经十分贫困。自然主义者大肆揭发的那个肉体,已是存在于"肉体的压抑"之下的"肉体"了。对于基督教来说,不管怎样解放肉体或者性,这本身已是存在于"肉体的压抑"之下的。比如,安托南·阿尔托看了《巴厘岛的演剧》后这样说道:"……演员们借助服装转动起来形成象形文字本身。这种三维度的象形文字进而被有固定节奏的动作、神秘的象征所点缀。这种神秘的象征对应着为我们西欧人所彻底压抑了的某种梦幻般的暗淡的现实。"阿尔托谈的是有关西欧的"肉体之压抑"。肉体无论怎样被露骨地暴露出来，这暴露行为本身依然是"肉体之压抑"的结果。而我们则不必像阿尔托那样遥远地向异文化的彼岸望去，只要看看江户时代的演剧就可以了。

田山花袋的《蒲团》为什么那样受到人们的感动呢？原因在于这篇作品第一次描写了"性"。就是说，这里写了与此前的日本文学中所描写的完全不同的性，即由于压抑而得以存在的性。这个新奇之处给人们带来了连花袋自己也没有想到的冲击。他说自己想告白"放置着不曾理会的东西"，而实际上正相反。因为，自白这一制度才使性得以发现。正如精神分析的告白技术使"深层意识"得以实在一样。

米歇尔·福柯这样写道：

> 从基督教的扬善惩恶开始至今，性一直是自白的权威性题材。据说这是人们的隐私。然而，万一与此相反，这个性会不会是由完全特殊的方式作为人们告白的东西而存在的呢？偶尔想来，会不会是必须将此隐瞒起来之义务，也就是必须对此自白之义务的另一面呢？（自白越是变得重要，越是要求严密的仪式，成为指望产生决定性效果的东西，就越要求更巧妙更细心的注意，并将此作为秘密隐藏起来。）这个性会不会是在我们的社会里，存在于几个世纪以来的自白这一正确无误的支配性体制之下的呢？上述的性之成为一套话语，性现象多样化之分散与强化，恐怕是同一个装置的两个零部件吧。这一切乃是作为强迫要求人们对性之特殊性——无论是怎样极端的东西——做出

表白的自白之核心要素，而有机地组合于这个装置中的。在希腊，真理和性被结为一体是由于要以教育的形式通过身体与身体的接触来传承贵重的知识。性发挥了支撑知识传授的作用。而对于我们来说，真理与性结合在一起其原因在于自白。在于个人秘密之义务性的彻底表白。不过，这回是真理发挥了推动性及性的发现之作用。（《性史1》，新潮社）

田山花袋的《蒲团》比起岛崎藤村更具西欧式小说形态的《破戒》尤有影响力，其理由正在于此。这是因为自白、真理、性三者被结合在一起而表现的。这能说是对西方文学的歪曲吗？应该说，这里露骨地展现了组成西方社会的某种颠倒之力。

2

我在前一章里谈到，应该表现的"内面"或者自我不是先验地存在着的，而是通过一种物质性的制度其存在才得以成为可能，同时我试图将此放到"言文一致"这一制度的确立过程中来加以考察。我们观察"言文一致"的确立过程就会明白，这个制度形成了一种既不是过去的"言"也不是过去的"文"的"文体"，而此制度一旦确立起来其确立的过程便会被忘却。人们渐渐认为这只是把"言"转移到"文"的一个过程。同样，这也可以适用于有关自白的考察。自白的形式，或者自白这一制度生产出要自白的内面或"真正的自我"。问题不在于自白什么怎么自白，而在于自白这一制度本身。不是有了应隐蔽的事情而自白，而是自白之义务造出了应隐蔽的事物或"内面"。而后来，这一事态本身却完全被忘记了。

　　明治四十年代，当田山花袋和岛崎藤村开始自白之前，自白这一制度就已经出现，换言之，创造出"内面"的那种制度在知识人中间已经存在了。具体说来，这就是基督教。不用说，国木田独步的《不受欺骗之记》已然是作为基督徒的自白了。他们在一个时期里信奉过基督教，这一事实是重要的。虽然对他们来说，基督教仿佛是向上爬的梯子一样的东西，但正因为如此才显得重要。而当这一事实被忘却的时候，基督教式的颠倒则延续了下来。正宗白鸟说：

>　　在欧洲诸国旅行引起我注意的一件事是基督教的势力之大。把基督教排除在外则无法理解欧洲过去的艺术与文学，这是早就知道的，然而真的踏上了那片土地才更深切地感到了这一点。今天，随着科学的进步，据说已经从过去的迷信中解放出来了，结果真的如此吗？我觉得在欧洲除了一部分有识之士外，整体上宗教的投影仍留存于人们的心中。观大量的通俗电影可以感到一股宗教气，而戏剧上的宗教色彩则对我们异邦人更为明显。但是，在模仿西方的明治日本文坛，宗教的影响虽也曾清晰可见，不久却踪迹皆无。提倡过"见神实验"的纲岛梁川氏的思想亦不曾为文坛所接受。温和的人道主义虽带有近似于基督教的色彩，也不过只反映在各作家的作品里。……我一直这样认为。可是，近来再做思考，却觉得透谷、独步、芦花，还有自然主义时期的人们频频挂在嘴上并劳神思考的怀疑、忏悔、自白等词语，不正是西方宗教的刺激所致吗？然而精神上的怀疑也好忏悔也罢，在已经从宗教中解放出

来的人们那里是不会发生的。(《明治文坛总评》)

正宗白鸟的冷静回顾表明，即使这是暂时的现象，也无法否定这一事实：在明治时代文学家的出发点上，有基督教的冲击存在。另外他还暗示，初看起来西欧社会仿佛已远离基督教，而实际上社会的各个方面仍是由基督教组织起来的。确实，如果站在基督教的"影响"视角，视野便会被局限住。相反，西方的"文学"作为一个整体乃是通过自白这一制度而形成发展起来的，不管接受了基督教与否，也不管是否受到其感染，西方文学形成于这个自白制度之中，乃是确实无疑的。当然，没有必要一定称之为"基督教的文学"。

例如，北村透谷在《论风流并及〈伽罗枕〉》中说，尾崎红叶的小说乃至德川时代的文学里有"风流"，但无"恋爱"。[2] 所谓"风流"，是在游廊（艺伎集中的场所。——译注）里生长起来的概念，"当时的作家概为游廊里的理想家，同时又是写实作家"。因此所谓"风流"，并非如"恋爱"那样深陷其中不能自拔。

> 其次，风流之道与恋爱相左之点在于，风流乃非相互之爱。风流之旨本在乎相恋而不痴迷，故讲究使对方堕入情网而自己保持清醒之法。若痴迷恋情则风流之价值已受损伤。着迷则成痴，成痴则当思虑如何得以退出风流。痴迷乃风流智慧之丧失，堕入非风流之恋爱正风流之落第也。故假使不欲退出风流则游廊将使不受诱惑者暗中用心于诱惑，诱惑之后引身而退则最佳之风流也。吾亦不迷彼亦不痴之恋亦为风流，彼痴迷而吾不迷，此中亦有风流

在，然彼此痴迷之时真正之风流则不存也。

然而，透谷所说的"恋爱"绝非自然形态的恋爱。"风流"确实是不自然的，"恋爱"亦同然。在古代日本人那里存在"恋情"而没有恋爱。同样，古希腊人、古罗马人亦不曾知道有什么"恋爱"。因为"恋爱"乃是发生于西欧的观念。丹尼斯·迪·罗格特在《西欧与恋爱》中的所论多少有些令人怀疑，不过西欧的"热恋"即使是反基督教的，亦是只有在基督教下才会发生的"病态"，这一说法则是十分正确的。若如此，已经承认了"恋爱"观念的人，在把内面当作"自然"来观察时，则不知不觉中实际上已把基督教之颠倒的世界作为"自然"接受下来了。

事实上，正如北村透谷所言，"恋爱"乃是在基督教教会内部及周围发展起来的。青年男女聚集于教会，是为了信仰还是为了恋爱已经到了难以区别的程度。然而，阅读西方"文学"本身给人们带来了"恋爱"。代替教会，接受了"文学"影响的人们形成了恋爱的现实之场，田山花袋的《蒲团》中出现的少年少女正是其例。恋爱不仅不是自然的，相反是一种宗教性的热病。即使没有直接接触基督教，通过"文学"这种恋爱也得到了渗透。

不过，应该说基督教更直接地存在于"现代文学"的源头上。不用说，"文学界"同人及田山花袋、国木田独步等曾经是基督教信徒。如正宗白鸟所言，在明治二十年代，基督教具有与昭和初期的马克思主义同样的影响力。尼采说，"基督教需要病态，这与希腊精神需要过剩的健康大致一样。——使其成为病态，这是教会救济组织的本来目的"(《反基督教者》，日文版《尼采全集》第13卷，理想社）。追溯明治文学史，我们可以发现在明治二十年代"病"突然急遽出现，比如在坪内逍遥的《小说神髓》以及福泽谕吉的著作中是看不到"病"的。日本的"现代文学"始于和"现代化"意志不同的源头。我们可以从字面意义上的"教会"，来观察日本的现代文学。

3

再次重申，我并不想在此论述基督教的"影响"问题。如果没有等待接受影响的精神状态，所谓的影响也是不可能发生的。毋宁说问题在于，为什么这一时期是基督教而且是新教具有其影响力呢？为了思考这个问题，我们可以注意一下是哪些人倾向于基督教。

平冈敏夫著《日本现代文学的起始》（纪伊国屋书店），是从山路爱山的"精神革命起步于时代的阴暗之处"起笔的。爱山注意到包括自己在内，还有植村正久、本多庸一、井深梶之助等明治时期的基督教徒均系旧幕臣的子弟。"表白其新信仰而决心与天下斗争之青年毫无例外要顺应时代之潮流，此乃论当时之历史不能不注意之处。他们享尽现实之荣华却于未来不抱希望，身处尘世有高贵之地位却少有理想。"（《当代日本教会史论》，明治三十八年）

平冈敏夫所重视的是下面这个事实：立志"精神革命"的青年们乃是佐幕派士族的子弟而非平民。即"精神革命"存在于与平民一样或更下层的状态，而其精神革命的意识却产生于并非平民的士族阶层而非平民本身。这一观察很重要。

内村鉴三写道："在所有宗教中只有基督教是从心之内部发起运动的。基督教才是异教徒流泪寻找的宗教。"不过，这种情况主要存在于被明治国家体制排除在外的旧士族那里。对于外来的基督教（新教）做出敏感反应的是那些已经难以成为武士，而且只有依靠武士才能获得自尊心的阶层。吞下基督教的是充满了无力感和冤恨的内心。从新渡户稻造的《武士道》开始，把武士道与基督教直接连接起来而观之的做法并非偶然。因为他们依靠自己为基督教徒才使其"武士"地位得以维持下来。而且，这也是明治时期的基督教不可能大众化的理由。

> 我是在经历漫长恐惧的苦闷之后最终决心说服自我成为神学之徒的。如前所述，我出生于武士之家。武士与一切重视实际的人一样，轻蔑所有种类的玩弄学问沉溺于感伤之事。一般情况下还有比僧侣更为不切实际的吗？他们为这个忙碌的世界所提供的商品是他们自己称之为情绪的东西——这种意义含糊不清可有可无之物乃世间最懒惰者亦能制造的——他们以此换来食物、衣服及其他具有现实的实质性价值的物品。因此，人们说僧侣依赖人的慈悲之情而生存。而我们一直相信，作为求生的手段，比起僧侣之依赖于人的慈悲之情，武士之靠剑生存的方法更为有名誉。（内村鉴三英文著作《我是怎样成为基督教信徒的》，角川文库）

但实际上，在江户时代的和平时期，武士已不能"靠剑"生存了，武士亦成了"含糊不清可有可无"的存在。而正是要确立其存在的理由，"武士道"的理念才成为必要。武士道得以通行于世乃在于封建制度的存在，那时，他们的"名誉"实际上是有物质基础支撑的。封建制度崩溃后不久,渐渐暴露出武士乃"含糊不清可有可无"的存在这一事实,支撑"名誉"的基础已全然不存在了。他们相信依靠自己可以立身,然而根本就不存在这种根据。

武士的伦理终究是服从"主人"的伦理。当现实中已经没有了"主人",怎样才能获得"主人"呢?武士道就这样转向了基督教,其转化过程在某种意义上类似于古罗马帝国的贵族、知识阶层浸透于基督教的过程。他们感到某种不安的袭来,这种不安来自韦伯所说的奴隶制经济的行将崩溃,而他们则如斯多葛派、伊壁鸠鲁派即怀疑论那样,"致力于把精神视为对现实世界的一切无所关心之物"。(黑格尔语)

基督教所带来的结果,是通过放弃"主人"而欲成为"主人"(主体)这样一种逆转。他们通过放弃主人,完全服从于上帝而获得了"主体"。基督教使明治时期的没落士族为之震撼的正是这一颠倒。如西田几多郎、夏目漱石那样通过参禅即"把精神视为无所关心之物",而欲超越烦恼的人并非没有,但应该说主要是基督教使他们的"新生"成为可能的。

值得注意的,是这种"主体"确立的辩证法及物力论(dynamism)。现代的"主体"并非一开始就存在,而是作为一种颠倒才得以出现的。无论怎样接受19世纪的西方现代思想,这样的"主体"也是不可能出现的,平庸的启蒙主义缺乏这种颠倒,用今天的眼光观之可以视为"现代文学"的东西无一例外都是以基督教为媒介的,这绝非所谓的影响问题。这里包含着"精神革命",而且"精神革命"乃出自"时代之下"即充满抑郁情结的阴暗心性。谈论"爱"正是从持有这种阴暗心性的人们那里开始的。

他们开始了自白,但这并非因为他们是基督教徒才开始自白的。为什么总是失败者自白而支配者不自白呢?原因在于自白是另一种扭曲了的权力意志。自白绝非悔过,而是以柔弱的姿态试图获得"主体"即支配力量。内村鉴三说:

> 我称自己的日记为"航海日记"。因为这日记记录了可怜的小船穿过罪恶、眼泪和无数的悲哀,驶向上苍而每天进步的历程。或者称为"生物学家的写生簿"亦可,因为这里写下了一个灵魂由种子成长为谷物的,有关发生学之成长的形态学、生理学上的所有变化。这个记录的一部分今天将公布于众,读者们可以从这里得出自己想得到的任何结论。(同上)

我们不应将此视为一种谦虚的态度。我没有隐瞒任何东西,这里有的是"真实"……所谓自白就是这样的一种表白形式。它强调:你们在隐瞒真实,而我虽是不足一取的人但我讲了"真实"。主张基督教为真实乃是神学家的道理,而这里所谓的"真实"是一种不问有无的权力。

支撑自白这一制度的就是这种权力意志。今天的作家说我什么观念思想都不主张,我只是在写作,然而这正是伴随"自白"而来的颠倒。自白这一制度并非来自外在的权力,相反是与这种外在权力相对立而出现的,正因为如此,这个制度无法作为制度被否定掉。今天的作家即使抛弃了狭义的自白,"文学"之中依然存在着这种自白制度。

4

在内村鉴三那里,典型地反映了"主体"确立的动态过程。[3]他在札幌农业学校时受高年级同学逼迫,被强制加入了"信奉耶稣者誓约",不过,他因此一举解决了以前令人烦恼的问题。他是一个信仰心深厚的孩子,愿意对诸神的禁忌忠诚到底。可是,"因为有多种多样的神,诸神的要求发生矛盾冲突,必须同时满足几个神的要求时,善良人的立场会变得令人悲惨。要满足诸神平息矛盾冲突,我自然变得很焦急,成了一个胆小怕事的孩子。我拼凑了一份可以奉献给任何神的普通祈祷文"。对这样的少年来说,基督教式一神教所具有的"实际利益"是非常明显的。

> 以前,当一个神社映入我的眼中时,我习惯中断说话在心中献上自己的祈祷,而现在我可以在上学的途中一边谈笑一边走路了。我对被强制在"信奉耶稣者"的誓约上署名一事并不感到悲哀,一神教使我成了一个新人,我又开始吃大豆和鸡蛋了。我觉得自己彻底理解了基督教,唯一神这一思想是如此地有灵验。这个新的信仰给我带来了新的精神自由,给我的身心带来了健全的影响,使我变得能进一步集中精力学习了。我狂喜于自己身体获得的新的活力,自由随意地步行于山野,观察着山谷中盛开的花,天空上飞舞的鸟雀,我感到了与自然的沟通并想与自然之神对话。(同上)

如此这般戏剧性地描写出由多神教向一神教转变的文字,

我不曾见到过。通过一神教，自然开始以单纯的自然展现在人们面前，内村鉴三第一次获得了"精神的自由"，或者"精神"本身。仅取上一段文字观之，这与其说是基督教的不如说是《旧约》式的。另外，在某种意义上这亦是一种"风景的发现"。以前的自然曾经蒙上了各种各样的禁忌和意义，而把自然作为唯一神的造化来观察时，便成了单纯的自然。这样的自然（风景）只能存在于"精神"之中，换言之，只能存在于"内在世界"中。我在前面谈到国木田独步——他也是基督教徒——的"风景之发现"，其实应该先举内村鉴三为例的。就是说，日本的"风景之发现"乃是由于一种"精神性的革命"带来的。有关国木田独步属于浪漫派还是自然主义派的议论之所以空泛无结论，就在于这些都是只在西方文学史上才有意义的表面化的区分。例如，浪漫派式的泛神论乃是一神教的另一面，与多神教不同。前面引用的内村文章中对"自然之神"的赞歌几乎都是泛神论式的，当然通过转向一神教，这是可能的。

对于内村鉴三来说，一神教是绝对重要的。现实中的基督教分成诸派相互斗争，这正与所谓多神论的诸神之纠葛相似，内村则通过信奉一神教而超越了这一矛盾。即，他提倡过无教会派。他那独立于任何宗派的基督教当然是《旧约》式的，实际上，比起耶稣来他更倾心于预言者耶利米。

> 在整个《旧约全书》中没有施行一个奇迹的耶利米，是以展露了人之所有的坚强性与懦弱性的姿态展现在我的眼前。我自语道："所有伟人不就是预言者吗？"我又回忆起异教之国祖国的全部伟人来，将其言行与耶利米比较观之，得出了下列结论：即跟耶利米搭话的那个上帝，也

可以跟我们同胞中的某些人搭话。（同上）

内村鉴三的《日本的代表人物》一书便是以这种观点来写作的。另外，"从预言者那里习得关于怎样救国"的道理也促发了他的非战论。他试图通过站到唯一神一边而独立于日本，同时也独立于"基督教国家"。反过来说，他的拒绝任何意义上之服从的武士独立精神，通过服从于唯一神而获得了绝对的"主体"性。内村的颠倒是极为激烈的，因此他的基督教给下一代带来了绝大的影响。"主体"只有在这样的颠倒中才得以存在，这在明治二十年代的文学中得到了充分的显示。主观（主体）—客观（客体）这一对现代的认识论今天仿佛是不证自明的，原因正在于这个颠倒被掩盖起来了。正如内村所示，主体（主观）在多神论之多样性的压抑下才得以成立，换言之，这正是"肉体"的压抑。而值得注意的是，这种压抑也是单纯的肉体之发现。明治二十年代到三十年代初具有基督教背景的人们，不久纷纷转向了自然主义并不奇怪，因为他们所发现的肉体或欲望，乃是存在于"肉体的压抑"之下的。

例外的是志贺直哉。他是内村鉴三的弟子，经过与内村的抗争成为小说家，这很重要。志贺对其中的经验这样写道：

> 在接触基督教以前，我是一个精神上肉体上都健全发育的孩子。喜欢运动、棒球、网球、划船、器械体操、长曲棍球，样样都做。
>
> ……然而，只是在学问上很怠慢。傍晚回到家里腹中空空，饭要吃上六七碗。进了自己的房间便什么也不想做，摆着架子坐在书桌前却马上困得不成样子了。这就是

我当时每日的生活。

但接触了基督教之后,这一切都发生了变化。

说到信基督教的动机,这很简单。因为本家的一位书生在传教运动盛行的时候受了洗礼,这大概就是全部的动机。

但由此我的日常生活发生了变化。我停止了一切体育运动。这并没有什么大不了的理由,只是因为,一、渐渐觉得这种运动是如何的没意义,二、产生了把自己与大家区别开来的情绪……

于是,那天晚上我找到一位男干事要求退出体育活动。改革校风这种事,正如今天做出的决议那样,并不是从外部实行向心的改良法所能完成的事,应该注入些什么东西然后自然地实行离心的改革。我用了某人在社会改革良策的演说中的话作为理由,终于说服干事让我退出了体育运动。我很得意,感到了未曾有过的自豪。对于当时并没有一定要用宗教慰藉创伤的我来说,这乃是宗教给予我的可感谢的安慰了。我越发感到众人所做的事情十分愚蠢,于是上完了课便马上回家,开始读各种各样的书籍,翻阅了许多传记、说教集、诗集等。我以前也并非没有读书癖的人,不过读的都是小说之类而讨厌正经的书。

在一段时间里我感到这样的生活很不错,可是不久之后起了苦闷,这便是性欲的压抑。(《昏浊的头脑》,明治四十四年)

从以上叙述观之,我们仿佛可以轻而易举地得出这样的结论:志贺并没有接触到"真正的基督教"。而实际上,或许应该说,正是"极为健康"的志贺真的了解了基督教世界为何物。是基督教逼迫"精神上肉体上都"健康的男子走向了病态的虚脱状态。"基督教试图支配猛兽,其手段是使其变得病弱不堪——使之弱化正是基督教为驯服、为'文明化'而开出的药方。"(尼采《敌基督者》,日本版《尼采全集》第13卷,理想社)

对于志贺直哉来说,基督教中的"奸淫"问题才是真正的问题。在他那里,"奸淫"不单是"性之放纵",实际上还包含了当时屡见不鲜的同性恋问题。而在基督教中同性恋才第一次被视为性倒错。弗洛伊德认为所有儿童都是多形态性倒错的,不过这个性倒错概念本身亦是从犹太教移用过来的,精神分析的思想架构亦基于这个犹太教。

由基督教看来,"肉体"乃是一种倒错的存在,一个肉体只有在与"精神"对立的情况下才得以成为肉体。志贺直哉对基督教的抵抗并非理论的抵抗,可以说他在此看到了使多形态多样化的肉体(欲望)集约化的专制主义的存在。对他而言,"主体"乃是一种暴力性的压抑,别人是从"意识"出发,而他则觉得"意识"充其量不过是"昏浊的头脑"。

如果"现代文学"起步于一个主体、主观、意识,那么志贺直哉抵抗的正是这种颠倒,他的抵抗始于对"一个主观"的怀疑。在《克劳缔斯的日记》里,他描写了令人震惊的"杀人",自己(克劳缔斯)"一次也没有想到要杀害哥哥",可是在一个秋夜出去打猎,兄弟两人同寝于一个野外小棚子里时,却发生了这样的事情:

> 疲惫不堪的我不知何时被睡意缠绕,想着想着便堕入了昏睡状态。自己一边觉得是在梦与现实之间一边走进了

梦乡，而在还未睡熟之际，忽然被奇妙的声音所惊醒，睁眼观之，不知何时煤油灯熄灭了，哥哥在黑暗中低低呻吟。我马上想到哥哥一定是梦魇了。那么凄惨的声音，仿佛被扼住脖子一样。我自己也觉得心情不快，想坐起来而不能便半卧着探出上身来，这时不知怎的忽然在脑海里升起了奇怪的想象。这想象使自己也为之一惊，在哥哥的梦中一定是我扼住了哥哥的喉咙！就这样，黑暗中在脑里浮现出自己各种各样的恐怖之相，同时甚至浮想起那时的杀意。我感到这太残忍了，糟了，已经做了那般残忍的事……

　　第二天早上我感到很疲惫，可哥哥却根本不知道梦魇一事似的跟我谈起今天的狩猎计划来。我安心了。可其后那可怕的想象不知怎的常常忽然回忆起来，每当这时我便感到一种痛苦。

在自己的梦中杀害哥哥是常见的，这是在梦中还是在现实之中发生的不很清晰，这种情况亦不鲜见。但这里的描写性质完全不同，他是在哥哥的梦中杀了哥哥。梅洛·庞蒂所举下面的例子，我觉得可以说明志贺直哉的构想为何物。

　　那是一个小女孩儿的故事，她坐在家中女佣人和另一个女孩儿的旁边，显出有些不安的样子，不一会儿她突然打了旁边女孩儿一巴掌，当有人问她理由时，她却刁难说因为那个女孩儿打了她。从这个女孩儿认真的表情看不像是在说谎。她未经过什么诱发便打人，而且打了之后马上说是那个女孩儿打了她，这明显的是侵入他人的领域。……幼儿本身的人格同时也是他人的人格，正因为两个人格没有区别,所以才使这个转嫁成为可能。这种人格之无区别乃是以幼儿意识结构的整体为前提的。(《眼睛与精神》,美玲书房)

志贺直哉被称为具有儿童性格和原始人性格的理由,大概正在于此,但更重要的是他感受到了做出我为我、他者为他者这一区别之前的身体性。身体这个场是作为"向多方向同时生成的关系之网"(市川浩语)而存在的。"精神和肉体之实体性两分法,使两者的关系以及人和物、人和他者的关系变成了一种外在性的关系,隐蔽了作为关系性存在的人类之应有的状态。"(市川浩《人称之世界的结构》)

根据《哈姆雷特》改写的众多作品越来越倾向于将此解释为表现"自我意识"的戏剧,而志贺直哉则从根本上将此翻了过来。他直觉地感到,与希腊悲剧不同,莎士比亚的"悲剧"只存在于基督教式的世界里,他看到了将主体作为主体确立起来的颠倒性。他与内村鉴三的关系并非仅仅是一过了之的麻疹似的关系,而且他之抵抗基督教并非出于对基督教的"无知",而是一种本质的抗争。

如前所述,志贺直哉看到了内村鉴三内在的某种专制主义。这个专制主义主要指向"肉体",内村的"主体"是作为对多形态的、多神论式的肉体实行专制性支配而存在的。

大概不存在把主体设想为只有一个的必然性吧,设想主体是多数的,恐怕也没有什么关系。这些多数的主观之协调和斗争大概就存在于我们的思考中。总而言之,即存在于我们意识的根底。或者是掌握支配权的"诸细胞"的一种贵族政治?已经习惯了相互统治,懂得了相互命令的同类之间的贵族政治?

以肉体和生理学为出发点。为什么呢?——我们所谓主观的统一是怎样一种东西呢?这可以同时表征为下面两点:即主观是代表一个共同体之顶点的统治者(而非"灵魂"或"生命力"),以及这个统治者使被统治者及个体可能成为依存阶级秩序和分工的诸条件之整体。活的统一不断生成死灭,这与"主观"并非永远不变之物是同样的道理。

主观直接追问主观以及精神上的所有自我反省,都是危险的事情,这种危险在于将自己伪装起来进行解释,这种做法对解释活动可能是有用的、重要的。所以,我们要质疑肉体,拒绝已经变得敏锐的感官之证词。可以说,我们是在试图弄清楚:隶属者自身是否能达到与我们结成相互交涉的关系。(尼采《权力意志》,《尼采全集》第11、12卷,理想社)

志贺直哉对内村鉴三做出的反设定,大概可以由上述尼采的话得到简要的概括。不过,与尼采一样,志贺的认识亦出自基督教这一"病态"。他的作品乃是一种"自白",也因此常常遭到非难。然而,把志贺的作品作为"自我绝对性"来批判则是无的放矢,因为他的作品是一种所谓"自我"之复数性的世界。具有讽刺意味的是,他的作品被冠以"私小说"之名,而实际上这是一个与"一个自我—主体"无缘的世界。如果说想要排除自白的人实际上正处在自白这一制度之中,那么,志贺则是在自白之中与自白这一制度进行着格斗。

在志贺直哉看来，发生于明治二十年代的认识论装置的结构蜕变是清晰可见的。宗教和文学上的主观（主体）之确立，在某种意义上与"现代国家"的确立相对应。比如，使少年内村鉴三苦恼的多神论矛盾存在于明治时代的各种层面。内村说："君、父、师构成青年的三位一体，在他的思想中不存在三者的优劣等问题。最使他苦恼的是，当这三者同时落入水中，而且在他只能救出一个的情况下，他该救谁好呢？"然而，这个问题不过是封建时代里形式化了的矛盾而已，在这里并立着天皇、将军、藩国大名。曾经有过像水户学派那样，试图将这种阶级爵位加以明确化的尊王思想，但实际上因为暧昧不清而放置下来了。矛盾是存在的，但未能构成现实性的纠葛。

促使这一矛盾现实化的是在佩利的来航（1853年美国海军军官佩利［Perry］率东印度舰队驶入日本浦贺港；迫使江户幕府开国，史称黑船事件。——译者）之后，明治维新建立起以天皇为主权的体制。然而，明治政府依然不过是萨长势力，与对立的集团处于割据状态。这在与少年内村鉴三不同的别种意义上，引起了人们的忠诚或同一性之多神论式的纠葛。因为明治国家作为"现代国家"到了明治二十年代才得以成立。"现代国家"只有通过集中化同质化才能够确立起来，当然这是在体制上的确立。而更为重要的是，与此同一时期，在所谓反体制方面的"主体"或"内面"也确立起来，并开始了相互渗透。

今天的文学史家在称赞明治时代文学家的勇敢斗争是为了"现代自我的确立"时，实际上这只能是对渗透于我们之中的意识形态的一种追认而已。例如，把自我—内面的诚实与国家—政治的权力相对立，这种思考忽视了"内面"也是政治亦为专制权力的一面。追随"国家"者与追随"内面"者，只是相互补充的两个方面而已。

发生于明治二十年代的"国家"与"内面"的确立，乃不可避免地处于西方世界的绝对优势之下。我们无法对此进行批判。需要批判的是把由那种颠倒所产生的结果视为不证自明的今日之思考方法。人们都要追溯到明治时代以确立自己的思考根据，所见到的印象相互对立，然而这些"对立"既相互补充，同时又隐蔽了各自的起源。单纯地改写"文学史"是不够的，我们应该弄清楚"文学"作为一种制度是怎样不断自我再生产的，即这一"文学"的历史性。

第四章　疾病的意义

1

在以前，谁都知道下面这首歌："纯白的富士山峰翠绿的江之岛／仰首望去如今泪潇潇／面对十二位不再归来的雄壮英灵／欲献上祭奠的心意。"而且，说到这首歌所唱的"七里浜事件"，谁都会忆起那可嘉而又可怜的故事。这就是发生于明治四十一年（1908年）逗子开成中学学生六人于七里浜乘船遇难事件，不过在读到宫内寒弥的小说《七里浜——某种命运》（新潮社）之前，我并没有思考过这事件实际上是怎么一回事。

事件发生后，学校宿舍的舍监石塚教谕引咎辞职。小说描写后来流落于冈山地区，在那里结婚并改从养父之姓的这位教谕的儿子——现在是一位老年的无名作家——阐明这一事件的真相。据小说讲，事实真相似乎是六名品行不端的中学生想射杀海鸟欢聚野餐，便乘舍监不在擅自乘船出海而遇难。追究失职舍监的责任是理所当然的，不过，这一在今天亦常常发生的事件一夜之间变成了神话，必当另有原委。比如，参加示威游行的学生之死一夜之间作为革命行动而被传为神话，当是可以理解的。然而这一事件的传为神话，其中则潜藏着某种不透明的颠倒。

具体说来，在告别仪式上由镰仓女子学校教谕三角锡子作词，合上新教圣歌"当我们回家时"而由女学生们所唱的上面这首歌，使事件忽然变形而转移到另外的层面上去了。这首歌非常巧妙地美化了到处都存在的鲁莽中学生的愚行，而其社会性的神话作用是怎样一种东西呢？现在可以肯定的是，这种神话作用来自基督教圣歌——语言与音乐——的效果。或者可以说构筑起这一事件——除去遇难的"事实"——的，是彻头彻尾的"文学"作用。

当然，宫内寒弥对此未必是清醒的，可是他的解释暴露了这种神话化背后潜藏着的淫靡的倒错。该解释基于作词"纯白的富士山峰……"的女教师三角锡子的清教主义与自我欺骗。39岁的锡子为治疗结核病转至镰仓并在此做教师，"为了恢复健康"她希望结婚。她本人并没有注意到，"为了恢复健康"是怎样一个自我欺骗的理由。做媒的学生监督把舍监石塚教谕留在镰仓谈这件事的时候，事件发生了。年少十岁的石塚接受这一婚事后，女方锡子却不理石塚。他则不单为事件负责，还因不堪忍受此事辞职隐身而去。上面那首歌产生于锡子的清教徒式的性压抑当是明白无误的，简而言之，在锡子和石塚两方都有"文学"在发挥作用。

之后，在萨哈林当中学教师的石塚对儿子严下禁令：结婚之前不准读小说，并且在院子里烧掉儿子违令偷偷买来的世界文学全集。对此形成反抗心理的儿子则立志于文学，以无名作家从事写作，至今已届老龄。这位无名作家从父亲对小说的异常反应推测到：事件之前父亲曾受到德富芦花《不如归》的强烈感化，移居逗子与接受年纪大十岁的女教师的求婚，似乎都与这种浪漫主义有关。后来，无名作家在研究《不如归》的过程中有种种的发现，如中学生六人所乘小船是曾经不知何故而沉没的旗舰"松岛"所属的小艇，《不如归》中的浪子原型陆军元帅大山严的长女的小弟弟曾与"松岛"一起死于沉船等各种各样有因果关联的事实。这位无名老作家畑中最后产生了这样的心境：

> 我觉得不管怎么说，自己生于此世虽非所愿却不得不心怀文学之志度此一生，概由发端于小说《不如归》之因果关系，畑中这样坚信起来。由于这个坚信，在自己已完全成为人生的落伍者时，我感到对亡父及七里浜遇难事件，于他人所不知的心底不断燃烧着的冤恨之火——突然消逝而去。

对于这位主人公来说，或许这样也就了结了此事，而"七里浜事件"也不会有更复杂的问题了。然而，当主人公说自己坚信所有这一切都发端于小说《不如归》，其"冤恨之火"也便消逝时，我感到一种情不自禁的焦躁。这位作家，在其文学始于"文学"这一事态中找到救赎，他在剥除此事件的神话色彩的同时，却没有将存在于神话化源头中的"文学"之神话作用对象化，对自己自始至终被纠缠于"文学"的神话里没有感到什么不安和怀疑。当然，不仅是这位主人公，绝大部分作家都是这样毫无自觉地安住于这个圆环中的。一开始就有"文学"在！作为开始的"文学"本是派生性的东西，而正是在仿佛文学就是一切之始源似的地方，存在着"文学"的神话。

的确，"七里浜事件"是因女教师及女学生，以及乐于接受该事件的社会而被传为神话的。但是，这里的问题不在于当事者及其社会，而在于小说《不如归》本身。这篇小说与泉镜花的《妇系图》（明治四十年）并列，是明治末期最为广受阅读的作品之一。这一作品的流行不仅在于其通俗性，还在于其中凝缩着某种具有感染力的颠倒。

2

众所周知，德富芦花的《不如归》（明治三十一年至三十二年）以患了结核而行将死去的浪子为女主人公，她的母亲亦死于结核，本人则在严厉的继母虐待下成长起来。在这一点上蹈袭了日本古来"继子受虐"的故事传统。另外，她还受到小姑的虐待，这亦有传统的故事原型。正如柳田国男指出的那样，继子受虐的故事并非现实中有这样的事实而被表现，现实中即使没有亦为人所喜爱。可以想象，这个故事原型从父系家族制度成立以来便开始存在了。父系制的不自然性——当然不是说母系制就自然——希求继子受虐故事的存在。《不如归》与其说是在否定这个原型的存在，不如说是完全依赖于此。作为"现代文学"作品，它没有二叶亭四迷、北村透谷、国木田独步等文学的尖锐的颠倒性，是完全符合新派文学舞台的作品。

但值得注意的是，使浪子死去的并非继母、小姑和什么坏人，而是结核。对她的丈夫武男来说，使她成为难以接近的人的正是这个结核病。不是人与人之间的矛盾纠葛或者"内面"使她变得孤独，而是眼睛看不见的所谓结核菌带来了她与世界之间的距离。换言之，在这篇作品中结核乃是一种隐喻。而浪子因结核变得美丽病弱，成了作品的关键之处。

> 粉白消瘦的面容，微微频蹙的双眉，面颊显出病态或者可算美中不足，而瘦削苗条的体型乃一派温顺的人品。此非傲笑北风的梅花，亦非朝霞之春化为蝴蝶飞翔的樱花，大可称为于夏之夜阑隐约开放的夜来杳。

> 然而，难解难融的恨之块垒深潜在心底，他每夜卧于吊床，伴随着歼灭北洋舰队战死沙场之梦而出现的，是那裹着雪白披肩的病弱浪子的面影。

> 音信不通已有三月，她是否还活着？如我一日不曾忘记那样，她亦每日在思念我吧，虽不曾誓言同生共死。

> 武男这般想来，更忆起最后相见之时。十五的月亮爬上松梢，在逗子朦胧的傍晚，送自己出征，立于门前说"早日归来"的可人现在何处？深情眺望，仿佛感到裹着白披肩的那个身姿又从月光中走过来。

浪子乃是典型的浪漫主义形象。许多人已指出浪漫派与结核的联系，而据苏珊·桑塔格《疾病的隐喻》一书，在西欧18世纪中叶，结核已经具有了引起浪漫主义联想的性格。结核神话得到广泛传播时，对于俗人和暴发户来说，结核正是高雅、纤细、感性丰富的标志。患有结核的雪莱对同样有此病的济慈写道："这个肺病更喜欢像你这样写一手好诗的人。"另外，在

第四章 疾病的意义

贵族已无权力而仅仅是一种象征的时代，结核病者的面孔成了贵族面容的新模型。

勒内·杜博斯指出，"当时疾病的空气广为扩散，因此健康几乎成了野蛮趣味的征象"（《健康的幻想》，纪伊国屋书店）。希望获得感性者往往向往自己能患有结核。拜伦说"我真期望自己死于肺病"，健壮而充满活力的亚历山大·杜马斯则试图假装患有肺病状。

实际上，蔓延于社会的结核是非常悲惨的。但我们这里讨论的结核则与此社会实际相脱离，并将此颠倒过来而具有了一种"意义"。结核或一般的疾病内涵着上述的价值颠倒，而成为一种"意义"，这样的事在日本是不曾存在过的。正如我后面要叙述的那样，这种情况只存在于犹太教、基督教的历史语境中。西方的结核神话化确实产生于现代，而其渊源则极为深远。

例如，桑塔格这样分析道：

> 时至18世纪人们的（社会、地理的）移动重新成为可能，价值与地位等便不再是与生俱来的了，而成了每个人应该主张获得的东西。这种主张乃是通过新的服装观念（时尚）及对疾病之新的态度来实现的。服装（从外面装饰身体之物）与疾病（装饰身体内面之物）成了对于自我之新态度的比喻象征。（《疾病的隐喻》，美玲书房）

可以说，《不如归》所散布的首先是这种流行式样即装饰。陆军中将子爵的长女和海军少尉男爵川岛武男获得了作为一种印象上的贵族性，进而与西欧疗养胜地相对应的是逗子海滨胜地，使"七里浜事件"中的教师着迷的正是这种印象。后来大概是崛辰雄以如此手法使轻井泽成为一种流行样式。总之，结核不是因为现实中患此病的人之多，而是由于"文学"而神话化了。与实际上的结核病之蔓延无关，这里所蔓延的乃是结核这一"意义"。

应该说通过结核这样的"服饰"，人们所主张的是如桑塔格所谓"对于自我之新态度"。在发展到"第三种新人"阶段的日本现代文学里，有着结核与文学的令人羞耻的结合。当然令人羞耻的不是结核这一事实，而是结核所具有的意义。这个意义的流行，正是从《不如归》开始的。因为，这里凝缩了西方式的某种"颠倒"，浪漫主义则不过是此颠倒的一部分而已。

正如反复强调的那样，我并非以"文学史"而是以"文学"的起源为思考对象的。表现在《不如归》中的结核所具有的意义，或者说与此相关的生死所具有的意义是怎样一种"倒错性"的东西，要对此做出观察，我们可以参照几乎写于同一时期的正冈子规的《六尺病床》。

> 六尺病床，这就是我的世界。然而，仅此六尺的病床对我来说亦是太宽阔了。病魔缠身的我只能稍微伸出手来触摸榻榻米，而无法把脚伸到被褥之外使身体略微舒坦一下。有时甚至为极端的痛苦所折磨，身体一点儿也不能动弹。痛苦、烦闷、哭泣、麻醉剂，不过是在死路一条中寻求仅有的生路，于无可期待中贪得一点儿安乐。即使如此依然希望能多活些时日，每天所读限于报纸杂志，且时常连这一点儿读物也不能阅读而痛苦难言。读之则时有令人生气，搔到痛痒处的时候，偶尔也有不知何故读来高兴忘了病苦之时。整年整年且已是六年不知世间事的卧床病人

的感觉，就是这样的。

这里没有丝毫浪漫派式的结核意象。正冈子规说，"观我国古来文学家艺术家，名扬一世誉载千古者，多为长寿"，"国外亦无大差别"（《芭蕉杂谈》），对短命天才之说不屑一顾。当然，子规的短歌俳句改革与为结核所迫的现实和生理问题并非毫无关系，但他始终与作为"意义"的结核无缘。《六尺病床》将痛苦当作痛苦、丑恶当作丑恶承认下来，代替"对于死的憧憬"而对生存坚持一种实践的姿态。与此相反，写于同时期的《不如归》则把结核当作一种隐喻。

3

到此为止，我叙述了有关明治二十年代伴随知识制度的确立所隐蔽了的东西。这些隐蔽了的东西相互关联着，讨论这一时期的"颠倒"问题，其困难之处正在于这种相互关联相互规定的复杂状态，绝非从一个视角就可以解释清楚的。例如，对于结核的文学性美化不仅与关于结核之知识（科学）不相矛盾，相反是与此相生共存的。如《不如归》中武男的母亲这样说道：

> 武男，你知道好多疾病中就数这病最可怕了。你也听说了吧，那个叫东乡的知事，还有你常和他打架的那孩子的妈妈就是前年四月因肺病死的，那一年的年底老东乡结果也死于肺病的不是？还有那知事儿子不也是前不久得了肺病死的。这不都是那母亲传染的吗？这种事还有不少呢。武男，所以我说这病可不能疏忽大意，疏忽了可了不

得。(《不如归》)

这里，结核乃是由结核菌导致的一种传染病，这个医学上的知识已经成了一个前提。另外，科赫科什发现结核菌是在1882年（明治十五年）。正是这一知识成了使浪子离婚，武男疏远于她的原因。换言之，不是结核病本身而是有关结核的知识才是其原因所在。在作品中，结核菌乃是被当作发挥作用的主体（尼采语）的。然而，这个知识真的是科学的吗？

费伊雷滨德极力说，在科学史上促使某种学说成为真理的乃是大众宣传（《反方法》）。他取伽利略为例做了讨论，而与微生物（细菌）的发现同时产生的事态恐怕更清晰地证实了他的论点。就是说，由巴斯德和科赫所主张的疾病特殊原因论使从前的医学思想发生了根本变化。勒内·杜博斯说：

> 病原体说，广而言之疾病特殊原因论几乎经历了一个世纪，终于打破了希波克拉底的传统。每种疾病都有各自明确限定的原因，通过攻击成为原因的作用因子——如果这不可能，则通过对身体发病部位进行集中治疗，便可以扑灭疾病，这是该新学说的核心思想。这种学说脱离了重视作为一个整体的患者，进而重视患者的整体环境的古代医学。在巴斯德于巴黎医学学会上发言时的论争中，这两种观点的不同得到了戏剧性的展现。（勒内·杜博斯《健康的幻想》）

"病原体"的被发现，给人们以这样的幻觉：就好像以往各种传染病都可以通过医学来治疗似的。在科赫发现结核菌之前的西方，结核被认为是一种遗传病，但到了1921年疫苗（BCG）的试制成功不仅使结核的预防成为可能，而且由于链霉素等的发现使结核病的死亡率大大降低，这些都已经是常识了。然而，西方中世纪及近代的传染病实际上在发现"病原体"的时候已经消灭了。这乃是包括下水道设施等城市改造的结果，不用说，推进城市改造的人们根本不知道什么细菌或卫生学。关于结核的情况也是一样。

> 比如，结核广为流行期间，最容易受其感染者往往年纪轻轻便死去而没有留下子孙。相反，生存下来的大多数人往往在遗传上具有高度的自然抵抗力，并将此传给子孙。现代西欧社会结核死亡率的低下，其结果一部分是由于使受感染性高的亲族大量消灭的19世纪大流行病所产生的淘汰作用。（同上）

就是说，结核菌并非结核的"原因"。几乎所有的人都受到结核菌以及其他微生物病原体的感染。我们与微生物同生共存，如果没有了微生物便不可能消化，人类将无法生存。体内有病原体与发病完全是两回事，西方16—19世纪结核的蔓延绝非结核菌造成的，而结核菌的减少亦非受益于医学的发达。我们不应该去追问什么是其终极的原因，其实要找到一个"原因"这样的思想正是神学与形而上学的思考。

正如杜博斯所指出的那样，"人与微生物的斗争"这一印象完全是神学式的，因此，所谓细菌乃是肉眼看不见的无所不在的"恶"。正是在明治二十年代这一学说得到普及，《不如归》中浸透了这一学说的意识形态一面。在这里结核就仿佛原罪一样的存在，也因此浪子为基督教所吸引。这篇小说作为畅销书是一种巧妙的大众宣传，此种宣传有着结核菌本身所没有的感染力。

4

《不如归》之后，结核蒙上了文学性的印象，不过现在我要讨论的是其医学的印象问题，这些都是相互关联且具有同一源流的。

苏珊·桑塔格从自己患癌症的经验，注意到疾病怎样作为隐喻而被利用，认为"应该弄清楚这种隐喻的本来面目并从这种隐喻中解放出来"。她说："我想说的是，所谓疾病并不是隐喻等，因此对付病的办法是扫除包括隐喻在内的病之观念，患了疾病便与之抵抗到底，这才是最正确的办法。"(《疾病的隐喻》)在诸种疾病中，结核与癌症乃是最具代表性的隐喻，现在结核已经成为可治疗的疾病，因此癌症便成了凶恶的隐喻而得到大量的使用。例如，为了极端表示对解决某一事件、状态的彻底绝望，便称此为癌症，如说"东京都行政的癌变……"桑塔格认为，弄清楚癌的本来面目、治疗成为可能之后，这种隐喻当会自然消灭。

但是，不能说因为癌症作为这样的隐喻被使用而使癌症患者受到其害。结核因具有明显的传染性，如《不如归》中的浪子那样，其患者被当成了一种禁忌这种情况是有的，而癌症这一隐喻则与癌症患者几乎没有关系。因此说患者从癌症这一隐喻中解放出来，是没有什么意义的。而且，桑塔格所说的若癌症可以治疗便会从其隐喻中解放出来，这也是没有什么意义的，因为那时癌症患者将从癌症这一疾病本身中得到解放。另一方面，被喻为癌症的事情只要存在，即使癌症不存在了，也会用新的隐喻来形容。

然而，疾病本身与作为隐喻的病能区别开来吗？能否说一方面存在着明确的"肉体上的疾病"，另一方面存在着作为隐喻而被使用的病？病只要有这样的分类与区别，就会是客观的存在。比如，只要医生如此命名我们便是有病的，即使在本人没有意识到疾病的情况下，这仍然是"客观的"病；反之，本人感到很痛苦而不被认为有疾病这样的情况亦存在。换句话说，与每个人身体上的反应无关，病以某种分类表、符号论式的体系存在着，这是一种脱离了每个病人的意识而存在着的社会制度。本来病从一开始便具有意义，"在最原始的文化中，人们把病视为具有敌意的神或别的反复无常的力量的到来"（《健康的幻想》）。每个人的病意识、医生—患者的关系，进而由所赋予的意义中自立起来的"客观的"病，实际上都是由现代医学的知识体系创造出来的。

问题不在于如桑塔格所言病被用于隐喻，问题在于把疾病当作纯粹的病而对象化的现代医学知识制度。只要不对这种知识制度提出质疑，现代医学越发展，人们就只能越感到难以从疾病，因此也难以从病的隐喻用法中解放出来。然而，这种思考正是"健康的幻想"（勒内·杜博斯语），是把产生疾病的因素视为恶并试图驱除此恶的神学之世俗形态。科学的医学虽然除去了环绕着病的种种"意义"，然而，医学本身则为性质更恶劣的"意义"支配着。

例如，尼采认为西欧的精神史是一部病的历史。就是说，尼采虽然滥用了病的隐喻，但是他离"健康的幻想"还远着呢。他所攻击的不是别的，正是所谓的"病原体"思想。

正如普通的人把闪电与打闪分离开来，把打闪视为所谓闪电的一个主体的作用或活动一样，人们也把强力从强力的表现分离开来，认为民众道德仿佛是存在于强者背后的可以自由表现的不善不恶的基础。然而，这样的基础根本就不存在。作用、活动、生成的背后任何"存在"也没有。"作用者"不过是通过想象附加于作用上的东西。作用便是一切。普通的人虽然觉得打闪打出了闪电这个东西，但实际上这乃是作用的重复，应该说作用＝作用，先将同一现象作为原因树立起来，然后再一次把此作为结果树立之。自然科学家说"力是运动，力有其原因"等，这也并非是什么了不起的说法。——他们虽然拥有来自冷静与感情的所有自由，然而今天的科学整体上依然为语言的诱惑所引诱，还没有逃脱"主体"这个恶魔之互相对换的迷信。(《道德的谱系》，《尼采全集》第10卷，理想社）

例如，所谓"与疾病做斗争"这种说法，仿佛认为病是发出作用的主体似的，科学亦为这种"语言的诱惑"所引诱，对尼采来说，这种把病原等同于主体物象化的做法本身即是病态的。"治病"这一表现亦是把治之主体（医生）实体化。西欧医疗中的构造完全与神学的构造相仿佛。反过来也可以说，神学的构造来自医学的构造。

在希波克拉底的医疗思想中，疾病不是被归结为特定的或局部的原因，而是被视为支配身心运动的各种内部因子之间的平衡状态受到了损害。因此，治疗疾病的不是医生，而是患者本身所具有的自然的愈合力量，这在某种意义上亦是东方医学的原理。而在西欧，希波克拉底的医学受到了神学、形而上学式的思考之压抑，与此类似的情况在明治时代很短的时期内也发生过。

比如，对于同样的结核病，《不如归》所赋予的是神学式的构造，而正冈子规的《六尺病床》则只是在诚实地述说病的痛苦。这让我们想起尼采下面一段话：

> 我反复说过佛教具有百倍的冷静、诚实和客观性。佛教已经不需要把自己的痛苦、自己的受苦能力通过对罪的解释使之成为一种礼节性说法——佛教直率地说出自己的所想："我苦"。与此相反，对野蛮人（基督教徒）来说，苦本身并不是什么礼节性说法。野蛮人为了承认自己在受苦的事实，首先需要一个解释（其本能却在表示否认苦，暗中忍受苦）。在此，"罪恶"这个词语乃是一个恩赐，表示一个强大的令人恐怖的敌人之存在。——于是，便没有必要把因敌人而苦视为羞耻了。（《敌基督者》，同上）

当然，这与正冈子规是否为佛教徒没有关系。如前所述，可以说子规的立场来自写生文或者其背后的"俳谐"精神。同样，德富芦花为基督教徒亦不是什么大的问题。重要的是由《六尺病床》的角度观之，《不如归》是一个完全扭曲的结构，并且正因此而具有感染力。

5

众所周知，明治维新使东洋医学在制度上遭到排除，西医成为唯一的医学之后，未经国家认可的医疗则被视为民间疗法、迷信。科学与非科学如此露骨地被划分开来，这在其他领域还不曾见到。

当然，在明治的法律制度方面，医学制度似乎只不过是其中的一部分，但是如果考虑到江户时代所允许接受的西方"知识"只有荷兰医学，把明治维新铸成资产阶级革命意识形态的都是通过兰学者而获得的等情况，应该说明治时期的西方医学派其权力的获得非但不是局部的，反而是最具象征意义的。现代医学的"知识"权威比起任何其他领域都要大得多，只是我们已经习惯了医疗这一国家制度，因此根本就没有注意到这一点。但是，服部敏良叙述江户时代来日本的荷兰医师眼中映现的日本医疗时，这样写道：

> 我国当时的医疗制度与外国不同，很多人可以自由地成为医师，开业行医。这在外国人眼中感到很异常，早在室町时代，路易·弗洛伊斯就指出了这一点，夏瓦洛（Pierre Charlevoix）也说日本医师既是外科医生，又是药品商，同时也是草药学者，他对日本医师自己配药并直接投药于病人感到惊奇。
>
> 索米滨格提到，日本医师中除了内科、外科医师外，还有使用"艾"和针的针灸医师，以及以按摩为主的按摩医师，甚至有为疏通气血来回走动发出特异的叫声招呼客人的按摩者也成了医师。其中内科医师级别最高，学问也最优秀。（《江户时代医学史研究》，吉川弘文馆）

荷兰医师对此感到异常，是因为当时的西方医学已经被中央极权化了。米歇尔·福柯通过法国18世纪流行病的状况及其研究，在医学不得不以国家规模来收集情报、进行管理，以及1776年由政府设立皇家医学协会等历史中发现了医学中央极权化的起源。这一时期形成了两个神话。一是国家化的医疗，医生成为一种圣职者。另一个是认为：建设健全的社会就会消除一切疾病。因此，"医师最初的工作是政治性的"。医学已非单纯的治疗技术和必要的知识之合成物，它还意味着关于健康的人与健康的社会之知识，"在人类生存的管理上，医学采取了一种规范化的姿态"。(《临床医学的诞生》，美玲书房)

如此观之，从兰学者中产生出明治维新资产阶级式的意识形态思想家并非偶然。不是以医学为媒介，医学本身即是中央极权的、政治的，而且其中有着将健康与疾病对立起来的结构。

在日本，和其他各种法律制度一样，国家医疗制度是于明治二十年代实质上被建立起来的，而且，这正相当于在西欧病原体理论开始成为支配性理论的时期。以医学史的发展脉络观之，病原或疾病这一"想象的主体"（马克思语）于此时已经开始成为制度上的支配力量，这乃是明明白白的。但是，在文学史上也发生过同样的事情则被忘却了。实际上，明治二十年代的"国文学"正是在制度上排除了国学、汉文学之后而确立了中心的地位。可更为人们所忘记的，是欲自立于国家的"内面""主体"正是因为有了国家制度的确立才得以成立的。这个社会是病态的因而必须从根本上加以治疗，这一"政治"思想亦由此产生。"政治与文学"不是什么古来对立的普遍性问题，而是相互关联的"医学式"思想。

明治二十年代到三十年代浪漫派文学家向自然主义的转变并非偶然，自然主义本来是医学式的理论。作为文学史的名称则掩盖了其中的关联性。将此作为"事实"而分割开来的做法，使人们看不到问题的存在了。

　　再次重申，并不是因为有了结核的蔓延这一事实才产生结核的神话化。结核的发生，与英国一样，日本也是因工业革命导致生活形态的急遽变化而扩大的，结核不是因过去就有结核菌才发生的，而是产生于复杂的诸种关系网之失去了原有的平衡。作为事实的结核本身是值得解读的社会、文化症候。但是，把结核视为物理的（医学的）、神学的，还原到一个"原因"上去时，就会使我们忽视诸种关系的系统性。

　　今天，癌这个难以对付的病告诉我们，这并不是因为什么特殊的原因，毋宁说是与生命和进化的根源有关系的问题。不是要从癌这个隐喻中解放出来，癌这个隐喻乃是解构由结核所获得的"意义"之关键。

第五章　儿童的发现

1

日本"真正的现代儿童文学"的诞生始于小川未明(《赤船》,明治四十三年)前后,这在儿童文学史家中是基本共识。另外,关于这种"童心文学"的出现,一般认为是在石川啄木所谓"时代闭塞现状"下文学家之新浪漫主义式的逃避,以及西欧世纪末文学影响的结果。以上大概是文学史的一般论调,不过在儿童文学家圈子内,这种把儿童文学视为成年人文学家的诗、梦想、倒退之空想的观点则成了被批判的靶子。儿童文学家认为,在此种观点中儿童是大人们想象出来的,不是"真的儿童"。例如,小川未明受到过这样的批评:

> 1926年,小川未明消解了同时分别创作小说与童话的苦恼,宣布专心致志于童话以后,他的作品世界发生了巨大的变化。曾经是构成未明童话作品特征的空想世界渐渐消去了,代之而起的是对现实的儿童形象之描写。与此同时,其作品变得让人感到有浓厚的说教气。

在创作"我之独特的诗"之童话期间,未明得以成为孩子的赞美者,因为那时他感到孩子所有的诸种特性乃是空想世界的支柱。但是,到了真正决心把孩子作为对象来写作的时候,未明不得不面对现实中的孩子,于是他感到有必要"忠告"孩子要与环境相调和而生存下去。因为,在真正关注现实中的孩子时,他不能不注意到曾经存在于自己观念中的"无知""感觉性""柔顺""真率"的孩子实际上是不存在的。

可以说,无论是在写空想式童话,还是写教训式童话的时期,小川未明都没有站在孩子的立场上思考。如前所见,他是为了表现自己的内心才感到童话的空想世界有其必要;抛弃创作"我之独特的诗"的设想,致力于"为孩子们"写作的时候,亦是站在大人的立场教导孩子于现实中走调和的生存之路。总之,他没有以孩子的眼光去观察这个世界。

虽然小川未明的"童话"本质上是"没有儿童"的文学,但却有着众多的追随者。这是由于,一方面未明在"童话"中创造了不曾有过的独特之美的作品,而另一个重大的原因是,日本现代的多数大人与未明一样,并不是真的孩子之发现者。(猪熊叶子《日本儿童文学的特色》,收《日本儿童文学概论》,东京书籍)

据说小川未明作品中的儿童,如果从"现实中的孩子"这一视角来看,不过是某种颠倒的观念而已。的确,未明的"儿童"是通过某种内在的颠倒而被发现的,但是,实际上所谓"儿童"者本来就是如此这般被发现的,所谓"现实中的孩子"

或"真的孩子"都不过是在这之后才出现的。因此,从"真的孩子"这个观点出发来批判小川未明,不仅没有弄清楚其颠倒的性质,反而只能进一步掩盖这个颠倒。儿童文学史家们不管怎样细致入微地阐明明治时期儿童文学的兴起,都缺乏从本质上对于这个"起源"的考察。

谁都觉得儿童作为客观的存在是不证自明的。然而,实际上我们所认为的"儿童",不过是晚近才被发现而逐渐形成的。[1] 比如,对于我们来说,风景无可置疑地存在于我们的眼前,但是,这作为"风景"乃是在明治二十年代由一直拒绝外界而具有"内面性"的文学家所发现的。之后,人们便觉得"风景"就好像客观实有之物一样,认为对此加以摹写便仿佛是写实主义了。或者,人们进而还要捕捉"真的风景"。然而,这样的"风景"不曾存在过,它乃是在一个颠倒之中被发现的。

完全同样的情况也可以用来说明"儿童",所谓"儿童"乃是一个"风景"。当初如此,现在依然如此。因此,由小川未明那样的浪漫派文学家发现"儿童"既不奇怪也并非没有道理。毋宁说最为倒错的是"真的孩子"等这样的观念。很明显,"明治以来的大多数作家从大人的立场出发,而没有站在孩子一方来思考,这恐怕是日本儿童文学的最大特色"(猪熊叶子语),这种说法是完全错误的。第一,这并非日本儿童文学的特色,在西欧本来"儿童"也是这样被发现的。第二,最为重要的是为了发现儿童文学,不能不先发现"文学",日本儿童文学的确立之所以落后,在于"文学"的确立是落后的。不过,到此为止我的一系列论述所要探讨的不是这个落后问题,也不是与西欧文学的差异问题,而是在西欧因长期发展而被隐蔽了,在日本则可以通过明治二十年代来集中检验的"文学"制度问题。

由小川未明和铃木三重吉等建立起来的"儿童文学"比"文学"晚了十多年,这没有什么奇怪的。把儿童文学孤立地拿出来观察其历史的连续性,这是错误的。虽说在同时代的西欧,儿童文学已经发达起来了,但与此进行比较亦是愚蠢的。不管日本的儿童文学家读到西欧的儿童文学而怎样受其影响,也不能断定日本的儿童文学会从其"影响"中立刻产生出来,这从"文学"的形成过程来观之,亦是明白无误的。比如,为俄国文学所震撼的二叶亭四迷的《浮云》第一编也不得不大半落入人情本或马琴的文体。不管他是怎样"内心化"了的作家,结果还是败在其手(法)上了。就是说,应该表现的"内面"或"自我"并非先验地存在着,它们必须在"言文一致"这个物质的形式确立之后,才有可能作为不言自明的东西被表现。如前所述,"言文一致"不是把"言"移入"文",而是重新创造一个语文体。因此,单是用口语体来写作的山田美妙和二叶亭四迷初期的实验,在森鸥外《舞姬》(明治二十三年)登上文坛后不久,只好自生自灭了。

不应忘记对于当时的读者——甚至学龄儿童来说,"言文一致"的作品更为难读难解。[2] 曾经尝试用"言文一致"体来写作的砚友社系统的严谷小波所作,并赢得巨大反响的《黄金丸》(明治二十四年)就是用文言体创作的。对此,受到批判的严谷小波这样回答说:

> 言文一致者本与落语讲谈之速记大异,若本为一种文体,则只将日常俗语相并列乃无济于事也。其中必当有缓急疏密抑扬顿挫,其寻常之修辞学诸要素缺一不可。只因

多用新鲜俗语，故比之他种文体或有稍微易解之处亦未可知，然因其写法却比雅俗折中文体更为难解。故敝人作黄金丸当初虽尝试言文一致之体，终因有些不妥而改从他种文体。

对此，菅忠道认为因为那是"不论文坛还是社会都没有认识到为了孩子而创造文学之必要性"的时代，所以严谷小波在"用那凝重典雅的文体写作的过程中大概是有一种自觉的文学之姿态存在着的"（《日本的儿童文学》，大月书店）。不过，这种观点恐怕更适用于当今的儿童文学家吧。因为，那个时候不管严谷小波是否想采取文言一致之体，其实所谓"文学"或者"儿童"这样的东西还没有被发现出来呢。直到小川未明出现为止，儿童文学主要是由砚友社系统的作家来承担的，这一事实表明，我们不能仅从历史的连续性上观察儿童文学，还必须将此作为一种断裂、颠倒，或者一种物质形式（制度）的确立来观察。"儿童"的发现是在"风景"和"内面"的发现之下发生的，这绝不是仅仅局限于"儿童文学"的问题。

2

儿童文学家不但不怀疑"孩子"这一观念，反而试图追求"真的孩子"，这是因为儿童作为事实就存在于我们的眼前。与风景一样，儿童也是作为客观性的存在而存在着，并且被用于观察与研究。对这种客观的存在提出质疑是困难的。但是，有关儿童的"客观的"心理学研究越发展，我们越看不到"儿童"本身的历史性。当然，儿童在过去就存在，但我们所思考的对象化了的"儿童"在某个时期以前是不存在的。问题不在于有关儿童的心理学探索弄清楚了什么，而在于"孩子"这个观念隐蔽了什么。

从各自不同的角度最早对"孩子"这一观念提出质疑的心理学家，我们可以举出皮尔·范登堡和米歇尔·福柯两人。他们都是持有这样一种视野的学者，即把心理学视为历史性的产物来观察，故能在其发展过程中把"孩子"观念的历史性视为问题。皮尔·范登堡认为："最初把孩子作为孩子并不再把其当作大人的"是卢梭，在此之前，"孩子"这个观念是不存在的。（Jan Hendrick Van Den Berg. *The Changing Nature of Man*）"人们不知道何为孩子，因为对孩子抱有错误的观念，越议论越步入迷途。"（卢梭《爱弥儿》）这正好与此前只当作障碍物的阿尔卑斯山，在卢梭《忏悔录》中作为自然美被发现相呼应。在这个意义上，"儿童"正是一个"风景"。

皮尔·范登堡提到帕斯卡的父亲给予儿子的教育，说从今天看来那是令人惊异的早期教育。还有后来的歌德八岁就能写德、法、希腊文和拉丁语。就是说，他们"并没有被当成孩子来看待"。当然，虽然他们现在是闻名遐迩的人物，而在当时并非特殊的例外。另外，这种情况并非西欧所特有的事情，在日本也把汉学的早期教育视为当然，江户时代的儒学家中亦有十几岁就在昌平黌（江户幕府所设以讲授儒学为主的学校。——译注）讲学的。当然最后结果还是才能的问题，不过那时孩子并非作为孩子而是作为小大人来接受教育的，这一点是没有疑问的。不用说，那样的教育当时只有在所谓学者之家才会有，不过在其他家庭最终的结果也是一样。就是在今天，歌舞伎演员之家其孩子亦从小就受到演员的教育。

不管他们是怎样的早熟，如帕斯卡也不应被称为"天才"。

"天才"乃是由浪漫派想出来的观念,而且也只有在浪漫派之后才有"天才"的出现。关于文艺复兴在较短时期内诞生于佛罗伦萨的所谓天才们,埃里克·霍弗指出:他们"大都在手艺人或职业作坊人的手下度过其学徒的时代"。就是说,他们并没有经历我们所想象的"儿童"时期,也没有被当作什么儿童看待。还有,值得注意的是在这些天才人物那里,看不到浪漫派式的天才所具有的青年期(youth)乃至成熟(maturation)的问题,尽管后来他们可能被如此这般地装饰打扮起来。

青年期概念的出现将"孩子和大人"分割开来,反过来也可以说,在这个"孩子和大人"分割开来的情况下,不可避免地要出现青年期这样的观念。心理学家把"发达""成熟"等视为不证自明的东西时,乃是无视这个"分割"为历史的产物这一事实。作为孩子的孩子在某个时期之前是不存在的,为了孩子而特别制作的游戏以及文学也是不曾有过的。柳田国男对此早有洞察。

> 为儿童琢磨游戏的方法,这在过去的父母仿佛根本就没有去做。而孩子们一点儿也没有感到寂寞无趣却满有精神玩着长大了,对此觉得奇怪的人恐怕不是没有,然而在上一代人的所谓儿童文化中,有着与今天的儿童文化相当不同的地方。
>
> 第一,与小学等的年龄级别制度不同,那时往往多是年龄大的孩子照顾小的孩子。这样他们不仅因此而得以意识到自己的成长,高兴地承担起照顾的责任,而且也使年龄小的孩子产生早日加入大孩子群的欲望和热情。这种心理虽已渐渐走向衰微,然因此而使日本往昔的游戏方法得

以轻易继承下来，那是一种令人难以忘怀的魅力，我们大孩子也应对好多珍奇的玩具传到今天而表示感谢之意。

第二，是孩子的自治。他们依据自己的所想琢磨出来的游戏方法，还有物品的名字，歌词，习以为常的行动，其中有着无限有趣的东西，玩赏这些东西会使我们忘记现世。关于这些，我要在后面详细地讲一讲。

第三，在今天看来是不怎么令人喜欢的模仿大人相，在那时的小孩儿则因旺盛的成长力而热心于此。往昔的大人亦很单纯，做事也少隐藏，他们做的都是一些站在周围细心观看的有心眼儿的孩子也会明白的事情。因为这些事情都是不远的将来要让孩子们来做的，所以，这些大人们说不定是在有意做给他们看的。共同承担的活计往往多由青年人来做，而以前的青年尤距孩子相近。故到了十三四岁孩子们就开始准备走向青年人的行列。在大人一方，亦想尽早把这样的活计交给年幼者。今天依然在九州和东北的农村每年一度举行的拔河比赛等，正是处在孩子的游戏与大人的活计之间的一种仪式活动。最初，那是一种真格的占卜年成丰歉的仪式，因为看重胜负的结果，到了早晨连祖父辈也要出来拔河，而晚上则交给孩子们，这时除非那些很轻率的青年，是不会动那拔河绳的。村子的守护神草相扑和盂兰盆踊等也都准备好了，所以孩子们将此看作他们自己的游戏，为此稍后大人们便要退下去了。（《孩子风俗记》）

这里描述了"没有当成孩子来看待的"孩子的身影。如前所述，不仅乡村共同体的孩子们是这样，知识阶级家庭的儿童也是如此。因职业和身份的不同或有区别，但孩子们没有被当作孩子，这一点是无可置疑的。柳田国男在肯定上面所说的孩子形象时，他还发现了那些大人们也是与我们所想象的大人形象不同。换言之，他要观察的是"孩子和大人"还未分割开来以前的身姿。

虽然将孩子作为"孩子"来看待是相当晚近的事情，但对于我们来说这已经成了不证自明的了，因此很难割断将此观念适用于过去的惯性。这只要看一看连摆脱了西欧中心主义的偏见，否定了"孩子＝原始人＝狂人"这一类推模式之神话的列维－斯特劳斯也未免被下列"偏见"所侵蚀，就会清楚割断此种惯性的困难：

> 南比克瓦拉语族的孩子不懂游戏，他们有时用草来卷或编东西，除了摔跤或绕圈儿跑之外，不知道别的取乐方法。他们的生活模仿大人们。(《忧郁的热带》，此处参考了王志明译，三联书店 2000 年版。——译注)

山下恒男说，列维－斯特劳斯不过是拿自己的"游戏"概念来衡量南比克瓦拉语族孩子的行为，认为他们"不知道游戏"(《反发达论》，现代书馆)。反过来说，南比克瓦拉语族的大人们并没有做我们认为的"劳动"，游戏与劳动还没有被严格地区分开来。这只要看看不久之前还存在的手艺人做活的样子就会明白的。还有，曾经是旧金山港苦力的埃里克·霍弗以自己的体验讲到，那里的熟练劳工"像玩儿似的"工作，而自动操作机械的导入使他们的工作变成了"劳动"(《现代这一时代的气质》)。

实际上,"游戏与劳动"的分离和"孩子与大人"的分割密不可分。今天不论我们如何引用赫津盖伊的学说来讲述游戏,我们也只能展现作为已经从劳动分离开来的"游戏"。换句话说,我们不能单纯孤立地看"儿童的发现"这一事态,而是应该将此作为传统社会之资本主义再构成的一环来看待。不过,这并不意味着通过"资本主义"可以说明一切。"儿童的发现"这一事态,应该放在本有的层面上来考察。

3

正如柳田国男所说,故事传说不是为了孩子所讲的,一般说来为了孩子的游戏是不曾存在过的。他不仅有这样的认识,而且实际上似乎也很厌烦"儿童文学"。厌烦儿童文学,正是由于他讨厌"文学"之故。他做出的正确理解是,为孩子而作的文学不可能存在于文学未发生之前。如此热心地讲到孩子的柳田对"孩子"不屑一顾,这正如他广泛深刻地谈到常民(柳田国男语,指被正史所遗忘的俗众、凡人、平民等。——译注),却与知识人为发现自我意识而创造的"大众"概念无缘。不过,他并不是一开始就这样的,这里有一个决定性的转变。比如,柳田曾与国木田独步、田山花袋一起出版过新体诗集《抒情诗》。

かのたそがれの国にこそ	在那黄昏的故乡
こひしき皆はゐますなれ	有令人思念的父老
うしと此世を見るならば	眺望这忧愁的尘世
我をいざなへゆふづつ	时时诱我返归故乡

| やつれはてたる孤児を | 传给瘦弱的孤儿 |

あはれむ母が言の葉を	母亲哀挽的寄语
しづけき空より通ひ来て	仿佛穿过静的天空
われにつたへよ夕かぜ	向我们吹来的晚风

（《文学界》明治三十年二月）

少年时期的柳田国男相继失去了缺少缘分的亲生父母，那时他"意气很是消沉不想做事，便想到学习林业或可以躲到山野中去，于是在心中描画起浪漫主义式的诗意"（《故乡七十年》）。上面这首诗仿佛是根据这一少年时期的体验而作的。另外，"那黄昏的故乡"好像展示了他内心的某种期待与希求，并与晚年的他跳过实证分析的程序主张日本人的起源来自"海上之路"有着某种联系似的。

但是，柳田国男曾这样回忆说：

> 我在文学界出版过新体诗，那或许是因了藤村的劝告亦未可知。但是，藤村那些人的诗来自西方系统，认为直接表达胸中燃烧的感情便是诗。我则最初讲究和歌的题咏，所以诗的情调与他们完全不同。此乃日本短歌的特长，利用各种各样的咏题如深闺小姐的"怨情"等出题作歌。所咏深闺小姐虽很冤枉可怜，那时如《和歌八重垣》《词语八千草》等种类书出了不少，从中找出适当的词语便可组合为诗。通常，所用词语三十或五十个排列组合起来，一首歌就编造出来了。这乃是过去的所谓题咏，要经常习作成为通人必须做到别人回应你的诗后，你能立刻答诗才行。
>
> 这乃是所谓做应景文学的心境。要做题咏如不下工夫

练习，真要咏诗时则做不出来，所以我们常说要苦练题咏，总之，我的诗与藤村等的抒情诗多有隔膜乃是事实。（《故乡七十年拾遗》）

这段回忆表明，柳田国男对把自己后来的民俗学研究视为青年期"抒情诗"之延长的看法，持严厉拒绝的态度。不过，这里还是存在两义性的，至少柳田与国木田独步、岛崎藤村等浪漫派处在同一地平上。不用说，这里确有一些与藤村等人不相合的感觉，应该说这种感觉在后来与花袋、藤村等的对立中，被进一步强调和夸张而产生了上面的回忆。

日本的文学史家泰然自得地谈论田山花袋、岛崎藤村等由浪漫主义向自然主义的转变，其实这表明他们对浪漫主义只有一些肤浅的理解。藤村与花袋由抒情诗向散文（小说）的转变，对他们来说意味着"成熟"。而这个"成熟"正是浪漫主义所强令通过的不可避免的程序，即浪漫主义的一个中间环节。自然主义是反"自我意识"的，但如杰弗里·哈特曼所说，"浪漫主义和反自我意识"不仅是不可分的，而且我们现在依然被困锁在成熟这一"问题"里。不管小林秀雄还是《最后的亲鸾》的作者吉本隆明，都仍然没有超出下面这个浪漫主义的认识范围："回归经历了知识的无知，这种想法过剩地存在于德国浪漫派之间。"（哈特曼《超越形式主义》）

另一方面，中村光夫《作家的青春》和江藤淳《成熟与丧失》问世以来，"成熟"这一问题从别的角度得到了论述。这种论述没有前者那种矛盾背反性，故最为普及。今天，埃里克·埃里克森的认同和延缓偿付（moratorium）概念得到了应用，但这些已经不足当"批评"这个称呼了。因为这两个概念无视"成熟"问题本身的历史性,就好像此乃人类固有的问题似的。

人类社会一般的"通过仪式"(成人礼、戴冠礼)与"成熟"性质完全不同。比如,我们在新井白石的自传《折焚柴记》中看不到青春期这样的问题,也不应该如此去观之。在通过仪式那里,孩子成为大人乃是改换假面,因文化的不同还有更换发型、服装、姓名的,也有施文身、化妆、割礼的。但是,在这样的假面背后并没有隐藏着什么真实的"自我"。在通过仪式存在的社会,孩子和大人完全区别开来,但是这与现代孩子和大人的"分割"性质不同。从某种观点上说,这种"分割"反而产生了从孩子向大人发展的连续性,在这里代替通过仪式的"变身",存在着一个渐渐发展而走向成熟的"自我"。因此,可以说正是这种"分割"剔除了孩子和大人之间的绝对区别。

柳田国男所说的"题咏"也可以称为"代咏",如果对"成熟"问题不理解的话,那么就无法理解"文学"以前的文学。正是因为不存在充实的"自我","题咏""代咏"才成为理所当然,本来就不可能有什么"自我表现"之类。在西欧文学中,所谓莎士比亚之"自我表现"乃是通过德国浪漫派而生成的概念,在往昔是不存在什么独创性这样的概念的,引用、模仿、用典、合作等可以自由自在地使用。

尽管如此,黑格尔把西欧的一般艺术称为"浪漫的形式",在这个意义上也可以说西欧文学已经是浪漫主义式的了。尼采说,如果古希腊人或古罗马人读到莎士比亚的作品,一定会将其当成疯狂的胡说八道的鬼话。就是说,浪漫主义的观念其根源在于基督教。尼采和海德格尔走向遥远的希腊艺术,就是因为要逃离这种"浪漫的形式"。而明治三十年代的柳田国男，则只要观察一下身边的情况就可以做到。当然，这不是说此乃简单容易的事。正如尼采在根本上是一个浪漫派一样，柳田的一生也是如此。不过，与田山花袋和岛崎藤村十分自然地转向自然主义而走向"成熟"相比，柳田则试图有意识地要把"文学"本身相对化。

另外，在西欧"孩子"的被发现显示了西欧文化本身的固有性。G. 鲍德尔说："在希腊人，特别是斯巴达人那里，屠杀婴儿具有人种优生学的思想色彩。虚弱或者不健全的新生婴儿将被遗弃。……因此，在西欧有关婴儿屠杀的禁令要等到基督教教皇的诞生。"（《屠杀婴儿的世界——如何解救人口过密》，美玲书房）当然，正如柳田国男《小儿生存权的历史》等所述，在日本杀子之事乃家常便饭。因此，重视保护孩子这样的思想是作为一个特异的宗教性观念而出现的，并非一般的自明之理。

传说故事并不是讲给孩子听的。柳田国男说："如狐狸精骗人的故事，最初再糊涂的父母也不可能为了将此说给孩子而发明这个故事。很早就使我们产生这种想法的是作为五大传说之一而有名的那个硬山故事，什么把老婆婆放到汤里，让老爷爷喝，最后在汤底见到了骨头等的话，谁也不能想象这会合于小儿的兴趣。"（《传说备忘录》）这样的传说故事即使作为"童话"改写过，也会留下那种残忍性和非合理性。所以，它保留下了任何"文学"——幻想文学也好，写实文学也好——都没有的"现实"感触。可以说，大概只有卡夫卡那样达到了写实主义极致的作家才能再现"童话"。

我想坂口安吾也是写了那种童话的作家，他举出三个残酷的童话（传说）为例，这样说道：

> 没有道德本身就是道德，同样，无可拯救本身便是拯救。我在这里看见文学的故乡或者人类的故乡。我想，文学正由此而诞生。
>
> 并不是只有这种非道德的脱离常轨的传说故事才是文学。毋宁说，我并不那么高度地评价这种文学。为什么呢？因为故乡虽是我们的摇篮，但大人的所为决不是返回故乡……
>
> 不过，我觉得没有这种故乡意识和自觉便不会有文学。文学的道德性和社会性如果不是在这个故乡之上生长发育起来的，我则绝对不会相信这种道德性和社会性，文学的批评也是如此。我坚信不疑。(《文学的故乡》)

坂口安吾这里所说的故事，乃是戳破"故事"的故事。自弗拉基米尔·普洛普的《民间故事形态学》以来，神话和传说故事等乃是诸种要素的结构性改编，这个理论已经得到了证实。作为口头传承的故事，正因为如此而严格地遵循结构理论的规则。但是，可以说安吾称之为"故乡"者，如果不这样规则化的话，就会是人类自身自灭的某种过剩力和混沌。而且，这也将不断"戳破"所谓"文学"这个新的故事。

4

孩子与大人的分割有着仅就两者关系无法论说的结构上相互联系的状态，这里，我想仅从儿童心理学或一般心理学的角度对此进行考察。例如，人们说卢梭最早发现了儿童，不过这绝非因为他梦见了浪漫派式的"童心",而是由于他尝试运用了所谓关于儿童的科学观察方法。但是,他所说的"孩子＝自然人"并非历史的经验性的东西。卢梭为了批判至今积累下来的作为幻想的"意识",或者为了批判作为历史形成物的制度之不证自明性,在方法上假设了这一"自然人"的存在。他认为:这是"为了排除遮蔽了我们的眼睛使之无法看到有关人类社会现实基础的知识这一困难,我们所能利用的唯一手段"。就是说,所谓孩子不是实体性的存在,而是一个方法论上的概念。

但反过来也可以说,正是在这种方法论的眼光之下,孩子才成了可观察的对象。或者说,作为观察对象的孩子是从传统的生活世界(Lebenswelt)隔离开来而被抽象化了的存在。到皮亚杰为止,儿童心理学主要是以这样的儿童为对象的。

皮亚杰打破了洛克以来的白板(tabula rasa)说,即人类乃是由经验和环境所塑造的这一经验论假说。他在起源上发现了"结构",认为这个结构是进化所给予的先天性结构。乔姆斯基的《笛卡尔学派语言学》也得出了同样的结论,动物学家劳伦兹则从不同的角度批判了经验主义的文化论。然而,他们对"儿童"的考察实际上都是完全抽象的。

与此不同,以考察神经症为出发点的弗洛伊德发现了人类对幼年期的固执及返回幼年的欲望,并注意到作为"小大人"的幼年期。弗洛伊德的学说的确摧毁了19世纪占支配地位的"像儿童样"的神话,但不能将此称为具有普遍性的学说,因为神经症本身正是孩子与大人被"分割"后的结果。米歇尔·福柯指出:

> 向幼年期退化尽管表现在神经症上,这也不过是一个

结果而已。幼儿式的行为对患者来说乃是一个逃避的场，这种行为的再现以及将此视为无法还原的病态，需要具备下列条件。首先，社会要对个人在过去和现在之间设置某种距离，使人们无法也不得跳过这种距离。其次，以文化来统合过去时，只有依靠强制的方法使过去归于消灭。我们的文化确实带有这样的特征。在18世纪，由卢梭和帕斯特罗奇所设想的，是遵循符合儿童发展的教育学原则，创造出适合儿童尺度的世界来。因此，容许在儿童的周围创造一个与大人的世界完全无关的非现实的抽象原始的环境。现代教育学以保护孩子不参与大人的矛盾纠葛这一无可非议的愿望为目的发展至今。这使得人类的儿童时代和成人时代的距离变得越来越大。幼年时代与现实生活之间的矛盾应该是最重要的纠葛，但是按照上述做法为了使儿童躲避各种各样的纠葛，反而使他们有了遭受遇到这种大的纠葛的危险。进而言之，内在于文化中的各种各样的矛盾未能如实直接地反映在教育制度中，而是通过各种各样的神话，这些矛盾成了被间接反映的东西。这样的神话免除了其文化的罪恶并使其正当化，而且在幻想的统一中将文化理想化了。再进而言之，一个社会是在教育学中梦想自己的黄金时代（我们只要看一看柏拉图、卢梭的教育学，涂尔干的共和制，魏玛共和国的教育学之自然主义就清楚了）。对上述情况略做思考就会明白，固执或退返于幼年期这种现象只有在某种文化中才有可能发生。另外，在清算过去使之同化于现在的经验不为现有的社会形态所允许的情况下，相应地会多发这种固执或退返幼年期的现象。退返所引起的神经症并不是在显示幼年时代具有神经

> 症的性质，而是在告发有关幼年时代的诸种制度使人变成具有蒙昧性质的东西。这种神经症病态的背景是内在于一个社会的纠葛，是幼儿教育的形态与大人们所被给予的生活条件之间的矛盾。社会在幼儿教育中暗中隐藏了自己的梦想，而在大人的生活中可以见到社会的现实和悲惨。（《精神病与心理学》，美玲书房）

神经症乃是受到隔离与保护的"幼年期"的产物，只有在这样的文化中才可能发生，这一论述十分重要。换言之，青春期在孩子和大人未被"分割"的社会里，这样的病态作为"疾病"是不存在的。福柯还指出，从17世纪后期狂人被作为"狂人"隔离起来以后，不是因为出现了心理学（精神病理学），掌握了阐明"疯癫"的钥匙，而是在这种状态的狂人现象里有着心理学的存在秘密。模仿福柯的说法也可以说，不是儿童心理学或儿童文学阐明了"真的孩子"，而是在被分离开来的"孩子"那里有着前者的秘密。

现代作家向人类的幼年期追溯，就好像那里有真正的起源似的，这不过是在创造关于"自我"的故事而已。有时这甚至是一个精神分析式的故事，而在幼年期里其实并没有隐藏什么"真实"。所隐藏的乃是使包括精神分析学得以诞生的制度。

就这样，我们被纠缠于"成熟"这个问题，然而这个问题是不值得认真对待的。与其说我们因被隔离的幼年期而无法成熟，不如说因为执着追求成熟而未能成熟。

还有一层，卢梭未必就是福柯所言的那种教育学家。《爱弥儿》这部书对卢梭来说其实是一部"哲学的著作"，他的探索课题在于追溯不断积累下来的颠倒。所以，应该说问题存在于将此作为教育学著作来阅读的人们一方。同样的情况，也可以用来说明弗洛伊德。在弗洛伊德的思考中，不是幼年期里有什么外伤经验而产生神经症，相反是当神经症发生的时候，一定在幼年期里有其问题的根源。换言之，他不过是以结构主义的因果律逆行追溯上去而发现了"幼年期"。可是，他的理论转化成教育理论和育儿理论后——美国的精神分析就是如此——却成了要进一步在幼儿期排除矛盾与纠葛以保护儿童这样的东西，其结果是提高了神经症发生的可能性。这正是由精神分析而制造出来的疾病，为弗洛伊德所不曾想到。特别是在美国，因为没有传统的规范，有的是"一定要成熟"的规范，所以精神分析本身广泛地造出了疾病。

然而，作为科学的心理学，儿童心理学变成了这样的东西，不单单是因为误解。这正是现代科学自身的本质。如胡塞尔在《欧洲科学的危机与超越论的现象学》中所指明的那样，始于伽利略的"纯粹科学"正因为本来是无目的的，故可以和任何目的结合在一起。现代科学基本上是应用科学，比如，作为纯粹理论性研究的分子生物学随时可以转化为遗传基因工学。不管是行为主义的还是结构主义的，作为心理学家研究对象的儿童，必须是与生活世界（胡塞尔语）拉开距离的存在，这样所得到的"知识"可以应用于任何目的。胡塞尔所意识到的"危机"，在于人们忘记了科学的历史性。在高谈有关"儿童"的知识之前，我们应该观察"儿童"这一观念自身的历史性。

5

到此，我论述了关于"儿童"这一思想的"起源"，即关于"儿童"这个看不见的制度问题。最后，有必要对显在的制度加以叙述。不过，在此我要观察的不是制度的目的、意图，即制度的内容，而是制度自身的"能指"。

关于现代日本的教育，不管其内容怎样受到质疑，但义务教育制度本身却丝毫没有被怀疑过。我感到有问题的不是在那里教什么怎么教，而是其学制本身，所有的教育理论都是建立在这个教育制度的不证自明、无可怀疑的基础之上。即使在考察现代以前的教育历史时，也是肆意地举寺子屋（江户时代到明治初年学制颁布以前，为对庶民子弟进行初级教育而由僧侣、医师、神职人员所设置和管理的教育机构。——译注）和私塾为例论之，仿佛这些传统教育机构的发展便成了"学制"似的。

对这样的教育概念的自明性表示怀疑的，还是柳田国男。比如，他认为当说到"国语教育"的时候，这个教育与国语教师或文人所说的性质不同。在前面引用过的文章里，他也说道："第一，与小学等的年龄级别制度不同，那时往往多是年龄大的孩子照顾小的孩子。这样他们不仅因此而得以意识到自己的成长，高兴地承担起照顾的责任，而且也使年龄小的孩子产生早日加入大孩子群的欲望和热情。"对柳田来说，这亦是教育的重要一环。如此观之则从反面显示，现代日本的"义务教育"意味着用年龄之别把儿童整理划分开来，将过去具体归属于某种生产关系、不同阶级和共同体的儿童作为抽象的、均质化的东西抽取出来。

明治三年，制定了小学条例和征兵条例，明治五年发出了"学制颁布"和"征兵令公布"。明治革命政权最先实施的政策便是这两个，这是意义深远的。征兵制和学制对于当时的庶民恐怕是难以理解的。由于对"血税"这一表达的误解，当时针对征兵制曾发生过暴动，可以说即使不是对"血"的榨取，至少征兵制是从固有的社会生活中把青年夺走了。对于学制人们也曾发起消极的抵抗。[3]因为从农民、手工艺者、商人们的角度来说，孩子被学校夺走等于固有的生产方式遭到了破坏。

关于征兵制时常也有否定性的议论，但学制本身却不曾被怀疑过，这只能说是令人感到奇怪。恐怕是人们从来没有思考过这两个政策同时出现的意义吧。不用说，这两个政策乃基于"富国强兵"的理念而被实施的，不过这里还有别一种意义。例如，军队是以防卫和对抗西方列强为"目的"建立起来的，但军队实际上对原来属于不同阶级不同生产方式的人进行集团纪律和军队机能样式的"教育"，军队本身即是"教育"机关。

当今情况亦如此。埃里克·霍弗说："意义深远的是，美国黑人从劣等转向平等首先得到实施的正是在军队里。现今，军队是视黑人首先为人，黑人属性仅仅为次要属性的唯一场所。同样在以色列，军队成了将操不同语言的移民变为有尊严的以色列人的唯一机关。"（《当今这个时代的气质》，同上）当然，这并非军队明确规定的目的，而在日本其内容即使是相反的，军队依然起到了把人们从既往的生产方式和身份中分开而创造出"人"来的作用。可以说，在这里不论试图注入怎样的意识形态，也比民主主义的空想家们的话语发挥着更强有力的功能。

明治的学校教育以天皇制意识形态为基础，故将此改变成民主主义的或社会主义的便是"教育"的进步了，这样思考问题的人实际上是没有看到"教育"自身的历史性。

比如，列宁这样说道：

……新"火星报"的那位"实际工作者"（他的深奥

思想我们已经领教过了）揭发我的罪状，说我把党想象成一个"大工场"，厂长就是中央委员会（第57号的附刊）。这位"实际工作者"根本没有料到，他提出来的那个吓人的字眼一下子就暴露出既不了解无产阶级组织的实际工作又不了解无产阶级组织的理论的资产阶级知识分子的心理。工场在某些人看来不过是一个可怕的怪物，其实工场是资本主义协作的最高形式，它把无产阶级联合了起来，使它纪律化，教它学会组织，使它成了其余一切被剥削劳动人们的首脑。马克思主义是由资本主义训练出来的无产阶级的思想体系，正是马克思主义始终教那些不坚定的知识分子要把工场的剥削作用（建筑在饿死威胁上面的纪律）和工场的组织作用（建筑在由技术高度发达的生产条件联合起来的共同劳动上面的纪律）区别开来。正因为无产阶级在这种工场"学校"里受过训练，所以它特别容易领会资产阶级知识分子难以领会的纪律和组织。（《进一步，退两步》，此处采用1959年人民出版社《列宁全集》第7卷第385—386页的译文。——译注）

工场即学校，军队亦是学校。反过来可以说，现代学校制度本身正是这样的"工场"。在几乎没有工场或马克思所说的产业无产者的国家，革命政权首先要做的不是建立实际的工场——这是不可能的——而是"学制"与"征兵制"，由此整个国家作为工场＝军队＝学校被重新改组。这时候，意识形态为何是无关紧要的。现代国家本身即是一个造就"人"的教育装置。

日本的儿童杂志，作为这个学校制度的补充或为了"学龄儿童"而出现于明治二十年代。在批判其杂志的内容之前，首先应该注意的是学制已经造就出了新的"人"或者"儿童"。当然，无论在学校里还是在杂志上，其教育思想乃是儒教式的。但是，本来在中国原为士大夫意识形态的儒教，在江户时代乃是作为武士阶级的意识形态而引进的，与农民、城市民众（不包括上层）无缘。所以，于明治时代的学校里所普及的儒教意识形态已是抽象的意识形态了。所谓"忠孝"在学校这个没有纠葛的抽象世界里不过是被灌输的东西，走上社会后则马上会遭遇到矛盾。这种矛盾意识正是所谓的青春期。江户时代武士的儿童所接受的"忠孝"教育，则更为具体而形象化。

人们批判明治时期的教育思想时，总是没有注意到学制本身的意义与作用。因此，"教育"本身不曾被怀疑，其问题遗留至今。有良心的人道主义教育家、儿童文学家批判明治以来的教育内容，旨在寻找"真的孩子""真的人"，孰不知这不过是现代国家制度的产物而已。汉娜·阿伦特说构想乌托邦者乃是（乌托邦的）独裁者，同样，构想"真的人""真的孩子"者亦只能是这样的"独裁者"，而且他们总是对此毫无意识。

到了明治三十年代，此前曾作为个别例外的突出事例而存在的"现代文学"得到普及，这与"学制"得到整备而稳定下来有关。在此基础上，小川未明等人的"儿童之发现"才成为可能。

为江户时代的师徒关系所牵制的砚友社系统的作家，未能发现这样的"儿童"。不过我们可以在他们周围发现虽非为儿童创作却写了儿童之事的优秀作品，这就是樋口一叶的《比个头》。[4] 她所写的是孩子到大人之间并不类似青春期（adolescence）那段时间的世界。樋口一叶乃是写了孩子时代，却避免了"幼年期"和"童心"这种颠倒的唯一作家。

第六章 关于结构力——两场论争

其一 无理想之论争

1

阅读所谓现代以前的文学时，我们会感到那里缺乏"深度"。可是，如江户时代的人们，他们不可能感受不到其时代的文学作品之深度的。实际上，他们日常性地受到各种恐怖、疾病、饥馑的威胁，应该是不断感受其威胁而生存下来的。尽管如此，说他们的文学中没有"深度"，这究竟是怎么回事？我们不应该将其理由归结于他们的"现实"或"内面"，也不应该勉强地去读出"深度"来。与此相反，我们应该追究什么是"深度"？这个"深度"缘何而生？

对于这个问题，取绘画为例以代替文学来说明可能更好理解。现代之前的日本绘画缺少"纵深度"，换言之，似乎缺乏透视法。但是，我们已经习惯且觉得仿佛很"自然"的这个透视法，原来并非自然之象。即使在西欧，现代透视法确立以前，其绘画中也是没有"纵深度"的。这个纵深度乃是经过数世纪的努力过程，与其说是通过灭点作图法之艺术上的努力，不如说是数学上的努力，才得以确立起来的。实际上，纵深度不是存在于知觉上的，而主要是存在于"作图上"的。这个作图法"将宽、深、高度的所有数值完全按一定的比例加以改变，由此在各自的对象上按一个道理确定其与固有的大小、人的眼睛之位置相对应的尺寸"（潘诺夫斯基《作为象征形式的透视法》，哲学书房）。习惯了这种透视法的空间，我们便会忘记这是"作图上"的存在，而倾向于认为此前的绘画好像完全没有注意"客观的"现实似的。例如，江户时代的画即使是"写实"的，那也不是我们所思考的那种"写实"。因为他们不具有我们所说的"现实"，反过来说，我们所说的"现实"只存在于一种透视法的装置之下。

同样的情况也可以用来说明文学。我们之所以感到"深度"，不是由于现实、知觉和意识，而是来自现代文学中的一种透视法式的装置。我们没有注意到现代文学装置的变貌，故将此视为"生命"或"内面"的深化之结果。现代之前的文学缺乏"深度"，不是以前的人不知道深度，而仅仅因为他们没有使自己感到"深度"的装置。

另外，我们对于现代以前的文学，总感到不能自然而然地进入那个世界。这未必由于所描写的背景于我们很疏远，也不是因为其人物没有按现实的实际尺寸来描写。比如，近松门左卫门的"世话物"（通俗故事、世俗文艺。——译注）中——这在世界上也是少见的——普通身高的人物成为"悲剧"的主人公。尽管如此，我们仍然感到仿佛那里隔着一层薄膜似的。而且，感觉不到"就好像写的是自己的事情"那样一种感觉。这是为什么呢？

关于这一点，我们也可以参考绘画。比如，用透视法所作的绘画，其画面向着观赏画作的我们这个方向连续地伸展开来。面对这样的画作，不管题材如何，我们都会有一种走进画面中的感觉。透视法不够稳定的时候，这个走进画中的感觉会受到损害。文学上亦然，不应该向我们的"意识"去寻求移情或"就好像写的是自己的事情"这种感觉，也不应该认为这是人类所固有的本性。因为，这只是通过一个特定的透视法式的装置才成为可能的东西。当然，时常有"想象力"丰富的研究者冲破我们眼前的薄膜，"深入"现代以前的文学中去，不过眼下重要的是我们对现代以前的文学所感到的疏隔感问题。

据此我们可以明白：第一，感到现代以前的文学没有"深度"，只是因为那时的文学没有使人感受到这个深度的装置。第二，这个透视法式的装置根本不能决定文学的价值。"内面的深化"及其表现，仿佛可以决定文学价值似的这种观点，正支配着"文学史"。然而，文学根本没有一定要成为这样的东西之"必然性"。

如前所述，西欧绘画中透视法的确立经历了"作图上"数世纪的努力。但是，潘诺夫斯基认为，这种作图法"完全是数学上的问题而非艺术上的问题"，"与艺术的价值问题没有任何关系"。这意味着：现代的透视法作为"数学上的问题"应用到美术上，本来与美术无关的形式问题却和美术纠缠到一起了，而且错误地将此视为"艺术的价值"问题。

可以说文学上的情况也是如此。文学完全没有必要一定就是现在我们视为不证自明的价值判断基准的这种"文学"。但是这样说了，也未能颠覆我们的不证自明性。潘诺夫斯基亦指出："然而，尽管透视法并非艺术价值的契机，但它仍然是形式的契机，甚至有超出形式契机以上的价值。"因此，我们应该对这个透视法做进一步的研究。也就是说，透视法不仅关系到绘画和文学，而且是涉及所有"视角"的问题。

2

通常我们所说的，是几何学上的透视法。这与古典时代（希腊、罗马）或中国、日本等绘画上的透视法性质不同。它是怎么出现的呢？一般认为，这是古典时代（希腊、罗马）就存在着的透视法的延伸或者复兴。而颠覆了这种看法的是潘诺夫斯基。他认为，现代透视法既不是古典时代透视法的延长也不是其复兴，而是对此彻底的否定，就是说这个透视法仅来自中世纪的美术。古典时代的透视法不存在中世纪美术所具有的那种"等质空间"。"古典时代的艺术是纯粹的立体艺术。这种艺术不但可见，而且可用手来触摸，只有这样的东西才被视为艺术的现实，而且在素材上亦占有三度空间，机能与均衡上亦规定为固体的。因此，这种艺术总是把以某种方式拟人化的个别要素组合进建筑性的乃至雕塑性的群体结构中去，而不是与绘画上之空间统一体相结合。"（《作为"象征形式"的透视法》，同上）

古典时代的美术，其个体"空间"相分离，即如果说诸个体物分别属于不均质的空间，那么中世纪的美术则先把这些个体物的实在性进行解体，然后再将其统摄于平面的"空间之统一体中"。在这里，世界被改造为"等质的连接体系"。这虽然是一个"不可测量"的"无维度的流动体"，而可测量的现代体系空间（伽利略、笛卡尔）却只能从这里诞生。潘诺夫斯基说："艺术不仅获得了这样单纯无限的'等质'，而且得到了

'方向均等'的体系空间，(后期古希腊人文主义，罗马时期的绘画不管有多少表面的现代性)我们仍然可以清晰看到这种艺术是怎样的有必要以中世纪的发展为前提的。因为只有经过了中世纪'宏大规模模式'，表现基体的等质性才得以创造出来，如果没有这个等质性，那么不仅空间的无限性而且方法上的无差别性都将是无法想象出来的。"(同上)

再次重申，现代透视法的"纵深度"只有在否定了古典时代的透视法之后才有可能出现，这一点值得注意。在古典时代，柏拉图认为透视法歪曲了事物"真实的大小尺寸"，以主观的假象与随意性取代现实和法则，故对此给予否定。排除了透视法的中世纪的空间，可以说是在消除了"知觉空间"的新柏拉图主义＝基督教式的形而上学观念中形成的。果真如此的话，那么纵深度、可测量的均等空间，或者主观—客观等认识论上的透视法，不仅与新柏拉图主义＝基督教式的形而上学不相对立，相反乃是依据于此的。

几何学上的透视法乃是绘画的问题，即在将三维空间嵌入二维空间时产生的问题。不过，这还与另外一个透视法(视角)的问题相关联着。例如，当我们观察自然史和人类史时所采取的视角。如今，我们是用进化论或者辩证法的方法从一个无限远点向此刻现在发展而来的观点，来看自然史和人类史的。这样的方法是从哪里来的呢？中世纪欧洲的基督教认为世界是上帝创造的，而没有所谓的发展。果真如此，进化论式的观点应该是从基督教以外的地方产生的。

就自然史而言，列维－斯特劳斯说，如果没有林奈的分类表恐怕就不会有达尔文的进化论。林奈本身是相信物种因上帝而得以创造的，他根本没有想到什么进化论等。然而，当林奈把在空间上表示生物系统树式的分类变成时间上的表示时，就产生了进化论。那么，从亚里士多德或中世纪经院哲学的分类表中为什么没能产生出这种变换呢？因此，比起林奈和达尔文的差异来，更值得注意的是亚里士多德和林奈之间的差异。对于亚里士多德来说，个体物质属于不等质的场所（topos），而林奈已经是以"等质空间"为前提了。就是说，在他那里物种的分类表乃是在比较解剖学基础上编成的，不同的物种已非"异质"的了。正因为如此，从这里向进化论式的时间之变换才成为可能。

但是，这并非达尔文的进化论，而是之前的拉马克或者莱布尼兹、黑格尔的进化论。就是说，此乃通过作为从感性到理性之发展的目的论式透视法而产生的进化论。实际上，达尔文的进化论正是在试图解构这种透视法上的进化论中产生的。简而言之，它源自以下两个过程。系统中的个体之偶然的变异，以及因这种个体而导致体系本身的变化。进化本身并不包含目的。单纯的偶然变异，只是事后的合目的性的理解而已。然而，具有讽刺意味的是，达尔文的进化论往往被理解为是与前达尔文式的这个进化论相似的东西。

同样的事情也可以用来说明弗洛伊德。例如福柯说，在18世纪的法国狂人于空间上遭到排除和监禁，换言之，发生了"理性与疯癫"的分割。福柯进而指出，弗洛伊德则在语言的层面上再次复活了"与非理性对话的可能性"，虽然医生和病人这一"分割"并未能消解掉。不过，这样说的时候，我们不应该忘记早在弗洛伊德之前就产生过否定这种"分割"的思考，而且这样的思考是处于主导地位的。例如，黑格尔的《精神现象学》就典型地反映了这一点。其中，没有"理性与非理性"的分割，精神乃是置于时间性的发展阶段上的。在精神发展的过程中，如果固执于低级的阶段而没有发展，那便是"病态的"。

当然，无论在古典时代还是在中世纪都有对理性与疯癫的区别。但是，那时人们认为狂人生存于另外的圣域世界，故即使他们被视为异质性的存在，也并没有在空间上加以排除。他们遭到空间上的排除，乃是在他们被认为不再属于圣域，只是作为同样的人类而缺少理性的时候。即所谓"等质空间"这一想法出现后，狂人才作为异质性存在而遭到空间上的排除。然而在浪漫主义那里，非理性处于时间上的低级阶段。换言之，非理性被定义为无意识或者深层。

这正与下列事实相类似：几何学上的透视法并非由古代的透视法发展而来，恰恰相反乃是通过对此加以否定的"等质空间"而产生的。黑格尔所谓的，支撑起固执于低级阶段或作为自律的疾病这一概念的，正是这个透视法。初看起来，这与弗洛伊德的疾病概念相类似。但这个低级阶段或者深层才是弗洛伊德所要排斥的。在他进入精神医学的时代，"深层心理"和"无意识"已经得到了重视。弗洛伊德所做的，毋宁说是对这种"深层"的拒绝。这可以从他脱离布鲁尔（Josef Breuer）的催眠疗法而取与患者对话的自由联想法中，得到证明。就是说，弗洛伊德没有重视"深层"，而是注意到在自由联想或梦中表面地反映出来的信息联结与整合的装置。他所谓的"无意识"，乃是在我们"意识"之透视法式的装置（线性的、整合的）上，作为无意义、不合逻辑的东西而被排除掉的表层装置。具有讽刺意味的是，如前所述，弗洛伊德最根本的新颖之处在于对"深层"的拒绝，可是他却被当成了"深层"的发现者。

一般认为,弗洛伊德派的精神分析在某种意义上是回归到黑格尔式的观点。比如,把弗洛伊德的理论从对恋母情结或性的解释之固执中解放出来,试图在人生各阶段中观察其"认同危机及其克服"的埃里克·埃里克森,就完全是黑格尔式的。不过,只是到了这一阶段黑格尔已然被忘却,同时,导致阶层性透视法的乃是一种形而上学,这一点也被忘记了。

进而,作为对黑格尔式透视法提出批判的人,不能不提到马克思。针对黑格尔在矛盾对立中发现阶层性发展的"原因",马克思则指出:其实矛盾对立常常只是从结果(终结＝目的)上所看到的东西。同样,矛盾与对立是所谓"作图上"的存在"原因"。马克思将"自然而然"的生成,或自然而然地变化着的多重构成体称为"经济基础"。不用说,这种观点乃是对以透视法所构成之历史(辩证法的历史也好,进化论的历史也好)的批判。黑格尔所谓的"精神",乃是从原初的灭点来展望历史的视角。而马克思所否定的不仅是这样的"精神",还包括其唯物论式的变形如费尔巴哈的"人类"(类本质)。马克思说,"人是社会诸关系的总和"。(《关于费尔巴哈的提纲》)

马克思所谓的"人类之死"和尼采所谓的"上帝死了",实际上指的并非上帝或人的存在。这是在宣告:使事物、话语成为可透视的正是这个通过灭点作图而导致的虚构。然而,马克思这样的观点最终也将被吸收到透视(视角)或历史主义式的展望(视角)中去。如前所述,马克思和弗洛伊德的工作被理解为"深层的发现",虽然他们注视的是所谓表层并由此要颠覆使深层得以出现的那个阶层化的透视法(目的论、先验论)。不过反过来讲,这正反映了把他们归结为"深层"发现者的那个"知识透视法",有多么强大。

3

我前面提到,在 18 世纪西欧古典主义时期被单纯从空间上加以分类的东西,到了后半叶的浪漫主义时期却变成了时间性的阶层。与此相同的事态,在明治二十年代森鸥外与坪内逍遥的"无理想"(这里所谓的"理想",主要指作品的内容、主题。——译注)论争中,得到了戏剧性的展现。文学史家没能看到这个现象,并非这个现象被隐蔽起来了,而是因为"文学史"这一透视法妨碍着对此一现象的观察。形成于明治二十年代的"国文学"或"文学史"本身便是一种预设:仿佛真有一种从古代走向中世纪、近世以至现代的文学"进化""深化""发展"的历史似的。我们所需要的不是代替这个视角而提示出另一个别的视角(如"反现代主义"那样),我们只需要注视使这个视角成为可能的、不证自明的那个装置。

对于这场论争,我们不应该去追究论争的是什么"问题"。"问题"总是作为对立或矛盾而构成的,而论争这个形态才是使"问题"得以存在、发生的关键。作为论争(对立)而形成的"问题",在揭出某种东西的同时也会把某种东西隐蔽起来。"政治与文学"论争也好,"战后文学"论争也好,都是一样的。对立所隐蔽的是差异的多样性。为了解读"无理想论争",我们必须拉开距离来看他们由对立而形成的意义及其"问题"的场。

首先,坪内逍遥这样写道:

> 所谓评释有二法,一为尊其原本做字义、语词上之评释,另一法则为涉及修辞上之解释。对作者之本义或所

见于作品之理想加以发挥，施以批判评论，此亦可为评释。我当初意译《麦克白》，觉得只取第二评释法即可，然又有所感，遂决意取第一评释法。第二评释法即解释（interpretation），若为见识高远者，读其作品深得感动，自当有益。若经见识卑下者之手而成，则有释猫为虎，恐使迂阔之读者陷于不当有之误解也。盖莎士比亚之作甚近自然，故有生此误解之虑。此点最是重要，为避似是而非之论，容再做辨明。

我所谓莎士比亚之作甚近自然者，意指其所描写之事件、人物与实有之事件、人物虽不同然，却于读者心中可作任意解释，此乃几近造化之自然也。（《麦克白评释》绪言）

此文虽非为论争而作，但坪内逍遥在论争中自始至终论述的就是上面关于莎士比亚文本的这一思考。他所说的"理想"指的是透视文本所见到的意义、主题。莎士比亚的文本至今有多种多样的"解释"，但哪一种解释都是无法还原的，即逍遥所说的"仿佛万般理想均可相容而仍有余裕"。"盖如欲称其为造化之捕捉一般，莎氏作品变化无穷而无一定形式，故可做黑白紫黄任意之解释"。

莎士比亚被视为"如同伟大的哲学家"，其作品堪称如同"理想"的外化。但坪内逍遥却指出，如果要称赞莎士比亚，"不如赞其无理想之处"，"古人多数无理想之作，为后世释为大理想之作，其作者则被评为有如神者圣人乃至至人，然无理想未必一定为'大理想'，小理想亦可视作无理想"。逍遥在指出把"无理想之作"解释为"大理想"这样一种颠倒的同时，也说明"无理想"本身并非"目的"。森鸥外将逍遥所说的"无理想"与左拉主义相比肩是不当的。因为，自然主义不过是"可视作无理想"的"小理想"而已。

坪内逍遥自始至终在谈莎士比亚的文本。莎士比亚这位作者既没有高举"无理想"的大旗，也没有说过志在"无理想"。不过，他的文本不可能完全还原到任何一种"理想"上去，因此只能以"第一评释法"即文本解读来批评。逍遥反复论述的就是这一点。

坪内逍遥还说："要抛开空理，置现实于目前，弃差别之见，取平等之观，多网罗史之实相，于明治文学之未来提供归纳之广大素材。"《小说神髓》在根本上亦是取了这样的姿态而写作的，简言之，这是以归纳的方法对小说进行"分类"。从逍遥把西洋、日本、中国的小说简单地在形态上加以分类的做法，可以看出这是一种非历史性的空间性归纳法，而从《〈麦克白评释〉绪言》中"近松若生伊丽莎白之时代，当操英文著世话物语以遗后世"的说法中，也可知道他还没有掌握历史性的透视法。这里贯穿着一种不是从"理想"（意义）而是试图从形态上来观察小说的姿态。即对不同时期不同地域的小说舍弃其差异做"平等之观"，进行形式主义的考察与分类。

西方人到了在西方之外将西方非中心化的时期，才有了上面那种非历史性的形式主义思考方法。但在今天看来反觉得新鲜的坪内逍遥之议论，在当时（某种意义上现在亦然）却明显地为森鸥外的议论所压倒，其原因正在于此，在逍遥那里缺少关于"深度"的透视法。

根据森鸥外的概括，坪内逍遥是把小说分为三类的。第一类是固有派、主事派、物语派。这类小说"先有事件，后出人物"，"大型之事变非起因于主人公之性格行为，而偶然来自外部"。例如，日本有曲亭马琴、柳亭种彦；外国中古时期的故事类则有菲尔丁、斯摩莱特等。第二类是折中派、性情派、人情派。这类小说"以人为主，以事为客，置事于先，人则在后"。其意义在于，前者为"活写人之性情"，后者为"由事而写性情"，可以举萨克雷为例。第三类是人性派，这类小说"因人缘事。所谓因由之处在其人之性情，所谓缘起之处在于事变"，可以举歌德、莎士比亚为例。

森鸥外所批判的，是这种分类法仅做单纯的并列。他说："逍遥氏立固有、折中、人性三项为流派，未必一定要将尊卑高下置于期间。"在鸥外那里已经有了历史性的视角，如他这样说："归根结底进到人性主义之小说界，乃19世纪所有特殊之相，此非诬言也。"当然，这种程度的历史主义认识坪内逍遥"未必"没有掌握到。但可以说，如后来夏目漱石在伦敦构思《文学论》时那样，他的杰出之处在于，有意避开了西方的"文学史"观念。他将自己熟悉的江户时代以来的日本小说与西方小说并置，试图确立其应有地位，对此进行"改良"而非与之"决裂"。

对此，森鸥外这样批评道：

> 然逍遥氏立固有、折中、人性三项以为流派。哈特曼则分出类想（Gattungsidee）、个想（Individualidee）、小天地想（Mikroksmus）三项为美之三阶级。此二者之歧，令我不知所从而生涕零之感。哈特曼区分类想、个想、小天地想三项以为美之阶段，盖植根于其审美学。其排斥抽象之理想派审美学，倡导具象之理想派审美学。于彼眼中，由官能上愉快之无意识美，至美术奥义幽玄境界之

小天地想，此乃由抽象通往具象之道，所谓类想、个想（小天地想）者，仅通往哈特曼氏幽玄境界之一里程而已。（《栅草纸山房论文》）

换言之，森鸥外认为坪内逍遥所并列的"三派"乃是阶层性的东西，亦即发展阶段，他依据哈特曼而提出了这一主张。不过，正如鸥外自己所言，这未必一定要以哈特曼为根据。

该人所谓"无意识哲学"，在某种意义上是综合了黑格尔的"理念"与斯宾诺莎的"意志"而形成的。与黑格尔不同之处在于，绝对者不是合理的"理念"，而是非合理的"意志"，即"无意识者"。另外，在某种意义上这又是黑格尔的辩证法式进化论与达尔文式进化论的综合，认为世界乃是通过"无意识者"的自我分裂而阶段性地发展着的。不过，值得注意的是下面这一点：即"无意识"这个"深层"只有在目的论式的透视法中才能得以发现。因此，最终这个思想仍然回到了黑格尔主义，而没有冲破之。

不过，哈特曼的哲学是怎样的并不重要。重要的是森鸥外没有采取当时具有支配地位的历史主义和实证主义，而是采取了极端的一元论之观念论。对此我们不必通过哲学性的内容来观之，而有必要在装置上加以考察。就是说，鸥外通过对"理想"（理念）的强调要做的是把坪内逍遥的并列式范畴时间化（阶层化），换言之，要将其纵深透视法改变为深度（上下）透视法。这与德国思想发展中的哈特曼哲学所具有的意义几乎没有关系。因为，在哈特曼之前早已有黑格尔存在了。然而，在鸥外那里是没有任何先行者的，只有带着成体系的理论的逍遥一人。因此，在这场"无理想论争"中，鸥外始终是攻击性的。

坪内逍遥的"理想"与森鸥外的"理想",完全是意义不同的东西。我已经反复讲过,鸥外所说的"理想"是由某种"灭点"出发可以透视文本,以这种能够互换的装置而产生的。比如,所谓"时代精神"便是将某个时代的诸种话语重新配列到一个中心(灭点)上去。在这个基础之上,观念论则被视为此种"时代精神"的外化(表现)。故而,为了批判观念论,不必取来"经济基础"等以代替"时代精神",而需要对所谓灭点作图法本身进行批判。如前所述,马克思所做的其目的正在于此。

然而,森鸥外此时反而需要获得这种透视法。他所说的"理想"不是对江户时代文学式的作品的"改良",而是将这种装置全面地改造而使其中心化的那个"灭点"。严格地说,只有这样才能产生出"现代文学"来。当然,我不是说"现代文学"真的从鸥外的理论自身那里诞生了。在论争中,与之对立并提出"问题"的是鸥外。他在明治二十年代,将多样并存着的东西——即坪内逍遥视为"无理想"而加以肯定的——作为"对立物"合并在一起,把江户时代文学式的潮流定位于"下位",并将其"必然"化了。

4

然而意味深长的是,进入大正时期森鸥外几乎突然地对这种装置发起了抗拒。此前,我在随笔《历史与自然——鸥外的历史小说》(收《意义之病》)中,也提到过这一点,这里想再做重申。人们说鸥外在乃木将军殉死之后,一口气写下了《兴津弥五右卫门遗书》,这成了他进入历史小说创作的契机。不过,我认为重要的不是一气呵成的初稿,而是八个月后对此做大幅度修改的这一事实。

初稿中,遗书是这样结尾的:

> 吾心中早已无一牵挂之事,唯老病相果遗憾有之,然得以等到本年本月本日殊蒙恩顾以赴松向寺十三回忌仰慕御迹,虽迟未晚。殉死乃国之禁制吾早有深悟,壮年之时始同类相伐,吾不死至今,当不成罪责悉……
>
> 此遗函书于秉烛之下,而蜡烛已燃尽也。不及再燃烛火,然于窗前雪亮之下,当可切腹自尽也。

初稿中,如上面所引是在"窗前雪亮之下"遂行"国之禁制"而殉死的。可是,在改稿中则成了弥五右卫门得其主命,于"实在盛大"的场面下剖腹自杀的。而且,在其后记中又有了"简陋小屋的周围聚集了京都的老幼男女前来旁观"一句。那么,初稿和改稿的不同意味着什么呢?

初稿的确令人想起乃木将军,事实上也是如此。当时初稿发表于杂志《中央公论》时,题名为《拟万治元年殉死先君之遗书而作》,并同时登载了有关乃木殉死的诸家评论。无疑,森鸥外是将初稿作为有关乃木殉死的解释而创作的。因此,初稿中有其明确的"主题",亦有凝缩而来的紧迫感。但是,改稿中这种紧迫感消失了,"主题"也变得暧昧不清。与其说初稿与改稿的"主题"不同,不如说鸥外在改稿中有意识地否定了"主题"本身。

严格地说,森鸥外的"历史小说"创作始于这篇改稿。如果说此前的作品或大或小都表现了"意义",那么改稿以后的作品则拒绝这种超越性的"意义"之表现。这个拒绝是通过使作品中的装置非中心化来实现的。在此，甚至相互矛盾的诸片断作为"能指"被罗列在一起，允许透视这些片断的那个"灭点"不见了。

例如，在《阿部一族》中，关于阿部一族被与家族集团有交往的邻人柄本又七郎杀伐之后的情景，小说是这样描写的：

> 阿部一族的尸体被拉出井口，受到观赏。在白川洗每个尸体的创伤时，柄本又七郎发现被自己的枪刺穿了胸膛的弥五兵卫其创伤最是漂亮精彩，于是柄本又七郎开始为其整容露脸。

期待着悲剧性的故事展开的读者，在这里却被岔开了。我们完全搞不清柄本这个男人的"内面（内心）"，这并不单单因为森鸥外彻底地描写了"外部"，就是说他没有取由表面暗示深度这样的文体。本来在柄本这个男人那里是不存在我们所思考的那种"内面"的，而鸥外则通过如此并列不连贯的片断，甩开了欲达到"深度"的读者。

为了不使自己的"历史小说"被当成"故事"来读，森鸥外下了各种各样的功夫。比如，在作品中他附上一些注和后记，这并不是为了有助于作品的理解，而是有意避开作品向一个焦点发展。这在"史传"中得到了更为彻底的贯彻，就是说，他的史传是拒绝要成为"作品"这一欲望的。然而，要对鸥外的"历史小说"做心理性、历史性解释乃至批判的研究者依然不绝于世。

关于森鸥外的这种"回转"，我以前曾有过论述，这里不再做进一步的阐述，现在，我要把这个问题放到"没理想论争"中，再做思考。鸥外说：

> ……我前面说到的那类作品与任何人的作品都不一样。因为，一般的小说有自由取舍事实加以贯穿的印记，而我的这些作品却没有。在作脚本《日莲上人辻说法》等时，我也曾经把后来的立正安国论夹到以前镰仓的辻说法中去。而在近来写小说时我完全排斥了这种手法。
>
> 为什么要这样做呢？动机很简单。查阅史料，引起了我对其中可见之"自然"的尊重之念，于是渐渐讨厌起对史料做胡乱更改的做法，此其一。看到现在的人按照本来面貌来写自己的生活，我觉得如果忠于实际来写现在为好，那么写过去也应该如此，此其二。
>
> 我那类作品与别人的不同之点，尽管拙巧有很多很多，但我认为最主要的不同则在于上述这一点。（《忠于历史与背离历史》，大正四年）

森鸥外可能忘记了，这与坪内逍遥对莎士比亚文本的论述几乎是相同的。他仿佛转了一圈才达到了论敌的境域上。不用说，正是这个转了一圈最为重要，它意味着作为开创现代文学这一装置的先驱者森鸥外，其本身开始试图将此非中心化了。

问题是，森鸥外的回转与其说是披荆斩棘一往直前的，不如说是以一种回归原初的方式实现的。他只是单纯地"感到讨厌了"。他所做的回转，在西方作家那里恐怕需要经历巨大的知性紧张，即使在今天亦如此。然而，在鸥外那里此乃作为一种所谓同衰老一样的自然发展过程而实现的。这绝非鸥外一个人的问题。因为在大正时期，对"加以贯穿"的厌烦，换言之，对"结构"的厌烦也是与鸥外向"历史小说"倾斜同时发生的所谓"私小说"的主导倾向。不是从意义内容上而是就其装置来观察的话，这两者都反映了共同的倾向性。

比如，"私小说"针对某种等质空间的"社会"，提出具体的血缘空间，并代替与此"社会"相对应的"私"（我），指出要表现心情、知觉等前思想（cogito）的领域。进而，这种倾向在本质上厌恶"结构"，甚至把19世纪的西欧小说视为"不纯"和"通俗"而表示轻蔑。相悖的是，这种反"文学"的志向却促成了"纯文学"的形成。那么，此厌恶情绪从何而来？当然是来自对透视法式的装置，对超越论式的意义（灭点）的厌恶。不用说，他们对此并没有充分清醒的自觉，也没有这种自觉的必要。可以说，对此具有明确自觉的只有晚年开始厌倦了结构化作品的芥川龙之介一人。我们可以通过芥川龙之介与谷崎润一郎关于"没有'情节'的小说"论争，来对此加以考察。

其二 "没有'情节'的小说"论争

1

我重提以往的论争，并不是为了发现其中应该解决的"问题"，完全相反，我只是想把作为对立而意识到的"问题"当作一个症候来解读。与马克思主义范围内的"文学论争"不同，对于因芥川龙之介自杀而突然中止的"没有'情节'的小说"论争尤其如此。

在这次论争中，芥川先提起"没有'情节'的小说"这一问题，认为"情节"与"艺术价值"无关。对此，谷崎润一郎则认为:"情节的引人入胜,换句话说即事件的组合方式,结构的精彩诱人以及建筑性的美学,这不能说没有艺术价值。"初看起来,这场论争中对立着的仿佛是片断化(非中心化)与结构化(中心化)的两极。可是,芥川要否定的"情节"与谷崎要肯定的"情节"之间存在着微妙的不同。这有些和坪内逍遥所说的"理想"与森鸥外强调的"理想"之不同,相类似。通过阐明"情节"为何物,围绕"情节"所产生的他们之间的对立可能呈现出完全不同的形态。芥川的"情节"所指与谷崎的"情节"所指是不一样的。换言之,芥川由对"情节"的否定而与之对立的也许不是谷崎,反之亦然。所以,虽说因"情节"这一词语的同一性而卷入相互对立的状态,但他们是暗中联手的合伙同谋也说不定。"没有'情节'的小说"论争不是作为"问题",而必须作为"症候"来解读,其原因正在于此。

丸山真男说,日本的论争因为很少经过深入的理论交锋故常常以感情的对立而结束,同样的"问题"经过数年则与从前的论争毫无关系地又论争起来。不过,不管在日本还是在西方,"问题"得到理论性解决是不可能的。正如维特根斯坦所言,只有当"问题"不再成为"问题"的时候才能得到解决。又如,西欧中世纪的实在论与唯名论的论争也是如此,其"对立"并没有得到理论性的解决,形成那种"对立"的东西与理论是不相干的。何况,关于"没有'情节'的小说"之论争,我们不应该被芥川龙之介与谷崎润一郎的逻辑所俘虏。

例如,佐伯彰一认为:"……从提示论旨的方式到展开议论的手法,都可以看到芥川一方受到了围攻,在不断地一步步后退。观其态度、笔势亦可知道此乃一方注定失败的论战,芥川一方毫无得胜的意思。"文章后面进而写道:

……考虑到我国20世纪小说其后的发展推移，我们不得不承认论争中实际上的胜利者乃是芥川。虽然在论述方法及具体铺陈上杂乱无章迟疑不前，然而我觉得芥川小说论上的主张相当有力地延续下来了。

　　这里有着文学史上不可思议的讽刺。论争中明显是败北的文学主张强有力地生存下来，而显示了压倒胜者的气势。（《物语艺术论》，讲谈社）

如果把这场论争视为"胜负"之战观之，确实有可能在这里找到"文学史上不可思议的讽刺"。然而，若作为"症候"来看的话，他们之间的"对立"仿佛颠倒了过来，这根本不是什么讽刺，而是因为我们把对立的形式，确切地说，是把网眼上相互缠绕在一起的形态切除丢掉了。

2

现代绘画诞生于19世纪下半叶以来对几何学上透视法的反驳。后期印象派的塞尚就是用多个灭点来绘画的。而在立体派和表现主义那里，透视法本身也遭到了拒绝。他们对透视法的怀疑源于开始有了这样的认识：透视法的"等质空间"是通过作图所给予的，与通过"知觉"所给予的相乖离。潘诺夫斯基说：

　　正确的透视法作图，在原理上舍弃精神生理学上空间的结构。……这种透视法不是用我们的一只眼睛，而是常常用移动的两只眼睛来观看，因此忽略了"视野"成为球面状这一事实。这种透视法没有考虑我们意识到可视性世界时的带有心理学条件的"视觉形象",以及与在物理的眼球上所描绘的带有机械性条件的"视网膜形象"之间的重大区别。(《作为象征形式的透视法》,同上)

知觉包括了"用手触摸"这样的运动,不应该仅限于视觉。还有,各种感觉作为整体是不能被切割的。知觉,也即身体乃作为一个错综复杂的结构体而存在着。绘画中的立体派和表现主义对透视法的反抗,与哲学上对于知觉、身体之现象学式的注视相呼应。这在小说上,则作为对第三人称客观描写视角的虚构性的反驳,而表现出来的。如前所述,最先指出西方存在这种情况的是萨特。[1]

然而在这场论争中,当芥川龙之介否定了"情节"之际,正意味着对透视法的否定。

> 没有像样"情节"的小说,当然并非仅仅描写身边杂事的小说。这是在所有小说中最接近诗,且比起被称为散文诗的诗来更接近于小说的。如果反复强调的话,我并不认为这个没有"情节"的小说是最高妙的。若从"纯粹",即不带通俗趣味这一点来看,此乃最纯粹的小说。我们再次举绘画为例,可以说没有素描的画是不能成立的(康定斯基的题为"即兴"的几幅画除外)。但是比起素描来,把生命寄托在色彩里的画更容易成立。有幸得以渡海传到日本的塞尚的画,便清楚地证明了这一点。我对接近这种画的小说很感兴趣。(《文艺的,太文艺的了》)

我们从芥川龙之介自己取绘画为例这一事实来看,大概可以知道他在怎样的语境中谈到"没有'情节'的小说"之论争的。芥川所说的"情节"正是使透视成为可能的那种绘图上的装置。不过，重要的不单是芥川敏感意识到第一次世界大战后西欧的动向，甚至也不在于他有意识地要写这样的作品，而在于他把西欧的动向与日本的"私小说式的作品"结合在一起了。换句话说，芥川视"私小说"为走在世界最前端的东西，并赋予了其所谓反浪漫的意义。

这样的视角，对于私小说作家来说当是无法理解的。不用说，就是谷崎润一郎也没能认识到这一点。私小说家们认为自己是在自然而然地描写"私"（我），与西欧作家所做的是一样的事。可是，他们实际上做的事情并非如此。可以说芥川龙之介所看到的不是自白或虚构这样的问题，而是"私小说"所具有的透视法式的装置之形态，他是将此视为没有中心的片断之诸关系来观察的。

私小说的"如实写来"，即是森鸥外所说的"不做综合贯穿"。所谓写实主义（19世纪的）从属于作图上的空间，所以私小说家们即便使用了同一个用语，其内容也是完全不同的。同样的事情，也可以用来说明"私"这一概念。实际上，私小说的"私"是在现象学意义上被加上了引号的。

现代西欧的"我"正如笛卡尔那样，是存在于一种透视法装置上的。在西欧，这种装置完全是不言自明且自然而然的，故对这个仅作为绘图上的装置，很难注意到。不仅如此，为了将这个装置还原（加引号），观察其变形而隐蔽着的原初"装置"的状态，需要非自然的意志和方法上的一系列招数。这只要思考一下胡塞尔或柏格森所分别付出的努力，就会理解这一点。日本的私小说则与此相反。因为私小说作家们能够清楚地看到，使西欧式的"我"变成自然的这个几何学式的透视法或第三人称客观的装置正是非自然的、人工的。

值得注意的是，私小说式的作品存在于和西欧的反西欧动向完全不同的语境中。芥川龙之介说："如某个评论家所说，若视塞尚为绘画的破坏者，那么列那尔则是小说的破坏者。"但是，我们不能在同样的意义上视志贺直哉为"小说的破坏者"，他的"破坏"太自然而然了。前面我说过，森鸥外向"历史小说"创作的回转与私小说式的作品之兴盛有着内在的联系，这乃是一种自然的发展过程，所指的正是这一点。

志贺直哉的"私小说式的作品"产生于对内村鉴三的反抗。这是对基督教这一装置的反抗，同时也是对现代"文学"这一装置的反抗。志贺的这种厌恶毫无疑问是十分激烈且难以摆脱的，而在芥川龙之介那里毋宁说表现为一种疲劳。这也正是芥川看上去仿佛始终被谷崎润一郎所围攻的理由。实际上，在这场论争之后，芥川自杀了。但不管是厌恶还是疲劳，"私小说式的作品"之所以成为占支配地位的潮流，是因为人们感到现代"文学"这一装置乃是非自然的东西。在这个意义上，可以把大正时期的文学定位为对确立于明治二十年代的"文学"之潜在的反动。而且，这种反动是在西欧文学进一步渗透进来的国际都市化气氛中发生的。

私小说的"我"并非思想（cogito）。换言之，这不是对应于等质空间，而是对应于非等质空间的。因此，私小说显示了"个人的清晰面貌"（小林秀雄语）。为了否定这样的非等质空间，就是说为了把非等质空间等质化，单纯把西欧文学加以对置是不充分的，批评家们无论怎样强调虚构的必要性也是没有意义的。

针对常常把芥川龙之介作为论证材料和依据的"现代主义批评家们"，吉本隆明说：

> 文学之形式上的结构力既然是作家生存意志的社会性基础函数，那么井上良雄所谓的"性格上的哥德式完成"也好，作品上精致的形式之完成也好，对志贺来说都是轻而易举、自然而然的事。相比之下，对于以中产阶级为生存意识上的安定圈的芥川来说，当然就连作品形式上的构成亦不过是如同踮着脚尖眺望的知性忍耐的结果。将形式上的结构力误解为仅为受知识能力大小左右之物的批评家们，当然会把芥川的造型化物语作品误解为作家的本色。（《芥川龙之介之死》）

这里，对所谓"结构力"受作家"自己的社会安定圈"左右的说法，是需要有所保留的。因为正如芥川龙之介在志贺直哉小说中看到了"没有'情节'的小说"那样，对于志贺来说，"精致的形式上之完成"并非"轻而易举、自然而然的事"。仅取创作唯一的一部长篇小说就花了十几年时间这一事为例，也可以明白他并不具有构筑"形式上之结构力"的力量。不过，吉本隆明指出的结构力并非仅凭知识能力或意志就可以成事的，这一点很重要。实际上，这不是"意识"的问题。荣格派心理学家河合隼雄根据自己的临床经验指出，西欧人的梦里有一种格式塔似的东西，而"日本人的梦则懒散零碎，虽非私小说，却有着很多在哪儿都可以切断，什么时候都可以结束那样的因素"（见中村雄二郎《精神之场》一书，青土社）。

足以改变私小说这一装置的力量作为强有力的观念已经出现，正像在明治二十年代基督教所起到的作用一样，日本的马克思主义发挥了这样的机能。小林秀雄正确地把握到了这一点。

不过，这里有一个无论如何也无法忘记的事情。听起来可能不合道理，但我认为是真实无疑的，这就是他们（指马克思主义作家。——译注）通过自己曾经非难过的那个公式主义而生存下来了。理论本来是公式化的东西，思想如果没有普遍的性格，就不会在社会上取得势力。正因为坚信这种性格，他们才生存了下来。他们一手接过具有这种性格的思想，即我们文坛上空前的进口货，所收获者实在极为贵重，这也绝不是一个公式主义怎样如何的无聊问题。

确实，他们的作品中可能没有一篇是能够传之后世的杰作，然而这是被思想所歪曲，被理论所夸张了的结果，而绝非因为个人素养趣味导致失败乃至成功的结果。

我国的自然主义小说与其说是资产阶级的不如说是封建主义式的文学，西方自然主义文学的一流作品在终极上具有时代性。与此相反，我国的私小说杰作反映了清晰的个人面貌。马克思主义作家所抹杀的正是这个个人面貌。通过思想的力量使之纯化乃是表现在马克思主义文学整体上的事业，谁能够否定这一点呢？比起用思想的力量来征服文人的气质，他们作品中对人物的趣味、性格之描写的无力，也就算不了什么了。（《私小说论》）

在这篇围绕"社会化之我"概念的解释进行广泛考察的随笔中，小林秀雄并没有谈论很难解的问题。"我"不是心理（意识）性的问题，而是透视法装置的问题，如此而已。公式化的马克思主义打破了作家的"面貌"，或者说打破了私小说所具有的异质的个性化空间。这和明治二十年代内村鉴三那样激烈的清教主义创造出"内面"是一样的。当然，马克思主义文学并没有完全打破"封建主义的文学"。小林秀雄写上面那一段话时，已是马克思主义文学一方被打破而私小说再次蔓延开来之后了。

悖论的是，西方的马克思主义至少带来了把现代之主观性或存在相对化的视角，而在日本，马克思主义则是为产生出与私小说之"我"不同的我（存在）而发挥了作用。所谓"战后文学派"中流传着的结构意识和存在主义式的终极关怀，便是经由公式化马克思主义强有力装置之变貌的产物。

3

马克思主义也要实现"情节"。因此，芥川龙之介与谷崎润一郎的论争（昭和二年）在马克思主义文学的威势之下，仿佛变得有些模糊不清了。然而，谷崎所说的"情节"和这种一般的"情节"论还是性质不同的。他这样批判芥川：

> 结构性的美观换句话说即是建筑性的美观。因此，要自由自在地获得这种美需要相当大的空间，需要充分的展开。说俳句中也有结构性美观的芥川，大概会说茶庵中也有构造上的有趣之处，但是我觉得那里没有事物层层累积起来的感觉。就是说，没有芥川所谓的"使长篇延绵不断

地写下去的那种肉体性的力量"。我坚信这种肉体性力量之缺乏，正是日本文学显著的弱点。

很失礼，如果允许我无所顾忌地讲的话，我会说同样是短篇小说作家，芥川与志贺的不同正在于是否有这个肉体性力量的感觉。深长的呼吸，健壮的手腕，强韧的腰身——即使是短篇优秀作品也会有这样的感觉，长篇亦有含糊不清的家伙中途就断了气的，而漂亮的长篇则有把多重的事件组合串联起来的运势走笔之美——如蜿蜒起伏的山脉之阔大。我所说的结构之力量，指的就是这一点。（《饶舌录》）

谷崎润一郎的说法是尖刻的，这种结构力之差当然不是如字面所说的"肉体性力量"之差，而是所谓"观念性力量"的差异。谷崎本人与芥川龙之介、志贺直哉不同，他的长篇小说创作得以持续到晚年，就在于他依靠了几乎可以说是公式化的观念性构架，虽然他与马克思主义不同。在这个意义上，谷崎的"肉体性力量"并没有把"肉体"（性）作为自然的东西来接受，而可能与他的受虐成分有关。

但是，尽管谷崎润一郎具有堂堂的"结构力"，尽管以此来批判私小说，他的作品仍然与"现代文学"的装置性质不同。谷崎所说的"情节"是所谓的"物语"。而这个"物语"是因明治二十年代制度的确立或者透视法式的等质空间的确立而被排除，并且因被排除而开始表面化了的"空间"。在这个意义上，它具有与私小说式的空间相通的因素。可以说，这些都是在作为制度的"现代文学"之装置中产生，并与这种制度相抗争而出现的，实际上相互之间都有着内在的联系。当然，这些也是在同一个地方开始发生分歧的。象征着这个分歧的是柳田国男和田山花袋之间的"对立"。柳田对花袋"私小说"的激烈批判与谷崎对芥川的攻击十分相似。这与其说展示了他们的对立，不如说显示了他们之间的亲近性。

另外，为了了解所谓"物语式的作品"究竟为何，我们还得注视一下那个装置。比如，山口昌男对素戈鸣＝日本武尊的记纪神话、《源氏物语》那样的物语以及《禅丸》一类的谣曲做过结构分析，抽出了它们共通的"物语"结构。

> 再回到素戈鸣＝日本武尊这个层面上来，可以说两者的作用在于成了王权直面混沌与无秩序的媒介。正如王通过巩固中央的秩序，又潜在地产生出因被这种秩序所排除而形成的混沌那样，王子的作用在于通过在边缘开发直面混沌的技术，使混沌成为秩序的媒介。……在律令制度下完成的等级制秩序中，一般人的政治世界的运动往往是假托晋升之名以获得向心力的运动，与此相反，王子的运动乃是通过神话论的离心运动，使之从中心脱离出来，而朝着扩大王国精神性领域的方向走去的。这些在光源氏的物语主人公的境遇中得到了反映。(《知识透视法》，岩波书店)

山口昌男指出，古代日本国家通过从中国输入法律制度（律令制）以确立秩序时，其"未能吸收到中央秩序里的诸种势力（特别是暴力性的势力）在天皇制神话中找到补偿。而在这个代表公之世界的天皇制宇宙里也就贯穿了民俗性的逻辑"。[2]

这一分析大概也适用于从西方输入的法律制度得到确立的

明治二十年代，不仅如此，我甚至认为日本的"民俗学"恐怕也是如此出现的。因为所谓民俗学正是为明治"公权力"确立起农政学基础的官僚及"文学界"王子柳田国男的"贵种流出"（柳田语，这里指柳田曾任明治政府官僚，贵族院书记官长，后辞官"在野"草创民俗学一事。——译注），也因此，日本的民俗学抛开柳田国男的存在是无法讨论的。柳田民俗学不可能仅仅是"反权力"的，正如山口昌男所说，"王权不仅确立秩序，还把在神话象征论层面上的'驯服'反秩序＝混沌的装置组合进来"，果真如此，则应该说柳田的民俗学也便存在于这个装置之中了。如后面将要叙述的那样，在此意义上可以说，"私小说式的作品"和"物语式的作品"都不可能是颠覆现代文学制度的东西，相反，是存在于补充和激活这一制度的装置之中的。

谷崎润一郎的小说即使以现代为舞台，基本上还是在重复着这个"物语"的装置。以《痴人之爱》《卍》为例，主人公相对于女人多处于日常秩序的上位，但这种日常性的时间逐渐沉淀开始腐败。为了激活这个日常性的时间，把通常处于下层的女人作为"贵种"颠倒过来，在女人的放纵和混沌之中，渐渐走向屈服没落的某种祝祭狂欢是不可缺少的。如此讲来，我们当会明白谷崎的小说正是被不断反复的祭礼。这比起他实际上十分倾倒于日本的物语文学这一事实，更为重要。究其根本，他是一位"物语"作家。

另一方面，芥川龙之介亦是一位物语作家，当然与佐伯彰一所说的意义不同。这不仅表现在《罗生门》以后的作品中，也反映在他对泉镜花和柳田国男的关注里。夏目漱石对芥川的早期作品评价很高，但把芥川归入漱石那样的作家谱系里去也许不很合适。可以说，芥川最终未能写出漱石式的"小说"，而仅仅创作了"物语"。不过，他的物语并不具有谷崎那样的祭礼性结构。例如，在《罗生门》里有向"混沌"的下降，而在《鼻子》中则有令人不舒服的上升。这些常常被解读为芥川的"阶层情结"（吉本隆明语），其实物语本来就包含了"阶级性"的问题。毋宁说芥川的物语所缺少的是上层阶级与下层阶级的逆转，和使之"相反相成"成为可能的装置。

如此观之，芥川龙之介与谷崎润一郎围绕"情节"的论争则呈现出另外一种状态。谷崎不仅在芥川的作品里读出了物语，甚至把《暗夜行路》也当作物语来读了。实际上，《暗夜行路》与其说是"私小说"，不如说是更具有"物语"性的装置，蕴含着神话＝祭礼性的空间。从这个意义上说，要在芥川的"造型意识"中观察其知性的东西是不得要领的。芥川的所谓"知性"只不过抑制了其"物语性的东西"，谷崎对此大加嘲讽亦不奇怪。

4

"物语"既不是故事（story），也不是小说（fiction）。写作物语与"结构意识"无关。物语仅仅是类型而已。这不期然地与私小说式的作品相一致。一个是只有结构，另一个则没有结构。芥川龙之介和谷崎润一郎两人都一边引西方文学为例一边提出自己的主张，而实际上所谈的却与西方文学没有关系。相反，正是在他们（与夏目漱石、森鸥外不同）没有任何隔膜感地引用西方文学这一点上，或者说在大正时期的国际都市化气氛中，"私小说式的作品"和"物语性的东西"才展露了出来，这一点更值得注目。

另一方面,结构力与物语的"结构"还不是一个问题。例如,在山口昌男的结构分析中,神话、物语和戏剧仿佛是同样的东西似的。不过在文学中,结构性的类型并不是问题,问题在于结构的量与质的差异。在这个意义上说,结构力并非"物语",而是在通过文字书写时才开始得以实现的。换言之,日本的物语已非神话,它已将一定的结构力作为前提并依此才得以存在。[3]谷崎润一郎认为:

> 排除情节的引人入胜等于抛弃小说这一形式所具有的特权。日本小说最缺乏的便是这个结构能力,即把各种故事的情节按几何学的方式组合起来的才能。所以我要在此特别提出这一问题,不限于文学包括其他方面,日本人到底有没有这个能力?至今人们会说缺乏这种能力也没有什么,东洋有东洋式的文学。可这样说的话,选择小说这个形式就奇怪了。而且即使在东洋,我觉得中国人就比日本人更有这个结构能力。(至少在文学上)这只要读一读中国的小说和故事类的作品都会感到这一点。当然在日本自古以来也不是没有情节引人入胜的小说,但篇幅稍长或有特色的作品大概都是模仿中国的,而且比起本家中国的,其骨架则不很牢靠,有时甚至是歪歪扭扭的。(《饶舌录》)

谷崎润一郎没有把日本文学结构能力的缺乏视为东方一般的特征,这是很有见地的。这不仅与中国、印度比较是如此,就是和与日本同属于中国之"周边文化"的朝鲜相比亦如此。比如,在朝鲜,儒教的影响达到了"肉体化"的程度,而在日本则不同。儒教也好,接受佛教的影响而做了儒教式消化的朱子学也好，对于这样的体系化理论，日本人最初也曾有达到狂热程度的时候，但渐渐会失去持续性的热心，如亲鸾和伊藤仁斋那样，这使他们最终走向了"实践性"的"发展"方向上去。日本的马克思主义亦如此。

这究竟是怎么一回事呢？我的回答也只能是老生常谈。如日本为远东岛国，有着仅把外国文化作为"文物"来接受的地理人文条件等。不过虽为老生常谈，这个条件依然是我们今天也无法逃脱的特殊条件。结构能力的欠缺乃是因为不那么需要这种能力，需要时则会从"外面"输入进来。若对山口昌男之说加以敷衍则可以说：日本的"公权力"在避开了外来压力时，本身会维持"村落式世界"的封闭状态，将把异己之物排除掉。但是，山口昌男所说的"天皇制的深层构造"是无法用普通的符号论分析消解掉的，使作为象征形式的"天皇制"存续下去的正是这个地理的特殊条件。实际上，这个意义上的"天皇制"在现代开始发挥机能，乃是幕府末年以来从对外紧张中解放出来的日俄战争之后（大正时期），"私小说式的作品"和"物语性的东西"正是其象征。如我反复强调的那样，这不是什么排外主义，而是在国际都市化的气氛中才得以产生的。

可是，如果把使这种地理条件成为可能的东西当作日本的"思想"抽取出来时，就会将所谓无原理性作为原理确定下来。本居宣长所做的正是这种反转性的工作。关于《源氏物语》，他这样叙述道：

> 此物语之旨趣，古来虽有众说，然皆不问物语之本趣，只取常套儒佛之书加以论议，不免难合物语创出者之本义。偶亦有与儒佛自然而然相似之处或相合之趣，然不

可取相似相合之一点而论及全般。大略之旨趣往往与此类物语多有相异，概所有物语中，各自有其相异之一旨趣，此正如开篇所言一般。盖古物语有多种，其中此光源氏之物语，乃大有深远之心意，所作之物语，其优异之处，还当另做详论。(《源氏物语玉之小栉》)

本居宣长主张，《源氏物语》虽有与儒佛之书相似之处，但并不相同，而且不仅《源氏物语》是这样，古物语亦具有"一个旨趣"，《源氏物语》的作者清楚地意识到了这一点。坪内逍遥排斥曲亭马琴，试图确立小说本身的"旨趣"即小说之存在的理由，在这个意义上，他的《小说神髓》继承了宣长的思想，只不过把"物哀"换成了"人情"而已。

但这里值得注意的是，《源氏物语》虽与儒佛之书似是而非，也与中国文学性质不同，然而如果没有后者的存在，其"结构力"也就不可能有之。《源氏物语》的结构基于爱读司马迁《史记》的紫式部之教养与知性，用民俗学或符号论的方法来消解这个基础无论如何也是不可能的。

源氏物语虽然没有明显地表现出肉体的力量，但其中充满了幽婉哀切的日本式情绪，其首尾亦相互照应，确实是我国文学中最具结构上之美观的空前绝后的作品。但是，到了马琴的八犬传，则仅剩下了对中国的模仿，其根基很不牢固。(《饶舌录》)

谷崎润一郎所说《源氏物语》"结构上的美观"或"肉体的力量"若没有汉文学作根基是不可能存在的，这确实无可置疑。

本居宣长具有把一般的"结构力"视为汉意（对中国文化的向往之心。——译注）的倾向。实际上，即使排除了儒佛的"观念"，如果没有这个承载儒佛观念的结构力，《源氏物语》也是不可能存在的。不仅如此，用和文所写的宣长文章其逻辑骨架的坚实，可以说正是基于他所抨击的汉学。为使对结构性之厌恶成为"原理"，结果不得不依靠这个结构力。《源氏物语》的特殊性，不仅在于其内部具有"物语"的类型，而且还在于一边摄取了作为"公的"汉学之结构力，一边又在其中试图颠覆这个结构。可以说，《源氏物语》是两重意义上的"物语"。

当我们把"没有'情节'的小说"之论争作为症候来解读时，所展露出来的不是通过芥川龙之介或今日对私小说的再评价时所提出的"世界同时性"问题，而是如上所述的那个"物语"。就这样，"无理想"论争和"没有'情节'的小说"论争两者结为一个圆环。如果说前者是欲在制度上确立起"文学"来，那么后者则是对此所做出的不可避免的反动。但是，"私小说式的作品"和"物语性的东西"不单单对立于制度，而且还有使这个制度"激活"的作用。事实上，这些文学正因为存在这种两义性才会依然有其活力。

小林秀雄说："私小说灭亡了，可是人们征服了这个'私'吗？私小说还会以新的形式出现，只要福楼拜所说的'包法利夫人就是我'这一有名的图式还没有灭亡。"（《私小说论》）然而，我们应该这样问：物语灭亡了，可是人们征服了"物语"吗？

第七章　类型的消灭

1

1905年38岁的时候，夏目漱石开始写作《我是猫》。两年后，他放弃东京帝国大学的教授职位，入朝日新闻社而成为一位职业作家。他的作品，都是这之后十年间的产物。人们一般认为，这意味着漱石从理论家变成了作家。于是，从早期作品到最后的《明暗》，其成熟与发展的过程，得到人们的考察。然而，已经写过《文学论》的漱石，很难想象他在仅有的十年之间其文学观会有重大的改变。实际上，他的作品在根本上是与其"理论"分不开的。

令人惊叹的是，夏目漱石的作品包含着多种多样的文类形式。关于类型，诺斯罗普·弗莱在《批评的解剖》中将虚构作品分为四种，即小说、传奇、自白体和解剖式作品。

首先是有关"小说"，弗莱举出了笛福、菲尔丁、奥斯丁、詹姆士等作家的作品，但对何为"小说"并没有直接下定义，而在小说与后三种类型的关系中给出了提示。例如，弗莱说小说和传奇的本质不同在于有关性格造型的思考方法。

传奇故事的作者与其说创造了"真正的人"，不如说塑造了包含着被程式化的人物及扩展开了的心理原型。我们看到在传奇故事中，有荣格所谓利比多、灵气以及暗影分别反映在男女主人公和反面人物身上。传奇故事实际上常常闪耀着小说中少见的主观意识的耀眼光辉，周围悄悄融入了寓言讽喻的影像，其原因正也在于此。人类性格中的某种要素在传奇中得到了解放，因此比起原来的小说在形式上更具有革命性。小说家处理的是人格，出场人物要戴上人格即社会性的假面具。这个人格需要一个安定的社会架构，多数优秀的小说家可以说是小心翼翼地因袭着社会的常规。传奇作者则处理个性，登场人物存在于真空中，通过梦想而被理想化。因此，传奇的作者不管怎样的保守，从他们笔下总会迸出某种虚无和桀骜不驯的东西来。（《批评的解剖》，法政大学出版会）

　　"传奇"里不仅有神话、故事，还包括历史小说及今天我们所说的科幻小说等。当然，弗莱并没有低看这些文学形式。
　　其次，弗莱把"自白"看作一种独立的散文形式。他说："我们有一些最高水准的散文作品乃是'思想性'的，很难断定为文学，还有一些是'散文文体的典范'，很难说是宗教或哲学的，故不经意地将这些都赶到角落里去了，其实应该承认这是一种自白形式，这些作品应在虚构作品中得到一个明确的位置。"弗莱认为，这是奥古斯丁以来的传统。不过，在某种意义上这种文类也存在于日本，如新井白石的《折焚柴记》等。他强调在"自白"中，"对于宗教、政治、艺术等知识性理论性的关心总是扮演着主导性的角色"，"卢梭以后，当然实际上也包括卢梭在内,自白流入小说中来,混合之后产生了虚构的自传、艺术家小说及其他类似的形式"。在日本,自然主义作家也是从自白开始的,不过这和作为类型的"自白"不是一回事,因为在日本自然主义作家那里缺乏"知识性理论性的关心"。

最后,所谓解剖式作品乃取自理查德·巴顿《忧郁的解剖》一书,弗莱的《批评的解剖》其书名大概也来自于此。弗莱说:"这在可以处理抽象观念和理论上与自白相似,在性格造型上则与小说有别——即比起自然主义来更注重进行程式化的性格描写,视人为观念的代言人。"解剖式作品的特征是百科全书式玄学的。这一系列里包含了拉伯雷、斯威夫特、伏尔泰等。

"小说"始于笛福那样的写实主义作品。自19世纪后期以来,这种观点成了主流。但是,我们称之为小说者,实际上是以上所列这些类型的混合。例如,被视为写实主义代表的福楼拜在《布瓦尔和佩居榭》或《庸见词典》等其他作品中,就写了所谓解剖式的东西。可是,自然主义作家只取福楼拜的"小说"一面,将其奉为写实主义小说的鼻祖。而且,这成了现代文学的基准。

例如,三好将夫将包括夏目漱石在内的日本小说与西方的 novel 区别开来而称为 shosetsu 的时候,暗自遵从的就是这样的基准。(《去中心化》,平凡社)就是说,美国的小说如霍桑的《红字》是传奇,麦尔维尔的《白鲸》既是"传奇"又是包含着有关鲸鱼百科全书式记述的"解剖式作品"。要之,纯粹的西方 novel 之类即使存在,今天亦不再有人去读了。毋宁说,不论西方还是非西方世界,所谓 novel 都是可以将各种各样的东西放入其中的形式,从这个意义上讲,可以认为这个 novel 是能够解构此前所有类型的一种形式。

例如，理查逊《帕梅拉》（1740年）和菲尔丁《约瑟夫·安德鲁斯》（1742年）写就之后，1760年就有了斯特恩的《项狄传》最初两卷的出版。在英国现代小说确立的时期里，就已然出现了从根本上对此予以解构的作品。当然，这是所谓的novel。而夏目漱石开始写作《我是猫》等的时候，应该对此有着充分的认识。因此，认为漱石从这部作品逐渐向《明暗》发展而去，这种看法是完全错误的。这位作家若长寿，他有可能再次创作《我是猫》那样的作品。

从这种类型的观点来看，不用说《我是猫》并非小说，而是"解剖式"的作品。这里有玄学式的对话和百科全书式的知识展示。进而，早期的短篇《幻影之盾》《开罗行》如字面所示，乃是基于亚瑟王和圆桌骑士的传奇而写作的。还有表现死之世界及神秘的《琴之空音》《一夜》《趣味的遗传》以及《梦十夜》等，总之《漾虚集》属于传奇。虽然初看起来未必意识到，但按照弗莱的定义观之，则《虞美人草》也是传奇。因为这里出现的是一种典型人物而接近于类型化。也因此，如后所述这篇作品被自然主义者视为"现代版的曲亭马琴"。另外，甚至看上去仿佛写实的《心》亦接近于弗莱所说的"自白"形式。结果，直到《道草》《明暗》为止，漱石最终也没有创作出19世纪novel那样的东西。

夏目漱石一贯受到不喜欢现代小说的大众读者的欢迎，其理由正在于此。也是出于同样的理由，他在当时占统治地位的自然主义文坛并没有得到怎样的评价。于这样短的时间内创造出如此多种类型作品的作家，不仅在日本，就是外国大概也很少见的。但是，这并不单单意味着漱石有什么文学才能和功夫。相反，这意味着他虽然身处现代文学的潮流之中，却试图提出异议并寻找另外的可能性。然而,这一点至今没有得到理解。如果说,作为"理论家"的漱石是孤立的,那么作为作家的他亦是孤立的。

2

诺斯罗普·弗莱的类型论,是对以 19 世纪以来的西方小说为规范的文学史及文艺批评的反抗。在此,值得注意的是坪内逍遥于《小说神髓》(1885 年)中对类型问题的关注,他对"虚构故事"从形式上进行了各方面的考察。例如,下面这个"小说种类略图"可以说是独特的类型论。

此外,坪内逍遥在"小说三派"上把小说分为三种类型。事件为主,人物在其后。

第七章 类型的消灭　*167*

即"主事派（物语派）"，人物之性格发展必然引起事件的"人间派"，以及介于两者之间的"折中派（人情派）"。不过，坪内逍遥并不认为三者之间有什么价值的高低。在所谓"无理想论争"中，森鸥外所非难的正是这个"没有理想性"（作品的内容主题及价值判断。——译者）的形式主义。简单说，鸥外主张小说乃伴随历史的发展而来，所谓"人间派"处于发展的优越地位。这是以由浪漫主义走向写实主义这一19世纪西方小说的变迁为不言自明的前提的，对鸥外来说，逍遥所谓并列着的类型（种类）是不可能存在的，有的是哈特曼所谓"美的阶级"。

正如第六章所谈到的，森鸥外在此次论争中之所以处于优势，是因为19世纪西方小说处在优势的地位上。他把坪内逍遥所区分的类型置换成时间性发展的顺序。不过，在鸥外和逍遥之间来看夏目漱石，其特异性就十分明显了。从某种意义上讲，漱石在否定鸥外所谓的小说之历史发展的必然性这一点上，可以说与逍遥同调。但是，他最终未能超越江户小说的界域。作为作家，继承了江户小说的诸种形式而有所创新的不是逍遥，而是漱石。例如，《我是猫》乃江户"滑稽本"的延长，《虞美人草》则为江户"读本"的发展。事实上，这篇作品也是被自然主义者嘲讽为"现代版的曲亭马琴"的。另一方面，强调小说之历史发展说的鸥外，到了晚年却走向了江户时代的"史传"——属于弗莱所谓的"解剖式的作品"。而漱石的《明暗》看上去仿佛沿着19世纪西方小说的方向实现了其发展。当然，事实上并非如此。但是，漱石得以写出如此多样化形态的小说，其秘密在逍遥的形式主义和鸥外的历史主义之对立中所显示的类型论上，是无法理解的。

为了进一步思考这一问题，我想参照 M. 巴赫金的类型论。他与始终坚持类型之形式的、非历史的分类之弗莱不同，试图从时间上对此加以观察。然而，他所要观察的不是作为历史的发展，而是在现代文学中被消灭了的、作为痕迹遗留下来的形式。并且，在这样的形式中试图找到超越现代文学的契机。

> 文学类型在其性质上反映了文学发展最"悠久"持续的运动历程。在类型里保存着长生不死的古拙朴实的要素，这古朴通过不断的再生即不断的现代化而长存不灭。类型永远是古老而又常新的。……类型是文学发展进程中创造性记忆的代表。……为了正确地理解类型，有追溯其渊源的必要。（巴赫金《论陀思妥耶夫斯基》，冬树社）

巴赫金在陀思妥耶夫斯基作品的"渊源"里发现了希腊奴隶阶层出身的哲学家 menippean 讽刺性的类型，进而又在此"渊源"中找到了"祝祭狂欢（Carnival）的世界感觉"。他说："作为结论，可以说得以把诸种复杂多样的要素统一于一个有机整体中的黏着力，其根本即在于祝祭狂欢，在于这样的世界感觉。"另外，他还论及拉伯雷，在此发现了"魔幻现实主义"，其主要特征在于下降、沉落，将所有高级、精神、理想、抽象的东西转移到物质和肉体的层面。而使其成为可能的，是民众的欢笑。巴赫金认为，拉伯雷那样文艺复兴时代的文学所具有的"魔幻现实主义"，后来便走向了衰退。

> 在前浪漫主义和浪漫主义初期那里可以看到魔幻的复活，但发生了根本上的意义变化。魔幻成为主观的、个人

第七章　类型的消灭

世界感觉的表现形式，这与过去数个世纪民众性的祝祭狂欢式世界感觉大不相同（虽然残留着后者的一些要素）。新的主观性魔幻的最早最重要的表现，是斯特恩的《项狄传》。（它以独特的方式将拉伯雷、塞万提斯式的世界感觉转换到新时代的主观性语言上来）……给浪漫派以魔幻上根本性影响的是斯特恩，在相当的程度上我们可以视其为这一形式的创始者。……

　　浪漫派在魔幻上所出现的根本改变，在于欢笑的原理。当然，欢笑本身被保留下来了。因为，坚固的严肃性之中——不管是怎样的胆小怕事者——无论怎样的奇异幻想都是不可能的。但是，在浪漫派的魔幻中笑本身被缩小，而采取了幽默、滑稽、讽刺的形式。他们停止了令人喜悦的欢笑。笑之原理的积极性复活契机极大限度地得到了弱化。使魔幻得以成立的原理其变质导致复活力量的丧失，结果，产生了其与中世纪、文艺复兴的魔幻和浪漫派的魔幻之间一系列的差异。而最明显的差异就体现在与恐怖事物的关系上。浪漫主义的魔幻世界，多多少少属于与人世无缘的恐怖世界。（《弗朗索瓦·拉伯雷的作品与中世纪、文艺复兴时期的民众文化》，セリカ書房）

在西欧共同体解体而资本主义获得发展的地域，重新恢复"魔幻现实主义"是比较困难的。巴赫金在劳伦斯·斯特恩那里看到了"以独特的方式将拉伯雷、塞万提斯式的世界感觉转换到新时代的主观性语言上来"的现象，并称"笑本身被缩小，而采取了幽默、滑稽、讽刺的形式"。但是，就是这一现象在19世纪也作为文学的支流被否定掉了。

另一方面，使这种魔幻得以复活的是19世纪前期俄国的果戈里。按照陀思妥耶夫斯基自己的说法，这就是从果戈里的"外套"底下展露出来的。据巴赫金所言，陀思妥耶夫斯基的小说与主观性心理性的现代小说之根本不同在于，他那里还保持着"祝祭狂欢式的世界感觉"或者"魔幻现实主义"。果戈里的作品，常常被视为超现实主义的。但是，这里所有的魔幻现实主义来自19世纪共同体色彩依然浓厚地残留着的俄国社会的落后性。同样的情况，也可以用来说明20世纪中国的鲁迅。

在这一点上，我们应该关注很早就对果戈里和陀思妥耶夫斯基表示出亲近感的二叶亭四迷。二叶亭于江户文学的"滑稽本"中，看到了与此类似的东西。但是，这与坪内逍遥将此视为形式上同一类型的观点似是而非。二叶亭相反，他要在此找到残留的"祝祭狂欢式的世界感觉"，而非"滑稽本"那样的东西。实际上，当他模仿滑稽本的文体进行创作的时候，结果只能是失望。

如此观之，巴赫金的观察是可以适用于了解俄罗斯文学的二叶亭四迷的，事实上确实如此。不过，我所感兴趣于巴赫金的，是因为夏目漱石与当时英国的评价相反，他试图将获得高度评价的斯特恩放在拉伯雷式的文学潮流中加以观察。一般认为，斯特恩的文学是一种"个人之世界感觉的表现形式"。换言之，被视为过度敏感的自我意识的表现。但是，巴赫金肯定了其对"拉伯雷、塞万提斯式的世界感觉"的恢复，虽然这是被主观化了的东西。

在这一点上，夏目漱石下面有关写生文的看法，值得注意。他说："如此（写生文作家的）态度乃全由俳句脱颖而出。非乘泰西之潮而抵横滨之进口货，据浅薄所知以西洋之杰作称世者中不曾有以此态度作文者。"(《关于写生文》)当然，漱石所言未必在主张这就是写生文的世界性特征。例如他接着指出，如狄更斯的《匹克威克外传》，菲尔丁的《汤姆·琼斯》，塞万提斯的《堂·吉诃德》等亦是"多少得此态度之作品"。不知为什么漱石在此没有提及斯特恩的《项狄传》和《感伤的旅行》，实际上在这些作品中完全可以找出与"写生文"最为接近的"态度"。

当夏目漱石在斯特恩那里发现了与写生文相近的"态度"之际，并非单纯视此为比较文学的问题。这时，他最深刻地触及了"类型"这一具有世界史性的问题。他一方面在英国文学中对斯特恩予以高度评价，另一方面也给予了友人正冈子规的写生文以世界性的视野。漱石说写生文"脱颖于俳句"，这并非单纯指俳句作家子规开始了写生文的创作这一事实。在写生文的源流里不仅有近世的俳句，还可以追溯到俳谐连歌。即，写生文的"世界感觉"来源于"俳谐类的作品"。这正是巴赫金所谓的"祝祭狂欢式的世界感觉"。

连歌的历史诞生自古代，首先作为上层贵族文化人喜好和歌式情调的有心连歌而得到千锤百炼。不过另一方面，连歌在发生当初就具有的俳谐性作为底流而延续至今。由此产生了15世纪末《竹马狂吟集》那样的俳谐连歌集，乃至室町时代末期的山崎宗鉴《犬筑波集》等作品。到了封建制解体的室町时代后期至战国时代，连歌的俳谐性得到强化。这正对应着巴赫金所谓的文艺复兴时期民众的欢笑文化进入文学的上层领域这一事态。

> 这个过程终结于文艺复兴时期。中世纪的欢笑在拉伯

雷的小说中获得了最高的表现。欢笑在此成为新的自由的批判之历史意识的形式。这个欢笑的最高阶段，早就孕育于中世纪。（《弗朗索瓦·拉伯雷的作品与中世纪、文艺复兴时期的民众文化》，セリカ書房）

在颠覆了中世纪的、封建性东西的文艺复兴时期，"民众的欢笑文化"得以成为"自由的批判之历史意识的形式"。同样的事态，也可以用于说明16世纪日本的俳谐。古代就存在着的连歌，至16世纪迎来了它的发展高峰。而之后的俳谐连歌，也适用于巴赫金这样的说明：

> 16世纪欢笑的历史达到顶点，这个顶点的高潮就是拉伯雷的小说。之后，法国的七星派已然开始急剧地衰退。此前，我已指明17世纪有关欢笑的观点的特征。欢笑失去了其与世界观展望的本质性联系，而与教条式的否定相结合，局限于私人或私人化的领域，丧失了历史性的语调。的确，它还保存着物质性、肉体性与欢笑的关联，但其原理本身已然变成了低层次的私人生活风俗的性质。（《弗朗索瓦·拉伯雷的作品与中世纪、文艺复兴时期的民众文化》，セリカ書房）

至此以后，再要恢复具有这种"与世界观展望有本质性联系"的"欢笑"已经非常困难。但是，以各种方式试图重新获得这种"世界感觉"的动向却不断出现。巴赫金认为，19世纪的俄罗斯现代小说虽然获得了霸权，但在果戈里和陀思妥耶夫斯基那里"祝祭狂欢式的世界感觉"得到了显著的复活。那

第七章 类型的消灭

么日本呢？如前所述，在明治二十年代现代小说逐渐确立起来之际，对此加以抵抗而出现了所谓"俳谐式"的复活。其形态，一方面是"俳句的革新"，另一方面是"西鹤的复活"。

例如，正冈子规批判松尾芭蕉而否定了俳谐连句。但这不仅不是对俳谐性的否定，反而是为了重建。事实上，也是在否定了连歌而提倡俳句（俳谐连歌）的芭蕉那里发现了重新恢复已有的"俳谐性"的意图。有关于此，广末保指出：

> 以上，我对作为诗或者文学的芭蕉连句予以了肯定。不过，连句也是由多数人的雅集而构成的"场"之艺术。或者不如说，场之艺术的性格，对于连句来说乃是决定性的。虽然也有独自一人吟诵的连句，但在这种情况下自己所吟诵的诗句瞬间被对象化而于另外的场域吟出对句。就是说，将自己转化为他者，来对句。或者不如说，在场的艺术这一点上，中古的连歌也是如此。不过，在中古连歌那里，其"场"是以约定调和为前提的，在这个意义上从一开始就是约定和准备好了的一个秩序性的场。相比之下，与乾坤变化相关联而展示出走向多重可能性姿态的芭蕉连句之场，乃是超越连歌式的"场"之局限性的场。不仅通过对话性的联想而超越封闭的、主观性的个体之场，而且试图超越阶层的职业性的场之派别。因此，即使离开了这样的场，也可以保持其客观性。作为具体的形态，变成文字的文学作品也是具有其价值的。（广末保《芭蕉》，平凡社）

在否定连歌的同时，芭蕉也否定了共同体性的乃至宗派性的场。不过正因为如此，这也是在试图开拓新的俳谐的联合体之场。当然，这种态势并没有持续多久便转化为了所谓蕉风那样的封闭的宗派性集团。明治二十年代，正冈子规虽然否定了蕉风排除了连句，但深有意味的是，这反而与芭蕉否定连歌而创立俳句之际相仿佛。在子规前面存在着的蕉风，不过是仰慕宗师的封闭集团和拥有"约定调和"式的精神而已。不用说，子规否定了这样的集团。他所追求的是作为"俳谐式"的写生，而非作为"写实主义"的写生。然而，子规死后，高滨虚子确立起宗匠（掌门）制度。而"俳谐式"则在子规的盟友夏目漱石的写生文那里得到了继承和延续。

另一方面，"俳谐式"只在俳句的领域里思考是无济于事的。例如，与芭蕉同时代的俳谐师井原西鹤，毋宁说是要在小说领域实现其"俳谐性"。但是，到了江户时代后期这一点则完全被忘记了。明治时代西鹤受到肯定之际，看上去好像是要在日本发现与西方现代的写实主义相当的东西。但实际上，在西鹤那里被发现的应该说是恢复与此相对抗的那种"世界感觉"。至少，在二叶亭四迷、斋藤绿雨、樋口一叶那里是如此。可是，随着现代文学的进一步确立，最终这一切都被视为边缘性的东西而打入了冷宫。

后记及各语种译本序言

初版后记（1980年）

有关此书，我在这里并没有特别要加以说明的，只想"为了避免常见的误解"而略述一二。即关于"日本现代文学的起源"这一书名，实际上应该对其中的日本、现代、文学乃至起源这些词语打上引号的。因为，该书并非书名所显示的那种"文学史"。只是为了对"文学史"加以批判，才采用了文学史的材料而已。因此，如果有谁把此书作为另一种的"文学史"来阅读的话，那我只能苦笑了。然而，对于那些寄生于本书所回避者而苟延残喘的那种批评话语，我则只有怜悯了。

1975年秋季我在耶鲁大学讲授明治文学史的时候，构思了本书的基本轮廓。大概也只有在那样的"场所"，才得以产生这样的思考。然而，说到写作又是别一种事情了，我根本没有想到这个工作花了五年的时光。我当初没有那么着急，也不曾想好要写到哪里"结束"。所以，这还要感谢《季刊艺术》的江藤淳、富永京子两位，他们为我提供了发表的舞台。另外，《季刊艺术》休刊后，我得到了《群像》内藤裕之先生的关照；成书出版之际，则得到了编辑过我的《马克思其可能性的中心》一书的渡边胜夫的帮助。在此，一并表示衷心的感谢！

1980年7月

文库版后记（1988年）

　　1975年至1976年末，我构思了本书的主要部分，那是在耶鲁大学讲授日本文学的时候。最初是1975年秋开设了明治时期文学的研究讨论课。教外国人日本文学，这对我还是第一次的经历，讲授日本文学这一事情本身当然也是初次。选择明治时期的文学，一是想借此机会就现代文学从根本上做些思考，二是想总结一下自己至今为止的批评活动。不用说，这个批评活动并非仅仅限于文学的领域。我搁笔停止了所有的写作，有了充裕的时间，产生了一切从基础上开始重新来做的想法。这一半有点儿是自暴自弃，心境却非常的清澈透明。

　　山口昌男先生为本书的封面写了推荐文字，其中有这样一段："柄谷行人氏的方法乃是基于一切从根源上提出质疑的现象学方法。其结果，这项工作成了有关文学得以确立起来其思考架构形成过程的精神史，并带有关于文学风景之符号论的性格。"

　　可是，我在这个时期其实对于"现象学"几乎一无所知。当然，身处外国，操外语讲话，用外语来思考，这本身便逼迫我多少要做些"现象学式的还原"。就是说，自己不得不对曾是默契的作为前提的诸种条件进行细细体味。所以，我想山口先生所说的"现象学"，在我不是通过阅读胡塞尔得来的什么方法，而是作为所谓异邦人而生存这一事实本身。

我本来未必是理论型的人，不过要体味自己的感性就不得不是"理论性"的了。那时，我发觉自己与夏目漱石在伦敦构思《文学论》时正好是同岁（34岁），悄悄地感到了一阵兴奋。于是，我觉得对当时的漱石一定要做那样的工作有了深刻的理解。木书序章"风景的发现"是从讨论漱石开始的，其原因也就在这里。

夏目漱石那时很孤立。不仅在伦敦，就是日本也没有人理解他所要做的工作。而我却并不那么孤立。在同一个校园里，后来被称为耶鲁学派以至解构主义成员（deconstructionist）的新批评那时虽然还很不成形，但已经在寂静中展示了蓬勃发展的趋势。我没有直接受到他们的影响，不过，与他们之间的交流给我带来了刺激和勇气则是确实无疑的。

其中特别是与保罗·德曼（Paul de Man）的结交，对我非常重要。如果没有与这位战后由比利时渡美，只出版过一册著作的谜一样的"异邦人"相会，如果没有他的鼓励和支持，我想自己是不会把至今的工作持续下来的。但是，我在此强调这一相会，不是为了已故德曼的名声，而是为了他因"异邦人"所持续蒙受的不名誉。这也就是他二十岁时，在柏林曾经给亲法西斯的报纸写过反犹太主义的批评一事。这事被暴露后，他的批评正遭受决定性的将被葬送的危机。

我在与德曼的交谈中，某种程度上推测到了他可能有这样的过往经历。我没有被德里达或其他思想家，而是被德曼所吸引，可以说就是为此。比如，我在他身上感到了与夏目漱石《心》中那位先生相似的东西。就是说，他的某种经历没有向任何人讲过，但自己恐怕一直在不懈地追问着那经历的意义。

他的批评非常的形式化，几乎到了禁欲式的程度。用一句话来概括他一贯的思想，那就是语言背叛书写者的意图而完全表达了别的东西。他不断地这样讲，仿佛这个伦理问题几乎在逻辑上得到了"证明"似的。

不仅解构主义成员，现代的哲学家和批评家都把焦点放到了"语言"上。当然，不是说这里没有伦理性的视野。比如德里达认为，对文本（书写）做任何解释结果都会导致决定性的不可能，这暗自与所谓放弃对圣书（文字，书面语）做人世间的解释这一思考相通。就是说，在现代性的独特思考和语境中，犹太教的问题要受到追究，这与单纯的语言哲学或文本理论是性质不同的。

而德曼的批评，又与上述的不同。语言表示意义，书写者无法操纵也无法预测语言。对德曼来说，这意味着语言（文本）并没有成为可以解放，或作为快乐（巴特语）来体验的东西。他是把语言作为"人存在的条件"来探索的。我说他有点儿像漱石《心》里的那位先生，指的就是这种"暗色"，而他所给予我的鼓励乃是由此产生的幽默。与此相比，"现代批判"等就不算什么了。

很明显20世纪70年代后期，日本迎来了大的社会转折。我在思考日本现代文学的起源时，完全没有考虑到日本同一时期的文学。可是，回到日本开始写文艺时评（收入《反文学论》中）时，我看到了现代文学决定性变化的光景。举一个特例来说，这就是对"内面性"的否定。说到文学，那种暗淡的黏糊糊的内面这一印象，在这个时期遭到了清除。从别的角度说，这意味着并未背负着意义和内面性的"语言"获得了解放。也就是由"风景的发现"而被排除掉了的东西又得到了复权。语言游戏、滑稽模仿、引用，还有物语（故事），即被现代文学驱逐掉了的整个领域都开始恢复起来了。

今天回顾起来很清楚，我这本书最终也要归于这一潮流（后现代主义）中。甚至可以说对这个潮流起到了加速的作用。在这个意义上，应该说本书的使命已经完成了。不过，我所关心的不在于此，即不在于现代批判或现代文学批判什么的，而在于探索通过语言而存在着的人之条件。谁也无法逃避这个问题。我们大概会痛切地体会到这一点。我愿再次将此书献给保罗·德曼。

1988 年 3 月 25 日

英文版后记（1991年）

我在本书出版英文版时曾考虑过做大幅度的修改，但最终还是决定不做修改。这本书不是面向外国读者写的，也不是学术性的东西。这是70年代后期，我在新闻媒体领域里做的一项工作。如果对那时的语境和形势不了解的话，恐怕很难理解其意义的。我想加以修改，也正是出于此种考虑。不过，也是出于同样的理由，我决定不加修改。

正因为这是在某种历史状况下写就的东西，故不应加以修改。如果是面向外国读者，我可能会换另一种写法的，如以不了解日本文学的读者也能读懂的方式。可是那样一来，便要迎合外国人而做出有意识或无意识的调整与省略，结果恐怕要变成一本常见的关于日本文学的概要书了。这样的书将不能展示日本人在自己的内部实际上是如何思考的这一问题。

我相信本书有的部分，虽然只有对日本某一时期的文化语境有所了解的人才会懂，但基本上还是一本对外国人"敞开"的书。因此，我最终决定对英文版不加修改，只是在书的最后附上了另外写的《类型的消灭》一篇。这样，本书就成了一本以理论家夏目漱石开篇，又以小说家夏目漱石结尾的书。另外，又在各章后面附加了简单的补记，在某种程度上体现了我目前的一些想法。

我在本书中所要做的对于现代文学的"批判",在日本的语境里并不是什么新的东西。比如,70年代前期这种现代批判已多见于世,它与60年代的经济增长及新左翼运动相关联。进而言之,就连这个70年代的"现代批判"也不是什么新鲜的事情,因为在某种意义上这可以视为30年代后期"近代的超克"论之变奏。大体说来,战前的"近代的超克"论是由西田几多郎、小林秀雄、保田与重郎为代表的三个群体的批评家和哲学家们所发起的。在他们那里,认为笛卡尔式的二元论、产业资本主义,以及民族国家等都必须被超越。不用说,这不过是一种与志在对西方列强发起战争并建立大东亚共荣圈之日本帝国主义相呼应的意识形态而已,但又无法这样简单地弃之了事。他们是杰出的批评家、哲学家,而非清一色的战争意识形态理论家。在他们的议论中,凝缩着有关明治维新以来日本的话语中的诸种矛盾。可以说在形式上,这是70年代前后的"现代批判"乃至80年代兴盛起来的日本后现代主义的先驱。

例如,1970年为向自卫队吁请政变而自杀的三岛由纪夫,就曾是战前日本浪漫派的成员之一,如果不考虑到历史上浪漫派式的反讽就无法理解他的行动和作品。同时代的左翼激进主义也是如此,正像毛主义那样,其泛亚洲主义(反西方)与现代文明批判是结合在一起的。不过,这一时期的"现代批判"与30年代有着微妙的联系一事并非日本的特殊情况,欧洲也是一样。存在于60年代末激进主义思想根底里的"现代批判",其知性核心——特别是后来被称为法国后结构主义或者后现代主义的话语核心里,沉潜着某位思辨型哲学家所给予的"现代批判"的强烈影响。那就是积极参与过法西斯的海德格尔。众所周知,这一事情伴随80年代后现代主义的发展而又成了问题。倡导人权的新保守派理论家，试图通过揭发参与纳粹的丑闻来扫荡这场现代批判。这在美国则是以保罗·德曼问题而浮出表面的。而我们不能因为与法西斯主义有关联就否定其"现代批判"，相反，我们应该重新对包括这个问题在内的"现代"提出质疑。

"现代"这个概念十分暧昧。不仅日本，包括非西方国家的人们，他们总是将"现代"和"西方"相混同。当然，这种混同是有理由的。既然在西方也有现代与前现代之别，现代与西方当然应该是不一样的概念，可是现代的"起源"在西方，所以两者不容易被简单地分开。在非西方国家因而有着把现代批判与西方批判混同起来的倾向，并由此产生各种各样的错觉。其中有一种观点认为：因为日本不是西方，故其现代文学并非充分现代化的。另一个观点正好相反，认为其题材和观念如果是非西方的，则作品一定是反现代的。这两种观点同时存在于日本的批评家和西方的日本学学者之间。

但是，假如文学是"作家"的"自我""表现"，那么，这不管是怎样反现代的或怎样反西方的，都已经是在现代文学这一装置中了。例如，三岛由纪夫和川端康成这样的作家根本就不"传统"，而是明明白白的"现代"作家。真正对"现代"抱有怀疑，就不能不质疑"作家""自我""表现"等概念装置及其不证自明性。日本的"近代的超克"是缺乏这种怀疑的。然而，当我们追问其起源时，可能会落入另一个陷阱，因为这些都产生于现代西方。这样，我们会再次回到如"影响"这一词语所集中反映出来的那种懒惰浅薄的议论上去。所谓"影响"乃是表示"特有"和"复制"关系的一个观念。实际上，日本人写的也好，西方人写的也好，以日本人如何吸收了西方—现代的特有之点,如何未能成功吸收,又如何抵抗了西方—现代这样的视角写作的书籍,已是数不胜数了。

但是,如果要探讨这个特有里所隐含着的"颠倒"之源头的话,会怎样呢?我们得像尼采那样必须追溯到古代西方吗?我是从另外的角度这样认为的:如果现代文学是西方所固有的"颠倒"的产物,其性质与其说在本来的西方(在这里其起源被掩盖了),毋宁说在非西方国家那里更能得到戏剧性的清晰展示。我将焦点集中于明治二十年代十年间的文学上,其理由正在于此。

首先,我在"言文一致"的形成过程中寻找促使现代文学成为不证自明的那种基础条件。言文一致运动与其命名的意义相反,乃是某种"文"的创立。同时,这个"文"对内在的观念来说不过是一种透明的手段,在此意义上这也是书写的消失。"文"的创立是内在主体的创生,同时也是客观对象的创生,由此产生了自我表现及写实等。这种情况只要看一看言文一致确立前夜的明治二十年代作家的文章,就会清晰可见。比如,在日本前现代的文学中,风景如此被主题化,然而人们却没有像我们那样去观看那些风景。他们所看到的风景,是前代的文本(文学)中的风景。我们所说的"风景"是在收敛到言文一致里的认识论式的颠倒中被发现的,或者更确切地说是被发明的。我在本书中,把曾经是不存在的东西使之成为不证自明的、仿佛从前就有的东西这样一种颠倒,称为"风景的发现"。当然,这是对现代的物质性装置的一个讽喻。

另外,言文一致不是由国家或各种各样的国家意识形态理论家,而主要是由小说家来实现的,这一点很重要。本尼迪克特·安德森在《想象的共同体》中指出,一般说来,国家的形成需要语言的本国化（本土化），报纸和小说则起到了这个作用。这也可以用来说明日本的情况。明治维新二十年后，虽然在政治经济等制度上颁布了宪法，开设了议会，其"现代化"有了进展，但在国家形成上似乎还有些不足。而说小说家完成了添补这一不足的任务也不为过。因此，现代批判必须从现代文学批判开始，其理由也正在于此。再者，这一时期开始形成了作为学问的"国文学"，即对《万叶集》以来的民族文学历史进行重组，也就是用现代性的视角对过去的文学实行重构。这是与江户时代的"国学"性质不同的。

因此，本书并非文学史，而是对包括古典在内的文学史之批判。作为通过追溯"起源"的方式进行的批判，同时也就是对"起源"的批判。比如，民族主义者跑到现代以前的时代里去追寻日本文学的特殊性，实际上是对"起源"的忘却。上述的"言文一致"基本上说在任何非西方国家都会发生的，至少在中国和朝鲜确实发生过。这与其说是在西方的压力下，不如说是在日本帝国主义的侵略下发生的。不过无论在哪个国家，对"起源"的追寻都暗藏着陷阱。如在西方，"言文一致"运动经历了相当长的时间，如果对此进行严密的溯源就会像德里达那样，不得不追溯到古希腊以来的"语音中心主义"。

不过，我觉得做谱系学的溯源即对起源的追溯不能走得太远。比如，许多学者上溯到中世纪乃至古代以追溯反犹太主义的起源，汉娜·阿伦特则只在19世纪后期国家经济得以确立的时期对此做了考察。她由此看到，那时不是因为犹太人的经济强大，而是相反因为变得无力，故反犹太主义得到了扩大（《极权主义的起源》）。象征着这种国家性优势的是1871年普鲁士对法国的胜利。对此，尼采写了《不合时宜的思想》，说这里的胜利不是对文化的胜利而仅仅是对国家的胜利。尼采本身，不管在哪里或者在所有层面上都要对被掩盖起来的起源加以追溯。然而，在他所生存并且对立着的"时代"里，正在不断发生的"颠倒"难道不是更具有决定性的意义吗？不管他怎样在柏拉图和基督教中寻求其颠倒的起源，作为"欧洲人"，他带着清醒的自我意识并与之斗争的，不正是那个民族国家及其相呼应的文化、文学吗？

对起源的追溯不能走得太远，这最好看看批评尼采仍停留在西方形而上学圈子内的海德格尔对起源的追溯归结为何，就可以了。这就是对发生于尼采与之对立的"时代"的民族主义和反犹太主义的彻底肯定！而对于我在本书中所做的考察，追溯起源不能走得太远则具有更重要的意义。1870年前后是世界史的转折期，即各地民族国家展露头角的时期。不仅德国，还有美利坚合众国、意大利，以及战败后的法国。十年之后，这些现代国家转化成了帝国主义，接下来在世界各地诞生了民族主义。

日本的明治维新（1868年）也应该放在这个世界史的语境中来观察。看到普法战争的结果，日本的革命政府终于做出了以普鲁士为模式的选择。于是，避免了殖民地化的日本反过来经过日清战争（1894年）和日俄战争（1904年），开始挤进西方列强的行列。日本的明治时期，便在如此短的时间里展示了这一变化的过程。我所集中观察的1890年前后十年间，在西方长期以来发生的事情（如言文一致和风景的发现），在这一时期集中地发生了。从某种意义上说，这亦反映了与西方的同时代性。福柯说"文学"的成立在西方不过是19世纪后期的事情。"文学"的规范化则大概与民族国家的确立相关联，这种规范化是对 18 世纪英国小说所显示的那种多样性的一种压抑。如果是这样的话，那么现代文学的"起源"只有在 19 世纪后期才能寻找到了。若再往 19 世纪以前的时代追溯过去，仿佛可以发现根源性的东西似的，但却会忽视 19 世纪所产生的颠倒，结果成了对此颠倒的强化和补充。因此，我想自己对日本现代文学起源的追寻，不会单单是日本的问题。

1991 年 9 月

于东京

德文版序言（1995年）

　　本书收录了70年代后期发表于日本的文艺杂志上的诸篇随笔。就是说，我是以比较了解日本文学史的读者为对象来写作的，根本没有考虑到海外的读者。如果考虑到海外的读者，我会以另外的方法，如减少专有名词的使用，多加一些说明性的文字等，而写成别样风格的文章。当有人要把此书译成英文时，我有些踌躇其理由亦主要在此。然而，我还是同意了英文版的出版，只增加了最后一章，做了一些注释并写了后记，其余没有做什么改动。这个德文版也是以英文版为底本的。根据下面要叙述的理由，我相信自己这样做的决断是正确的。不过，唯希望德国读者不要为此书专有名词的泛滥敬而远之。

　　我说当时没有考虑到海外的读者，这当然是就其写作手法而言的。实际上，这本书中的基本想法乃是我于1975年在耶鲁大学讲学时形成的。恐怕只有在那样的"场所"我才能考虑到书中写的那些问题。因为第一，这个"场所"逼迫我且有可能使我"从外部"来观察自己成长于其中的日本现代文学，换句话说，有可能把"现代""文学""日本"本身的不证自明性打上引号。第二，这个"场所"迫使我对把日本塑造成极具异国情调的表象之当时美国的话语，产生抵抗意识。我在1975年的美国不得不与之抗争的是下面这样两个表象，即日本人的自我表象和西方人的日本表象。而且，对这两个表象的抗争不得不同时进行，因为它们是相辅相成、相互补充的。可以说，促使我思考写作本书的这个"场所"，既不是美国也不是日本，而是在这两者"之间"。

到了80年代，在美国，至少在学术性的领域里这种情形发生了突变。这很大程度上有赖于爱德华·萨义德《东方学》（1978年）的出版。萨义德在该书中阐明了"东方"这一表象是怎样通过西方的话语而历史地形成的过程。他集中阐述的是狭义的"东方"即阿拉伯，但却引起了人们对美国涉及非西方的西方学术之深刻的反省，其影响亦波及日本学。萨义德还指出：西方人的"东方"观甚至为东方人自身所接受，两者相互渗透扩展。我读到此书虽然是在出版《日本现代文学的起源》之后，但对萨义德的观点基本上是共鸣的。比如，在我当时讲学的美国，日本研究乃是对他们的"东方主义"的补充——如文学上是以《源氏物语》到三岛由纪夫，哲学上是以禅及西田几多郎为中心的，而且，日本人亦是站在"期待的地平线"上来表述自己的。我的这本《起源》则完全背叛了这种"期待"。虽说如此，正像上面所说的那样，如果我面向外国读者来写这本书，结果多少要为回答这种"期待"的诱惑所驱动的。

如果说我与萨义德有不同之处的话，那是在下面这一点上。他历史地阐明了"东方"这个表象是怎样通过西方的话语而形成的，但是他决不肯说明非表象的现实的东方究竟是怎样的。因为，假装知道"东方是什么"侃侃而谈的正是"东方学"的手法。有关"东方"的话语，即使是出自东方人自身的亦难免其表象性（非现实的）。在此，"东方"成了康德所谓无法认识的"物自体"。当然，萨义德的方法是自觉的、有意图的，因为他与巴勒斯坦的现实状况有着深深的政治性联系，这是众所周知的。他要消除的是覆盖着这种现实状况的历史表象。促使他这样做的也是这种政治、经济的状况。顺便提及，康德所谓的物自体，如果作为我们处在其中的历史而且是无法渗透的"状况"来理解的话，即使在今天亦当有新鲜的意义。

与萨义德相反，我专门谈论日本。不过，我并非在这里谈论"日本是什么"（日本的本质）。还有，我并没有想写现代日本文学史，虽然在日本常常有人这样来阅读本书。要想了解现代日本文学史，有很多比我这本书更合适的，不管是日本人写的还是西方人写的。但是，在这里可以肯定地说，人们对我所要质疑的"日本""文学""起源"是坚信不疑的。我于本书中试图论述的是通过19世纪日本某一时期的事件所产生的"现代"其本身的性格，这个"现代"最初出现于西方故被西方所同一化。然而，如果这个"现代"与西方是同一的，那么它恐怕不可能向非西方世界渗透。另一方面，非西方世界的人们，如以"东方"或"日本"来做自我表象，那不过是在"现代"中的表象。在此，现代批判常常与"西方批判"相混同。我试图揭示："日本文学史"或"日本"本身，乃是在"现代"这一观念中所形成的表象。这同时包括"西方文学史"或"西方"本身也是在"现代"之中所形成的表象，这样一层意义。

在本书中探讨关于"现代"的"起源"，比起向西方本身寻找这个"起源"来，我更试图在非西方地域的"西方化"过程中来探索。因为，"现代"的性格在西方有一个长期发展的过程，故其起源被深深地隐蔽起来了，然而在非西方如日本则是以极端短暂凝缩的形式，并且是与所有领域相关联的形式表露出来的。因此，我主要把焦点放到了明治二十年代（1890—

1900年）这一短暂的时期。弗雷德里克·詹姆逊在本书的英文版序里写了下面一段话，我觉得他理解了我的意图。他说："相反毋宁说，这仿佛是在一个大的实验室里验证日本的现代化，也让我们以慢镜头的方式看到我们自身现代化的发展特征。这一新颖的方式大概可以与旧的传统历史学或社会学媲美，如同电影之于小说，或者动画片之于纪录片。"（《日本现代文学的起源》英文版序言）

不过，这样的"实验室"未必只有在非西方地域如日本才能被发现，在欧洲周边各国也会存在。当然，把"西方"视为铁板一块去构筑一个视角会陷入虚假的幻象，因为那里有着多样的时间和空间上的差异。从某种意义上可以说，18世纪至19世纪的德国比起英国来，其"现代"是以短时间凝缩的形式突然展现出来的。现代日本，无论是法律制度还是哲学都以德国为榜样并不偶然。不过，不能简单地把这种情况归结为落后国家所固有的现象而了事。比如，从康德到黑格尔的德国观念论，在短时期凝缩成具有一次性的强度，这一点至今仍刺激着我们的思考。相反，"落后"也可能成为从根源上质疑在"先进"那里被视为不言自明或自然化的东西的契机。

本书出版后经历了一段时间，我才读到本尼迪克特·安德森的《想象的共同体》，这本书给了我很多启发。安德森在方法上与我相似，他不是在西方而是在印度尼西亚的现代化过程中试图寻找民族主义的"起源"。不过，我从安德森那里得知：我在自己的书中所考察的诸种问题，同时也正是民族主义"起源"的问题。安德森说，作为"想象的共同体"的民族（nation）唯有通过本国固有语言的形成才得以确立起来，而对此发挥了重要作用的是报纸、小说等。因为报纸、小说提供了把从前相互无关的事件、众人、对象并列在一起的空间。正是在这种意义上,应该说"小说"在民族形成过程中起到了核心作用,而非边缘的存在。"现代文学"造就了国家机构、血缘、地缘性的纽带绝对无法提供的"想象的共同体"。在现代民族国家的形成比较滞后的德国其对民族同一性的确认是由德国文学来完成的,这一情况足以证实上述的说法。例如,在拿破仑占领下,费希特这样说道:

> 首先,比一切事情都重要的是:各个国家最初的、原始的和真正天然的疆界,毫无疑问是它们的内在疆界。讲同一种语言的人们早已在有一切人为技巧以前,通过单纯的天性,靠许多不可见的纽带联结在一起了;他们彼此理解,而且有能力不断更明白地表达自己的意思,他们休戚相关,自然而然地是一个整体,一个不可分割的整体。这样的一个整体为了至少不暂时引起混乱,为了不使自己均衡发展的进程受到严重干扰,绝不会愿意接受任何一个有另外一种来源、讲另一种语言的民族,并且与它混合。从这种由人的精神本质划定的内在疆界中,才产生了居住地的外在疆界,这是那种内在疆界的结果,并且从事情的天然外观来看,住在某些山川之内的人们绝不是由于住在同一地域,才成为一个民族,相反地,人们是由于早已通过一种更高的自然规律而成为一个民族,才住在一起,而且如果他们很幸运,他们才有山河的掩护。(此处采用梁志学等的译文,见《对德意志民族的讲演》中文版第199—200页,北京:商务印书馆,2010年)

费希特向内在的语言谋求民族的同一性，而非其他要素或地缘、血缘等，这些东西虽然后来作为"血与大地"被物象化了。但是，他并未看到作为"内在国境"的"同一的语言"是由所谓"文学"而形成的。现代民族国家的核心比起政治性的机构本身更存在于"文学"那里。这在今天新的要求民族独立的人们之间仍然发挥着作用。进入90年代，我们目睹了这样的形势：在全球世界资本主义之下，现代民族国家失去其力量的同时，又发生了众多的"想象的共同体"。而这种形势不能仅仅从政治经济层面来观察。我们有必要再一次质疑存在于民族的中心地位上的这个"文学"，并且追究其"起源"。如果本书作为一个参照系得到大家的阅读，我将感到非常幸运。

1995年12月

于东京

韩文版序言（1997年）

一本书随着时代状况的变化产生了与当初不一样的意义，这在读别人的书时常常能感觉到，但是关于自己的书也会有这样的情况，我还是通过《日本现代文学的起源》第一次体验到。就是说，带着某种客观性来读自己写的东西，这仅仅以本人的意志为之乃是不可能的。我总觉得与其重读以前自己所写的文章来做再检讨，不如去做新的事情，实际上我确实这样做了。不过，限于本书我不得不进行再思考，这是在出版十年之后被翻译成英文的时候。读英译本初稿时，我初次感到一种读他人的书的感觉。那时我发觉本书中讨论的如言文一致和风景的发现等，在根本上乃是民族国家的一种装置。进而我又发现：比如夏目漱石对英国文学感到隔膜，实际上正是对19世纪以来的文学特别是写实主义小说之优越地位的反感。因此，在英译本出版之际，我加上了《类型的消灭》一章，又付上了一篇长长的后记。

有人提议在韩国翻译出版这本书以后，又促使我对《起源》一书，或者说书中所处理的时代做了思考。于是，我惊讶地发现70年代后半期写作该书时没有想到的各种事情，现在突然迸发出来了，就是说"日本现代文学的起源"也正是"现代日韩关系的起源"。在叙述这个问题之前，我想先回顾一下自己 70 年代写作书中这些随笔时所思考的问题。我绝不是什么明治文学的研究者。可以说当时我所思考的乃是同时代日本的知识状态，而试图后退到明治二十年代对此加以考察。

我意识到的问题之一是这样的：当时，从 60 年代开始激进化的政治运动遭到破产，结果产生了回到"文学"去的倾向。或者人们觉得通过回到"内心"，似乎可以从各种各样的共同幻想中"自立"起来。后来证实，这实际上不过是一种摆出激进姿态的保守主义而已。我虽然对这种倾向感到了抵触，但觉得单就"政治"而言是无法对此加以否定的，这需要更为根本性的批判。我注意到政治运动一旦破产就回归文学、回归内心，这种情况从明治二十年代开始便不断重演至今。

例如，日本的标准文学史认为，坪内逍遥在《小说神髓》里否定了"劝善惩恶"而确立起现代文学的理念。可是，实际上他是站在极为政治性的立场上来批判"劝善惩恶"的。所谓"劝善惩恶"并非德川时代的儒教类文学，而是指直接与明治十年前后自由民权运动相关联而创作的大量"政治小说"的倾向。坪内逍遥所说的现代文学之"神髓"，指的是自立于这样的"政治"。但是，现实中是自由民权运动遭到了挫折，结果只建立起外表上的宪法和议会。明治二十年代的现代文学与其说承续了自由民权运动的斗争，不如说它蔑视这一运动并通过用内心的过激性代替斗争的方式，实际上肯定了当时的政治体制。70 年代则在不同的语境下重演了这一历史。我追溯"起源"要批判的正是这样的"文学"，这样的"内面"，这样的"现代"。

然而，进入 80 年代，随着消费社会现象的出现，后现代主义开始风靡起来。有迹象表明，我这本书也曾作为这种风潮的代表性作品受到人们的阅读。然而，初看起来仿佛相似，实际上我在本书中表现的意图与这种风靡一时的后现代主义是完全对立的。1984年,我写了《批评与后现代》这篇评论,表达了与日本式的后现代主义(近代的超克)之敌对态度。我还记得因此有人说我好像变成了现代主义者。确实,我那时重读了被嘲笑为典型的现代主义政治学学者丸山真男的著作,对此做了应有的评价。但是,这并不是因为我支持现代主义才这样做的。比如,丸山曾在《日本的思想》中引用了中江兆民下面这段话:

> 吾人常言,世上俗流政治家定会得意扬扬称说:在欧美诸国盛行帝国主义之今天,还要抬出此十五年前陈腐之民权论,乃不通世界之风潮。敝人则以为,此理论虽已陈腐然作为实践依然新鲜,作为明白之理论于欧美诸国自数十百年前已着手实行。换言之,于别国或已变为陈腐,然于我国则仅为刚刚萌芽于民间之理论,却为藩阀元老利己政治家所毁,至今不曾实行便归于消亡。故作为言辞已极陈腐,然作为实践依然新鲜。而使理论变为陈腐者,其罪在谁?(《一年有半》,明治三十四年版附录)

丸山真男想说的是,不论现代主义、市民主义怎样陈旧,既然在日本现代或市民都还没有实现,那么这在今天仍然是新鲜的。问题是使其看上去显得陈旧,其罪责在谁那里呢?未被实行的理论虽然显得陈旧却依然是新鲜的,中江兆民这段话对我来说亦非常"新鲜"。在兆民说这番话的时期,流行过尼采主义式的"理论",然而那些理论已经不那么耐读了,而兆民的话为什么依然新鲜呢?这不在于他基于卢梭的"民权"理论，而在于他的话语是一种"批评"的话语。批评本身与理论不同，毋宁说"批评"乃是对理论与实践，思维与存在之脱节的一种批判意识。我在本书中接受了德里达和福柯理论的影响，但是我并没有把这些理论在法国所具有的批评作用和在日本所具有的意义混同起来。因此，我得以和日本的德里达主义、福柯主义的浅薄"流行"大唱反调。

另外，我在这里特意引用中江兆民的文章还有一个理由，因为这篇文章与我在本书中没有提及的一件事有着直接的关系，即在他所说的"十五年"期间隐藏着"日本现代文学的起源"。他写此文的时间是1898年，这正是以日本帝国主义对朝鲜的干涉为契机引发的日清战争后的第四年。当时，所谓新的"理论"乃是支撑帝国主义的强调"优胜劣败"之社会达尔文主义。"十五年"前提倡"民权"的人们那时一齐转了向。换句话说，曾经是民权主义的民族主义者在这个时期转化为帝国主义的民族主义者了。

这种情况下的现代文学怎样呢？我在本书中根据国木田独步的《空知川的岸边》（1902年）谈到了"风景的发现"。我指出：这个"风景"乃是由不关心外界的"内在的人"以倒错的方式发现的；还有，这是在此前的文学语言不曾触及的新世界北海道发现的。可是，实际上国木田独步于1895年虽做过迁居北海道的计划，但在空知川一带不过住了两星期左右而已。因此，北海道的体验是不可能改变他的。毋宁说他认真地（且轻佻地）考虑过迁居北海道，这件事本身更为重要。

国木田独步考虑迁居（移民）北海道，是在以从军记者身份参加了前一年的日清战争之后。在民族主义的昂奋气氛中，他受到人们的欢迎，但战争一结束则陷入了虚脱的状态。他想象的北海道是填充着空虚感的"新世界"。他于那原野中发出这样的感叹:"哪里有社会,哪里就有人们骄傲地传咏着的'历史'啊?"然而,不用说如空知(sorachi)这个地名所示,这里居住着阿伊努族人,是一个具有充分"历史性"的空间。国木田独步之"风景"的发现,正是通过对这样的历史和他者的排除而实现的。这个时候,他者不过是一个"风景"而已。日本的殖民地文学,或者对殖民地的文学之看法的原型,最初就展现在国木田独步那里。

进而言之,日本殖民政策的原型亦在北海道。开发北海道不仅是对原野的开拓,还有对表示抵抗的土著(阿伊努人)的杀戮与同化。这种做法后来被扩展到冲绳、台湾(日清战争后所获),进而至于朝鲜、满洲、东南亚。值得注意的是,当时出现的阿伊努人与日本人"同祖论"的主张后来在合并韩国时变为"日鲜同祖论",这是一种消灭对方的他者性进而支配对方的办法。这种办法与英国和法国的殖民主义形成鲜明的对照,在某种意义上,与美国的殖民主义政策有类似之处。美国把被统治者视为"潜在的美国人",故感觉不到其中的帝国主义支配性。美国人在那里实行支配,却觉得是在向被支配者教授"自由"呢。

实际上,北海道作为日本的"新世界"正是以美国为样板开发的。比如,札幌农业学校便是为承担日本的殖民地农业的课题而设立起来的,正如建校当初聘请美国人克拉克博士所象征的那样,直接导入了美国的殖民农政学。在日本的现代思想及文学史中,我们只能从内村鉴三为代表的基督教思潮发展过程里看到对这个问题的论述。而实际上新渡户稻造及内村的弟子们都是殖民地经营的专家。日本的殖民主义在主观上是把被统治者视为"潜在的日本人"来处理的,这当然是一个植根于"新世界"的理念。这个理念一直与后来的"八纮一宇"(大东亚共荣圈)意识形态联系在一起。顺便一提,这种日美关系一直持续到"日韩合并"时期。例如,日俄战争时美国是支持日本的,而且战争结束之后又以日本承认美国对菲律宾的统治为交换条件,而承认日本对朝鲜的统治。美国开始谴责日本的帝国主义,只是在其后围绕中国大陆市场日美对立明显化之时。

这样,以朝鲜语版的出版为契机重新思考的结果,我在日本现代文学的"起源"中看到了当初写作时没有想到的种种问题。我希望今后与韩国的文学研究者一起思考这些问题。因为我觉得这本写于二十年前在日本已经成了古典的书,可以通过考察"韩国现代文学的起源"而赋予它以新的意义。例如,我对言文一致的论述,通过与韩国的朝鲜文字问题的比较会变得具有普遍意义。近些年来我与韩国的文学研究者曾定期召开会议。不管在政治上怎样显得力所不及,我认为要超越日韩之间历史上的摩擦而进行这样朴素地道的交流是唯一的途径。衷心祝愿本书的出版能够成为促进这种交流的一个契机。

1997 年 2 月 10 日
于东京

中文版序言（2003年）

我写作此书是在70年代后期，后来才注意到那个时候日本的"现代文学"正在走向末路，换句话说赋予文学以深刻意义的时代就要过去了。在目前的日本社会状况之下，我大概不会来写这样一本书的。如今，已经没有必要刻意批判这个"现代文学"了，因为人们几乎不再对文学抱以特别的关切。这种情况并非日本所特有，我想中国也是一样吧：文学似乎已经失去了昔日那种特权性的地位。不过，我们也不必为此而担忧，我觉得正是在这样的时刻，文学的存在根据将受到质疑，同时文学也会展示出其固有的力量。

我试图从风景的视角来观察"现代文学"。这里所谓的风景与以往被视为名胜古迹的风景不同，毋宁说这指的是从前人们没有看到的，或者更确切地说是没有勇气去看的风景。然而，在写作的当时，我还没有注意到这其实正是康德所论及的美与崇高的区别问题。根据康德的区分，被视为名胜的风景是一种美，而如原始森林、沙漠、冰河那样的风景则为崇高。美是通过想象力在对象中发现合目的性而获得的一种快感；崇高则相反，是在怎么看都不愉快且超出了想象力之界限的对象中，通过主观能动性来发现其合目的性所获得的一种快感。康德认为，崇高不在对象之中，而存在于超越感性有限性的理智之无限性中。"对于自然之美，我们必须在我们自身之外去寻求其存在的根据，对于崇高则要在我们自身的内部，即我们的心灵中去寻找，是我们的心灵把崇高性带进了自然之表象中的。"（《判断力批判》）这里康德阐释了这样一个问题：崇高来自不能引起快感的对象之中，而将此转化为一种快感的是主观能动性。然而，人们却认为无限性仿佛存在于对象本身而非主观性之中。

我在本书中写到：风景是通过某种"颠倒"即对外界不抱关怀的"内面的人"而发现的。那时，我好像是在阐明这种内在性即是"颠倒"似的。实际上所谓"颠倒"并非意味着由内在性而产生风景的崇高，恰恰相反，是这个"颠倒"使人们感到风景之崇高存在于客观对象之中，由此代替旧有的传统名胜，新的现代名胜得以形成。而这个现代的风景原本并不是美而是不愉快的对象，这一点则被忘却了。康德说当把关怀打上引号来观察事物时，美之判断才得以成立。人们习惯把他的这个观念称为主观性美学而置之不理，其实这绝非古老陈腐的观念。比如，杜尚将普通的马桶题为"泉"来参加美术展时，实际上是再一次提出了康德的那个问题。我们只关心马桶的日常用途，如果把这个"关心"打上引号来观赏马桶的话，看上去就会很像"泉"。所谓艺术不仅存在于对象物之中，还存在于打破成见开启新思想即除旧布新之中。

据说杜尚的马桶失踪了。不过，假使没有失踪而得以保存下来，那一定会华丽地装饰在大美术馆里的。这将是一种滑稽。然而，与此相似的滑稽却发生在另外的领域。现代文学就是要在打破旧有思想的同时以新的观念来观察事物。而对习惯了固有文学的人来说，这无疑与杜尚的拿马桶来参加美术展相仿佛。可是，所谓马桶那样的东西不久则成了尊贵之物。往昔立志弄文学的人为数极少且命途多舛，不用说，夏目漱石就曾是这样的作家。但是，到了 70 年代他则成了"国民文学"作家受到景仰。我在那时试图要否定的"现代文学"正是这样的文学。这个现代文学已经丧失了其否定性的破坏力量，成了国家钦定教科书中选定的教材，这无疑已是文学的僵尸了。因此，如果说在这个时期里"现代文学"走到了末路，那也没有什么值得担忧的，因为这绝不意味着文学的消亡。如前所述，今后文学的存在根据将受到真正的质疑，其固有的力量也将发挥出来。

以上对文学的阐述在某种程度上也可以用来说明国民（nation）。1990 年年初，《日本现代文学的起源》出版英文本之际，我受到本尼迪克特·安德森《想象的共同体》的刺激，决计从国民的形成这个视角来重新思考自己的研究。安德森指出以小说为中心的资本化出版业对国民的形成起到了巨大的作用，而我在本书中所考察的言文一致也好，风景的发现也好，其实正是国民的确立过程。不过，现在我有了一些新的想法，简言之，我不满于把国民的问题单纯作为表象的问题来思考。

Nation 在日语中译为国家或民族，但近年来又译为国民，因此所谓 nation state 则译成了国民国家。我觉得"国民"这个译语不好，听起来有"国家之民"的感觉。实际上，人们处在国王或领主之臣下的国家里，是不存在所谓 nation 的。Nation 乃是通过从封建束缚中解放出来的市民而形成的，而且 nation 也无法还原为民族。例如，日本这个国民国家里，既包含了阿伊努族也包括各种各样的归化人。当然，nation 易生误解并非完全来自翻译的不充分，其实本来的英语 nation 也是很暧昧的。Nation看上去既有民族也有国家的意思，其实它的意思并不单纯指任何一方面。民族（ethnic）是亲族和族群的延长，乃建立在血缘和地缘上的共同体，而非nation。所谓nation应该理解为由脱离了此种血缘、地缘性共同体的诸个人（市民）以社会契约的方式而构成的产物。

另一方面，在封建或极权主义国家也不会有nation的存在，因为nation的成立是在经过资产阶级革命，这样的等级制度的国家体制得到民主化之后。民族国家（nation state）成立后，人们将以往的历史也视为国民的历史来叙述，这正是有关nation起源的叙事。其实，nation的起源并非那么古老遥远，毋宁说就存在于对旧体制的否定中。然而，在民族主义思想那里这一点却遭到了忘却，古老王朝的历史与国民的历史同化在一起了。

就这样，nation常常与民族或国家等同视之。我们只要注意到世界上存在大量由复数的民族而构成的民族国家，及有很多同一民族分裂为不同的民族国家这样的事实，就会清楚将nation与民族国家等同视之是错误的。因此要理解nation，我们不要取民族同一性色彩强烈的国家为例，而应该观察如美利坚合众国那样民族同一性色彩比较薄弱的国家。在美国nationalism（民族主义）也十分强烈，但那不可能是"民族主义"。美国的nationalism强调合众国是由每个个人通过社会契约构成的nation，即强调以自由为存在的根据。实际上也是如此：nation不是通过血缘和地缘之共同体（血与土地）而构成，如果没有超越血缘和地缘的普遍性契机，nation是无以确立的。

然而同时，nation也非仅以市民之社会契约这一理性的侧面为唯一的构成根据，它还必须根植于如家族和部族那样的共同体所具有的相互扶助之同情心（sympathy）。我们甚至可以说，nation 是因资本主义市场经济的扩张而族群共同体遭到解体后，人们通过想象来恢复这种失掉的相互扶助之互惠性（reciprocity）而产生的。这是否可以和民族这一观念联结在一起还没有定论。再以美利坚合众国为例，nation 的社会契约侧面是以国歌 The Stars-Spangled Banner 来表征的。可是，只有这一点是无法建立起感情基础的，而多民族国家又不可能诉诸"血缘"，故只好诉诸"大地"。就是说，这是通过赞美"崇高"风景之准国歌 America, the Beautiful 来表征的。

康德认为，感性的东西和悟性的东西是以想象力为媒介的。在这个意义上，也可以说共同体性的和社会契约性的理想状态乃是以想象为媒介。也因此，称 nation 为"想象的共同体"是正确的。但这并不意味着 nation 只是单纯的想象之物，而应该说想象自有其必然性存在的。

由于货币经济的渗透，封建的或者极权主义的国家经济遭到解体，在此现代国家和资本主义市场经济得以确立。但仅此并不充分，在这个过程中被解体的农业共同体，即互酬的相互扶助性的理想状态还必须通过想象重新恢复起来。这就是 nation。所谓民族国家正是 nation 和 state 这两种异质物的结合。不过严密地讲，资产阶级革命之后的国家乃是由资本制市场经济、国家和民族以三位一体的形式综合而成的，三者构成相互补充彼此强化的关系。比如，在经济上大刀阔斧地行动，如果走向了阶级对立，则可以通过国民的相互扶助之感情加以超越，通过国家制定规则实现财富的再分配，如此等等。这三位一体的圆环力量极其强大。例如，仅仅打倒资本主义则国家的权力会得到强化，或者在民族的感情基础上资本主义会得到拯救。因此，不应该以三位一体的一个方面为打倒的目标，我们必须寻求一种走出资本制＝民族＝国家三位一体的圆环的办法。

其中，nation 一般受到具有世界主义倾向的知识分子的否定，但是，通过启蒙是无法消解掉 nation 的。针对以启蒙来批判宗教的哲学家，马克思说，如果不解决产生宗教的现实之不幸则无法消解宗教本身。这同样也可以用来解释民族主义，不管怎样强调 nation 只是表象而已，都不可能将此消解掉。Nation 并非植根于血缘和土地，而是植根于相互扶助的感情，进而根植于需要这种相互扶助的社会现实。如果不顾及资本制市场经济和国家，单纯去消解 nation 是做不到的。为了真正"扬弃"nation，必须走出那个资本制＝民族＝国家三位一体的圆环。从写作《日本现代文学的起源》一书以来，我一直在思考走出此圆环的办法。关于这个问题，我无法在此详加论述，唯有希望诸位能参阅我最近的著作《跨越性批判——康德与马克思》(*Transcritique*: *On Kant and Marx*，MIT Press，2002)一书。

2002 年 8 月
于尼崎

注　释

第一章

1. 我曾指出，夏目漱石在他那个时代写《文学论》，于世界范围内也是一个特殊而孤立的计划。不过，即使规模上有所不同，在他的好友正冈子规的批评文字中也可以发现同样的思考志向。子规在《俳谐大要》（明治二十八年）中所揭示的是这样一种原理："俳句乃文学之一部分，文学乃艺术之一部分，故美之标准也即文学之标准，文学之标准也即俳句之标准。绘画雕刻音乐戏剧诗歌小说皆应以同一标准评论之。"（《俳谐大要》第一）子规还说，当然"美之标准依各自之感情而存在"，因此"并无先天存在之美之标准"，我们当然无法知晓。不过，"大概之美之标准"还是有的。在此，他所强调的有两点。第一，俳句为艺术（美）的一部分，不管东方还是西方，只要是艺术则共有同样的原理；第二，这虽然分别基于各自不同的感情，但都可做知识性分析，也因此是可以批评的。

   例如，人们不是把俳句视为特殊的东西弃而不顾，就是在其内部闭关自守。这种情况也存在于后来正冈子规所激烈批评的"和歌"领域。这些人或者辩解说和歌有理论上无法分析的微妙神秘的东西。不仅对俳句或和歌，人们把日本文学也视为与西方文学性质相异的东西而拒绝分析时，同样会做出上述那样的辩解。子规所言，意在首先必须从废弃这种性质相异说做起。"所谓知俳句之标准而不知小说之标准者，必定亦不知俳句之标准者也。标准乃须贯通文学全般而以同一为要，自不待言。"（同上）

但是，这种同一性的主张并不意味着要舍弃各种不同的类型。相反，正冈子规正是为了确保类型的意义，才将其从仿佛自律性存在着的诸种类型中剥离出例外性和特权性的。只有在这个基础之上，才能发现诸种类型（genre）之作为生成（genesis）的"差异"。

> 俳句与其他文学之声调相比自然并无其优劣。所有者只在是否适合于所讽喻之事物。例如，复杂之事物适合于小说乃至长篇韵文，单纯之事物则适合于俳句乃至短篇之韵文。简朴乃汉土诗之所长，精致乃欧美诗之所长，阴柔乃和歌之所长，轻妙乃俳句之所长也。然俳句亦非完全缺乏简朴、精致、阴柔，其他文学亦然。（《俳谐大要》第二）

在此，俳句第一次被视为一种类型。但是，这个程序中同时包含着相反的过程，即马克思针对向下发展而称其为向上超越的过程。也就是说，子规并非从一般的诗学或美学来说明其特殊性，也不是要将其特殊性一般化。如果没有对存在于俳句这一特定的历史过程的形式之精密考察的话，是不能抵达"古今东西之文学标准"的，而且若不将后者置于思考的念头之中也是做不到的。

这与试图从形式上对"古今东西"的文学加以考察的《文学论》之作者夏目漱石的意志，相关联着。

2 夏目漱石的《文学论》，原本是他在伦敦（1902年）于"趣味的差异"这个题目之下"为了将自己的立场正当化"而构想出来的。在他的思考中，趣味的普遍性并不涉及全体。针对某个对象素材，我们的反应因文化、历史的差异而不同。"所谓趣味者，虽然有一些具有普遍性，但从整体上来讲乃是地方性的。"但如果说有普遍性，那也并非在于素材而是"在于素材与素材之关系结构的状况"。"从该素材的相互关系中产生的趣味，比较而言不受土地人情风俗的束缚，也只在这个意义上才是普遍的，人与人有高下的差异，但几乎没有种类上的差异，因此即使是出生于外国的日本人，只要具有适当发展而来的趣味，这也是唯一的趣味，故可以此为标准适应于外国人而找到相互之间的共同点。"（《文学评论》序言）这样的思考方法，很明显具有结构主义或者形式主义的倾向。

3 漱石在英国的斯威夫特和斯特恩那里发现了与写生文类似的东西，其中所蕴含的问题我将在本书第七章详细论述。

4 諏访春雄指出，中国的山水画基于道教的山岳信仰，因山水画而发达的透视法亦将视线固定于山岳，并以此来决定其他事物的远近大小。"中国美术到了唐代的山水画，开始形成了固定的透视法。远景在上近景在下的上下法，以山为大而树木、马匹、人等逐渐缩小的'丈山、尺树、寸马、分人'之法，还有由高远、深远、平远三者构成的三远法等。这些方法都是由山水画发展而来的，而且其根本的标准中始终有山岳存在。换言之，画家的视线固定于山岳，通过与山岳的关系来确定其他对象的大小远近。这种以山岳来确定基准的透视法，其典型体现在中国美术史上最终

获得的透视法之三远法上。"（諏訪春雄《日本人与透视法》，筑摩书房，1998）

5 山水画画家描写松树的时候，表现的正是松树的概念，而不是通过一定视角和时空所见到的松林。而且，这也并非山水画独有的特征。例如，冈仓天心关于"东亚的绘画"这样写道："东洋另一个方法上的不同，也来自于我们接近大自然的态度。我们不是根据模特，而是通过记忆来描写。艺术家们的训练，首先是记住艺术作品本身，其次是要记忆自然。他要仔细研究所见到的一切东西，而收藏到备忘录中。日本的狩野派其徒弟们画素描，不完成是不让吃早饭的。而这些素描最终全都要丢弃，对于他们来说这只是为了记忆所做的备忘录而已。在他们创作的时候，这些素描只是可能有所帮助，但不会被直接使用。东方的艺术家们接触自然的态度上的不同，就是这样被训练出来的。"（《东洋绘画中的自然》，收入《冈仓天心全集》第2卷，平凡社）他们仔仔细细地观察对象而素描下来，但实际绘画的时候，他们要将此放弃掉而只凭记忆描写。结果，所描写的东西中一定的视角和时空的限制便消失了。所谓描写某一事物的"概念"，就是这个意思。虽然对象不同，这也可以用来说明欧洲中世纪的宗教画。而在欧洲绘画史上，最终打破这种方法的是意大利文艺复兴时期出现的几何学上的透视法。

这里值得注意的是，18世纪中叶日本引入了几何学上的透视法。但是，这并没有将以往的透视法驱逐掉。以往的透视法包括，近处的东西放大描写而远处的东西缩小描写之大小差异透视法，还有近处的明亮而远处的暗淡之明暗差异透视法，或者近处者细描远处者粗描之粗细透视法，等等。江户时代的画家以倡导"写生"的元山应举最为典型，另一方面几何学上的透视法逐渐导入，而与以往的透视法或者视角移动的方法并行不悖。这种态势一直持续到明治二十年代。这是因为，日本的美术以浮世绘为中心在欧美得到了高度评价。为此，与其他领域的西方化相比，美术界就比较特殊了。也因此，在最初设立美术学校的过程中，费若罗沙和冈仓天心等日本美术家掌握了主导权。可是，明治三十年西洋画派取得了胜利，冈仓天心遭到了驱逐。这也正是文学上"言文一致"和"风景"得以确立起来的时候。例如，冈仓天心创立日本美术院而试图与西洋派相抗衡正是在明治三十一年，而国木田独步发表《武藏野》则在这不久之后。

6 格奥尔格·齐美尔在《风景的哲学》中这样指出：

> 数不清是多少次了，我们在户外广阔无垠的大自然中信步，时而心情闲散时而注意力集中，程度虽有不同，有时候瞭望树木山水、草原稻田，有时候俯瞰那丘壑和人家，乃至阳光与云彩千变万化的移动。不过，那时我们看到的只是某一部分或者充其量是几个部分连成的一片，而并没有自觉到在看"风景"。不是别的，很糟糕正是这视野中的一个个部分束缚着我们的感觉。我们的意识，必须获得新的全体之统一性。必须超越一个个的要素，不要去连接这些特殊分散的意义，也并非把它们机械地组合到一起，而是要把握全新的整体性。这就是所谓的风景。如果我没有记错的话，将地上的种种并列排放在一起而逐渐展开的状态自然地收入眼帘，这还不是风景的确立，而对此给予清晰论述的几乎没有出现。所以，我想从一些前提和形式出发，来阐明所有这些如何产生出风景包括其独特的精神过程。
>
> 首先，我们看到地上的一幅画面是"自然"的，里面即

使有人造物也是被组合到自然之中的,而非塞满了百货大楼和汽车的大街,但尽管这样,我们还不能称这地上的一幅画面为风景。所谓自然,在我们的理解中是那些无限连续的物以及各种形的出现与消失之连续不断的活动,即从在时间和空间中存在着的事物一直连续不断,这一事态所获得的流动的统一。当我们称某一现实存在的事物为自然时,是在念头中所有的与人造之物不同、也和观念与历史相异的某种内在特性,或者足以被视为如前所述的全体之代表和象征的,于全体之中沙沙作响的东西。"一片自然"这种说法,严密地讲是有内在矛盾的。自然中是没有一幅一片的。它乃是全体的统一,如果被切割成一幅一片,那么它马上就不再是自然了。因为,只有不存在境界线的统一或作为其全体的波动,这才得以称为"自然"。

总之,对于风景来说,最重要的是局限必须包含在某一视野的地平线中,不管这局限是瞬间的还是连续的。风景的物质性基础乃至每个部分都不能掺入非自然的东西,而作为"风景"描写之际,无论从眼睛观赏还是从美学意义乃至心情上,都要求与其他隔离开来的自我存在。对于整体存在的绝大力量来说,自然中的所有片段不过是一个个通过的点而已,而从自然之不可分割的统一来说,则要求作为赋予独特性格的单独者获得解放。或者有人认为,将地上的一道景物及其所有的东西总括起来而作为"风景"观赏,这正是将其视为从自然切割下来的一幅一片的有其统一性的东西来眺望的。然而,再没有比这样的想法更脱离自然概念的了。(《齐美尔随笔集》,平凡社)

7 在明治二十年代,使井原西鹤得以复活的是淡岛寒月、幸田露伴、尾崎红叶和樋口一叶等。其后，田山花袋视西鹤为莫泊桑那样的自然主义者而高度评价。(《西鹤小论》)但正如广末保指出的那样，这种评价忽视了俳谐师西鹤的"俳谐"性。"我要思考的是俳谐式的根底里成为短句基础的联想、飞跃以及由此产生的价值转换。这与俳谐的根本乃滑稽不无关系。可以认为，这种精神和方法以短句为中心得以实现的就是俳谐。"(广末保《西鹤与芭蕉》，未来社，1963)从欧洲来看，这里所说的"俳谐"对应着莎士比亚、塞万提斯、拉伯雷等文艺复兴时期文学中的"魔幻现实主义"(巴赫金)。此问题，将在本书第七章论述。

8 明治二十七年，在中日甲午战争正酣的时候，志贺重昂出版了他博得人气的《日本风景论》。他否定了以往的名胜古迹，强调"日本气候，海流的多种多样""日本水蒸气的大量""火山岩的众多"等，由自然而形成的景观之美。然而，这些包括"日本阿尔卑斯山"在内的东西，都是全新人造的名胜。志贺认为民族性可以通过自然来说明，而将自然（风景）民族化了。因此，在中日甲午战争中亢奋的民族主义中，得以风靡一时。另一方面，战争中作为从军记者而人气大增的国木田独步所发现的"风景"，反而是对应着战后民族主义从昂扬走向醒悟之后所意识到的"空虚"。如果说志贺所谓的"日本风景"是"容易忘记的"，那么独步的风景则是"难以忘怀的"。

9 关于这一点，我从冈崎乾二郎的《文艺复兴：经验的条件》(筑摩书房，2001)中获得不少启发。文艺复兴时期的画家所热心关注的，是如何解决在设定透视图法的假说之际所产生的各种视角问题。这种视角，与哲学上（笛卡尔以后）超越论式主观出现之际所产生的视角，是一样的。冈崎注意到文艺复兴建筑家布鲁内列斯基所发明的透视装置。这可谓是经过发明了透视图法的本人而完成的对所发明的解构。在有关"日本现代文学的起源"中，我也曾发现与这个布鲁内列斯基透视装置相似的东西，这就是夏目漱石所说的"写生文"。这既是对"风景的发现"，同时又是对此的否定，即是超越论式的主观之发现，同时也是对此的否定。

第二章

1. 例如，从明治初期开始在青年特别是旧士族的子弟当中，出现了信奉通过学问而"出人头地"的思想。直到晚近，这一直是激励日本人的一种"思想"。前田爱在青年因出人头地而遭遇幻灭挫折的时期，发现了现代小说的诞生。"以追求出人头地的青年为题材的小说，从明治十七年的《世路日记》到明治二十三年的《归省》，完成了一个周期。而在这个周期的中间，分别有《当世书生气质》《浮云》《舞姬》等。"（《明治出人头地主义的谱系》，见《近代读者的确立》，有精堂出版，1973）不过，这种幻灭和挫折诞生于明治二十年代国家体制的确立之际，因此广义上可以将此放到自由民权运动的挫折之中。
2. 索绪尔将文字视为外在于语言的东西，这并非因为对于声音来说文字是次要的这样一种思考。而只是说，声音和文字不同。把声音视为主要的，认为文字是对声音的记录，这是浪漫派语言学家的思考。索绪尔要批判的，正是这种语言学。语音中心主义在现代民族国家的建制中是一个普遍的现象，而且其中有对起源的忘却。浪漫派所追求的声音语言，乃是在翻译帝国语言（拉丁语、希腊语、希伯来语等）的过程中形成的。就是说，虽然实际上文字在先，人们却认为语言仿佛从感情或者内心直接产生的。详情参见拙文《民族国家与语言学》（《定本柄谷行人集》第四卷，岩波书店，2004）。

3 山田美妙所采用的"です、ます"体，当时比二叶亭四迷的"だ"体还要风靡一时。但是，它的逐渐衰退是因为这种"です、ます"体明显具有女性特征而难以成为中性化的表现。那么，此时女性作家是怎样的呢？絓秀实指出，从若松贱子到樋口一叶，女性作家的言文一致是用"です、ます"体书写的，而当男性作家的"だ"体标准化以后，她们则被迫去应对。这是一个很重要的视角。例如，絓秀实的思考就很有启发性："在这个意义上，可以说樋口一叶在明治二十年代的俗语革命中是一位从根本上做出抵抗的作家。"（《日本现代文学的"诞生"》，太田出版，1995）

4 关于明治二十年代言文一致的变迁，山本正秀这样论述道：

> 这期间大概是西鹤式的雅俗折中体风行的时候，明治二十二年九月幸田露伴的《风流佛》之出现使西鹤热悄然高涨起来，在尾崎红叶、幸田露伴之后，樋口一叶的西鹤风的雅俗折中体占据了小说界的王座。另一方面有落合直文等的新国文运动，森鸥外的和汉洋三体折中的新文体受到称赞，评论界则民友社系统的欧文直译体逐渐扩大了影响。而言文一致方面，虽然还有惰性地浸染在言文一致体小说中的人，但除了山田美妙以外大多因西鹤调而表现出媚态，比起上述折中文章体的各派来，早已是日薄西山的态势了。
>
> 山田美妙这时候也开始后退，而关心起吸收了俗语的国语词典或口语文法的研究乃至言文一致指导者们编撰的书籍，至于二叶亭四迷和坪内逍遥则渐渐疏远于小说界，几乎没有什么像样的创作。不过，一开始曾咒骂言文一致而拼命模仿西鹤的尾崎红叶，则渐渐感到描写和会话之间有调和的必要，

这期间尝试写作了《两个老婆》（明治二十四年八月至二十五年十二月）、《邻居的女人》、《紫》、《冷热》等数篇である调的言文一致体作品。还有，若松贱子的《小公子》（明治二十三年至二十五年）、内田不知庵的《罪与罚》（明治二十五年）等相当漂亮的口译本出现，以及岩谷小波开始用言文一致体写童话等，这些都值得大书特书。由此可以看到，此乃言文一致的停滞以及各种和汉洋俗语文体配合而成的多种折中化新文体流行的时代，于对立抗衡之中，明治时代特有的普通文得到了有益的探索尝试，这正是一个所谓的混沌时期。（《言文一致的历史论考》，樱枫社，1971）

5　为了确立第三人称客观描写，必须从第一人称的手记形式开始起步，而不是过去的物语。第一人称将带来直接显现的效果，而非物语那样间接的再现。在欧洲，则是笛福《鲁滨孙漂流记》那样的形式。不过，由此无法直接转化到第三人称描写。接着需要的是多种书信体的交错形态。即，理查逊的《帕米拉》或者拉克洛的《危险关系》。这种形式由多个主体发声而成，没有综合性俯瞰式的视角。对此加以综合的是读者。第三人称客观描写的出现，则在此之后。这个问题，与马克思《资本论》开篇的价值形态论相似。即，第一人称形式为"单纯的价值形态"，书信体为"扩大的价值形态"，就是说相当于一般等价物还不存在那样的状态。而第三人称客观描写，可以称之为"一般等价形态"。在此，全景式透视人物的视角得以成立。

　　但是，第三人称客观描写与透视图法一样，乃是一种虚构。与此相比，书信体小说看上去更为新颖。从这样的观点来看，夏目漱石的小说深有意味。以写生文开始创作的漱石，称得上第三人称客观描写的只有《明暗》。例如，《彼岸过后》《行人》《心》

等实际上都采用的是书信形式。其效果是,这些小说中都包含着难以说清楚的谜。

6. 絓秀实引用山本正秀《言文一致的历史论考续编》,称可以认为言文一致完成于"である"体确立起来的过程中。(《日本现代文学的"诞生"》)他批判说,只有"た"体还无法做到"叙述者的中性化",这是对的。"である"体带来了将"た"体中散乱着的多种时间加以超越论式综合的视角(透视法)。

7. 语音中心主义,并不是要把实际的声音放在优势的位置上,而是要将内在的声音(内心语言)至于优势地位。要之,先有意识而后将其外化(表现),还有排除共同性的对话而面向内部,这是声音中心主义的思考。前田爱援引李斯曼的《孤独的群众》指出,直到现代为止书籍一般是朗读的,默读则是晚近才出现的习惯。(《从朗读到默读》,见《现代读者的确立》)在日本,默读的"现代读者"到了明治二十年代终于确立起来了。从这个意义上讲,可以说"语音中心主义"的霸权是通过默读的普及才被发现的。

8. 高滨虚子的弟子胜本清一郎曾这样写道:虚子所代表的写生文并没有超出温文尔雅、花鸟风月的范围。对此感到不满的岛崎藤村,创作了《千曲川的素描》,进而写出《破戒》。于是,得到了夏目漱石的绝口称赞。"结果,这个写生文几乎没有成为现代文学真正意义的温床就不了了之了。"(《座谈会:明治文学史》,岩波书店,1961)江藤淳则对此提出了反论。可在我看来,他们都没有正冈子规和夏目漱石"写生文"的意义。如胜本清一郎所说,高滨虚子的写生文的确有其局限。这里,不存在北村透谷和国木田独步那种甚至有些倒错的内面性。高滨虚子与此没有关系。所以,她完全可以成为子规所否定的俳句的宗匠、掌门人。

9 正冈子规这样写道:"研习数学的当今学者说:如日本和歌俳句者,一首之字音仅二三十,以排列法计算之,当知其数之有限。换言之,和歌(尤以短歌为重)俳句迟早将达其极限,最终将至无以再创新句之地。……而愈至近世则多出平庸师匠凡俗歌人,虽罪在其人,然不得不咎其和歌俳句界域之狭窄。有人或问:若如此和歌俳句之命数何时穷悉?答曰:其穷尽之时本不可知,然概而言之,思来俳句当早已尽其命数。至今虽未全尽亦不必待明治年间。和歌字数较之俳句为多,虽说由数理上算出之命数远在俳句之上,然所用言词皆为雅言其数尤少,故较之俳句其界域尤狭窄耳。由此想来,和歌已于明治之前尽其命数。"(《俳句之前途》,见《獭祭书屋俳话》,明治二十五年)要从这个作为"短歌命数论"而知名的子规的看法中找出语言为单纯符号的科学观察的立场,是不得要领的。子规所说的,只是要将多样化的语言引入和歌和俳句而已,他虚张声势地列出其顺序组合,乃是子规式的幽默。

10 这个"た"应该是对应着法语中支配了现代小说的简单过去时的。巴特曾说:"不管暗黑的写实主义怎么成为问题,简单过去时都会赋予一种安心的感觉,这是由于简单过去时可以使动词表明某种被封闭的、限定的、实体化的行为,使故事带着名字逃离无限制的词语的恐怖。现实变成消瘦的、令人亲切的东西而进入文体之中,不会显露于语言之外。"(《零度书写》,美玲书房)然而,关于加缪用半过去时写就的《局外人》,巴特则强调其超越了简单过去时的机制而实现了"中性的(零度)书写"。我在这篇评论中称其为"中性的",是一个与巴特所言相反的个案。不过,有关写生文的"现在"或"现在进行时",也可能相当于法语中的半过去时。

第三章

1 萨特是这样批判第三人称客观描写的:"如果像用画具和油彩来绘画那样,用自由意志和时间来写作的话,那么,《黑夜的终止》就不是小说,充其量是一个符号和意图的综合而已。莫里亚克并非小说家。为什么?这位认真而刻苦学习的作者何以没有达到他的目的?我想,这是傲慢的罪过。相对性原理也直接适用于小说的世界,真正的小说如爱因斯坦的世界一样,是没有特权化的观察家的一席之地的,小说界也如物理界,是没有可以判别这个世界是运动还是静止的那样一种实验的。而莫里亚克对此强装不知。实际上,我国大多数作家都是这样。莫里亚克采取了以自我为中心的态度。他选择了上帝的全知全能。然而,小说是由一人写给众人的。如果是外观,那么不局限于此,而从得以透视其外观的上帝之眼来看,没有小说也没有艺术。因为,艺术是以外观为源泉的,上帝并非艺术家。莫里亚克也非艺术家。"(《莫里亚克与自由》,1939)

2 明治二十年代,北村透谷讨论了有关"粹"的问题,实际上这里包含着比他的思考远为深刻的问题。首先,透谷激烈地批判了尾崎红叶的《伽罗枕》这篇作品。他称红叶描写的世界为"粹",认为这不过是生存于封建社会之游廓里的平民百姓的虚无主义而已。针对此,他举出来的是"恋爱"。他强调"在厌世诗人和女性"那里,"于想象世界和现实世界的征战中败下阵来的败将,其所坚守的牙城即恋爱",或者"恋爱在牺牲自我的同时也成为映现出这个'自我'的明镜",而视恋爱具有划时代的意义。

不过,北村透谷有一些误解。第一,"粹"乃是19世纪(文化文政时代)的一种形态,他却要在十七八世纪(元禄时代)的大阪去寻找。正如元禄时代的文学以井原西鹤的小说和近松左卫门的净琉璃为代表那样，显示的是上升时期町人资产阶级的阶级意识。西鹤描写了货币经济的现实以及由此得以超越身份社会或被身份社会所翻弄的人物形象。另外，在《好色五人女》中，他还塑造了以性为武器而谋求自立的女人。但是，西鹤并没有无视炙热的恋情。例如，《好色五人女》中描写的蔬菜水果店老七，是为了与男人相会不惜放火烧了江户城而被处刑的女子。这种热情且彼此互恋的爱情，在近松左卫门的净琉璃"情死"剧中有非常鲜明的表现。而这个"情死"乃是作为超越世俗的纠葛和压抑而存在的。这与透谷所谓的"粹"大不相同。的确，游廓乃至"情死"是封建社会压抑的产物，但由此而追求想象上之超越的小说戏剧，并不能说是扭曲变形的。扭曲变形的是封建体制本身。总之，透谷所批判的德川时代平民之虚无思想，并不适用于西鹤和近松。这种批判，更适合于文化文政时代的江户町人，即放弃作为阶级的斗争而嬉笑现实或者耽于瞬间之逃避的那种文化。

北村透谷说井原西鹤的文学是江户时代占统治地位的文学，这本身就是错误的。因为，在江户时代后期西鹤几乎无人知道。他作为"写实主义者"而得到肯定是在明治二十年代，即通过那些针对西方文学的写实主义而试图在日本过去的文学中找到相应的作家才被发现的，其主导者就是编撰西鹤全集而试图模仿这位作家的尾崎红叶。但是，红叶并没有理解西鹤的时代，对其自己的时代也没有了解。红叶从西鹤那里学到的认识，是一切由商品经济所支配。可是，在18世纪初武士占统治地位的封建社会中，所谓的商品经济，和明治二十年代相比，其意义是不同的。进而，西鹤所看到的商人资本主义已被明治二十年代的产业资本主义所取代。在商人资本主义时代得到强劲发展的东西，到了这个时期已经衰落为单纯的商业资本（商店）或者高利贷者的地位。在产业资本主义阶段，从商业信用的发展中诞生了银行。这与古来的高利贷者性质不同。红叶完全没有理解这一点。如果看他晚年的创作《金色夜叉》，这一点就会十分清楚的。这篇作品创作于明治三十六年，正是日俄战争的前夜，即日本的经济开始向重工业发展，政治上则进入到帝国主义阶段。可是，红叶一贯地还是选择了高利贷者。这证明，他依然以西鹤式的认识来理解这个时代。

另一方面，关于恋爱，红叶本人好像接受了透谷的意见，但实际上并没有怎么改变自己的立场。仔细阅读《金色夜叉》，我们会注意到下面的情节。女主人公阿宫和贯一长期同居。对阿宫一见钟情的富山提出求婚，虽然他知道阿宫贯一同居，但并不介意。那时，阿宫觉得自己漂亮，可以卖更高的价，于是接受了富山的求婚。据大门一树《物价的一百年》（早川书店，1967）一书介绍，使阿宫目眩的钻石首饰其价格相当于20世纪60年代的一千万日元。阿宫女子学校毕业，富山是留洋归来，他们的举手投足却和艺伎与包养者没有什么区别。当时这篇小说在报刊上连载获人气爆棚，这意味着当时的读者视此为理所当然。明治时代的政治家或学者等与艺伎结婚的不在少数，坪内逍遥便是其中之一人。可以说在明治三十六年，《金色夜叉》成为创纪录的畅销书，意味着那时人们的思考方式与德川时代相比并没有根本的改变。

从这一点来讲，北村透谷所说的"恋爱"实际上与产业资本主义不可或缺的精神气质正相适合，虽然他本人可能并没意识到，即"世俗的内在禁欲"。精神恋爱，也就是不求即刻的欲望满足而追求延迟和升华的恋爱，这正与韦伯所谓的资本主义"精神"相一致。但是，在这一点上我们也不能立刻断定透谷的看法是西方的而红叶的就是日本式的。例如，在17到18世纪的法国，娼妇并未被视为否定性的存在。在宫廷中，高级娼妇可以得到贵族称号，她们还是沙龙文化及以此为舞台的心理小说之核心的存在。法语的chic，正相当于日语的"粹"，表示沙龙和游廊文化的洗练。真正理解了这一点的，是著有《"粹"的构造》的九鬼周造。

当然，在西方清教徒的文化圈中，这样的游廊文化是遭到否定的。而清教徒的北村透谷，当然对此持否定态度。然而，那不是西方文化的全部。透谷强调的是精神恋爱，但与岛崎藤村和田山花袋等一开始就这样想的后辈不同，早年的他就经验过红叶所描写的那种放荡的世界。对恋爱的艰难，他是有实际的理解的。例如，他说过："很奇怪，正如很容易使恋爱的厌世诗人眩晕一样，结婚也很容易使厌世者感到失望。——一开始就带着过度的希望进入婚姻，其后会招来相当的失望而发生夫妇面面相觑的凄惨事态。"（《厌世诗人与女性》）实际上，透谷本人曾与石坂米娜离婚，他自己则在二十五岁的时候自杀了。

最后，再提一下九鬼周造《"粹"的构造》。九鬼对江户时代后期以游廊为中心形成的文化形态做了广泛的考察，认为"粹"的核心在于"媚态"这一契机。"所谓媚态，是一元的自我将自己设定为异性，而在自己和异性之间构成可能性关系的二元论式的态度。……这种二元的可能性是媚态原本的存在规定，当异性实现了完全的同一化而紧张感消失的时候，媚态也就随之归于消灭。""在其完整的形态上，媚态必须是将异性之间的二元式动态的可能性作为可能性而绝对化"，"爱恋的真诚与执着，因其现实性和不可能性而与'粹'相悖。'粹'必须是超越爱恋束缚的自由奔放的见异思迁"。然而，如果说"粹"是针对因社会而无力反抗的町人阶级之审美态度，那么九鬼的态度也只能是20世纪30年代无力抵抗的知识分子所采取的审美态度。

3 内村鉴三向我们展示了一个实例：即在"从属于上帝"（being subject to Lord）的情况下"主体"如何形成的辩证过程。他是以对基督上帝的忠诚来取代对封建君主的忠诚的。然而，现代性的主体却忘记这个起源，通过将此与心理上的自我相混同而形成。实际上，日本的代表性作家和知识人几乎都舍弃了基督教而成了爱默生式的先验论者，乃至人道主义者和社会主义者。明治时期的基督教（清教）与16世纪的耶稣会天主教不同，并没有渗透到大众层面，只是在知识阶层中与现代西方的时代气息一起得到了传播。如果说日本现代文学的构筑中，基督教起到了不可缺少的作用，那么这应该归因于内村鉴三的影响。应该说只有在内村那里，其主体性得到了彻底的贯彻。对他来讲，主体性（subjectivity）意味着排除对上帝以外的其他任何东西的从属，不论国家、天皇也好，教会也好。这使他在与天皇制及帝国主义的激烈对立中（如因"不敬"天皇事件与反对日俄战争运动中的表现），以及晚年对现代人道主义和社会主义的批判方面，遭到了双重的孤立。

　　有岛武郎、正宗白鸟、小川内熏、志贺直哉等众多现代有代表性的作家，都曾在内村鉴三那里生活一段时间。对这些作家来说，抛弃基督教意味着背叛了内村本人。因此，抛弃基督教这一行动不单是随着时代之流行而转向，它需要一种真正思想上的格斗。他们中的志贺直哉几乎没有引起人们的注目，因为他仿佛对基督教没有表现出什么理解来。在志贺的作品里,"心情"起着支配性的作用,好像这个"心情"游离于自我而独立似的。例如,志贺说"思う"时,意思不是英语的"I think"而是"I feel",准确地说,应该是"It thinks in me"或"It feels in me"。一般来说,心情是随意的,可是在志贺那里这却是强制性的东西。对他来说,主体只是从属于It（being subject It）的。这个"It"大概可以比之于弗洛伊德的无意识,或者对应着海德格尔称之为"存在"的非人称主体。

志贺直哉被视为私小说作家的典型,可是在其他私小说作家那里却没有这个被称为"心情"的东西。对其他人来说,私小说只涉及心理上的自我。但志贺的主体因只从属于"It"而存在,故反而仿佛主体不存在似的。值得注意的是,这个主体在与内村的格斗中才有可能存在。因此,志贺受到了对私小说持否定态度的芥川龙之介和小林秀雄,甚至马克思主义作家们的敬畏。

第五章

1　在写作这本书的时候,我还没有读到法国年鉴学派的菲力普·阿利埃斯所著《儿童的诞生》（日译本,美玲书房,1980）一书。我只是依据柳田国男做了一些思考。这使我再一次注意到：柳田国男与其说是一位民俗学者,不如说是广义的历史学家,就是说,民俗学对他来说只是一种历史的方法而已。换言之,他做了与年鉴学派类似的工作。柳田试图观察未被意识到的事件,亦即未曾以文字记录下来的"历史"。这种工作如他自己所承认的那样,是江户时代国学派学问的延伸。

2　从现在看,《黄金丸》对孩子来说似乎比较难懂,但实际上读那些全带着音标的汉字是很容易的,即使意思不懂,在朗读的过程中会大概知道意思的。那时作为孩子的语言教育，这是很普通的方法，并没有什么专门为孩子准备的书或教学方法。孩子从一开始就学习大人的语言。从语言教育上也可以看到，直到现代为止作为孩子的孩子这样的观念是不存在的。前田爱曾指出："汉籍的背诵，乃是通过词语的声音和音调之反复朗读的方法，将与日常用语维度不同的精神语言——汉语的形式刻印于幼小灵魂的学习过程。意义的理解虽然是将来的事情，但文章的声响和音调之模型几乎是生理性地得以记忆。而后，通过比较长的讲读和轮流朗读，所学的知识将充实到这个模型之中。"（《从朗读到背诵》，同上）

3 关于这一点，我得到了儿童文学研究家田宫裕三的指点，他指出：对于明治时期所创设的学制，人们不仅"发起了消极的抵抗"，也有积极的斗争。例如，学制实施后第二年，以敦贺发生的真宗徒暴动为首，在冈山、鸟取、香川、福冈等县曾出现过反对学校和征兵令的暴动，许多学校被烧毁。"明治初期的小学，与乡村政府和国家的外设机构驻在地一起出现于各地，成为从征兵制颁布到文明开化的新时代的重镇。现代日本的所谓乡村三要职乃村长、警察署长、校长也，这不是没有来由的。"（田宫裕三《山中恒那一代——少国民世代的精神形成》，收《至宝笼9》）

4 《比个头》描写的是游里吉原附近下町的孩子们的世界。孩子们虽然都是小学里的学生，但在此并没有作为出人头地之教育机关的明治学校里的那种气氛。子承父业一般被视为理所当然，例如，大黑屋的美登利和龙华寺的信如，名字就用父亲的职业等称号，也是可以的。美登利的姐姐是个艺伎，美貌的她也想成为姐姐那样的艺伎。在孩子中间，美登利是一个好强的女王式存在，有一天突然变成了带着大人之忧郁的女性。这是因为，她恐怕已经成了艺伎。而悄悄暗恋着美登利的龙华寺主人的儿子信如，也是为了僧侣的修行才来学校的。就是说，这里没有所谓存在于孩子和大人之间的"青春"期。换言之，孩子和大人之间不存在决定性的断裂。这些孩子一开始就是小大人，而非现代人所梦想的"真的孩子"。

在樋口一叶（1872—1896）作为作家而活跃的时代，已经出现了现代艺术家这样的意识。然而，生于孩子和大人之间还没有发生决定性断裂的世界并表现了这种世界的樋口一叶，她本人所处的时代，工匠和艺术家之间没有出现决定性断裂。她在本质上是一个工匠，在她那里是没有现代艺术家意识的。这与其作品艺术性之卓越并没有任何矛盾，正如意大利文艺复兴时期的大师们也是匠人一样。像她那样的作家，诞生于明治末期女权主义出现以前，也没有什么不可思议的。女子文学的兴盛到了平安时代便结束了，但那以后的女性文学活动仍然持续不断。江户时代女子作和歌，对于那时的武士、商人家庭的女子以及艺伎是必不可少的娱乐，与此相伴随《源氏物语》那样的作品也受到广泛的阅读。因此，可以说一叶并没有什么特殊例外的背景。重要的是她没有使用言文一致体来写作，并在言文一致体确立以前就死去了。这使得她可以利用从平安时代到江户时代的语言宝藏。后来出现的"青鞜派"（以平塚雷鸟为中心形成于1911年的女性文学派别，通过文艺作品与评论鼓吹新思想，呼吁妇女解放。——译注）则完全基于文言一致之后极为平板贫弱的书面语来写作。这种写作，基本上是与"白桦派"的男性作家们相呼应的。

第六章

1. 有关萨特对第三人称客观描写的批判,我已经在第三章中有所论述(参见第三章注释1)。不过,还应该关注到在这之前芥川龙之介的批判。黑泽明编导的电影《罗生门》早已闻名世界,但创作原作的芥川却不怎么被人知晓,这是不合理的。我说《竹林中》有多重视角但没有确立起超越此多重视角的"一种透视法",这同时也是现代小说的问题。

2. 当观察日本现代国家形成的时候,有必要观察作为其前史的古代国家的形成。我指出,明治二十年代的"风景"是在某种认识论的布置中被发现的。实际上,在输入了汉字汉学的奈良时代也有类似的情况发生。就是说,古代日本人开始叙述《万叶集》中那样的景物,即"风景"的发现,是在经历了汉文学之后所产生的意识。江户时代的国学家,试图在《万叶集》《古事记》中发现文字或者汉文学以前的"古道"。但是,他们发现的"古道"并非文字出现以前的,而是已经通过文学文字(书写)所形成的表象而已。从这个意义上讲,应该说在奈良时代就已发生过"风景的发现"了。而明治中期出现的"风景的发现",不仅仅与此相类似,问题的复杂性在于,这是在古代已经发生过的"风景的发现"之上发生的,故所谓的"颠倒"累积在一起。例如,明治时代的浪漫主义者在《万叶集》里找到了古代人对自然之感情的流露和叙述。而国学家将此视为日语文字表记(书写)对抗汉字的问题,但浪漫主义者其实完全缺乏这种意识。

3. 同样的事情也可以用来说明古代的歌和文字的问题。本居宣长认为,《古事记》中的歌谣所唱可视为歌谣的原型。吉本隆明则认为,正如本居宣长的先行者贺茂真渊所指出,这些歌谣不仅不

注释

是所唱之歌的原型，反而是已经达到了"高度"水准的诗歌。他说道：

> 现今，可以在《祝词》中找到"言ひ排く""神直び""大直び"等大量陌生的词语。最初存在着"いひそく""かむなほび""おほなほび"等语，成文文化确立之时借用汉字，写成"言排""神直备""大直备"。而以用日语语序读汉文的方法读之，则成为"言ひ排く""神直び""大直び"。在这个过程中，好像什么也没有发生似的，然而实际上从一个方面象征着通过表意或表音的汉字形象，最初的韵文化受到了巨大的影响。"いひそく""かむなほび""おほなほび"等语，至少到《祝词》成立时为止，乃是在郑重其事的祭礼仪式上开始使用的固有日语。"いひそく"的"そく"大概是作为常用的词语广为流传过的。"なほび"一词乃指神事或者与神有关的场所，"かむ""おほ"等则表示尊称。当时的固有日语似乎适当重叠便可以使之表达相当自在的意义。可是，借用了汉字如"言排""神直备""大直备"那样的表记而作为公用祭礼仪式的用语后，则因汉字的象形形态使这些词语附加了某种别的意义。这是固有日语"圣化"的开始，如果把这种"圣化"理解为向韵文化发展的一个契机，可以说这里已经有了诗之诞生的萌芽。成为惯用语或成文文章，韵律化的契机便进一步深化了。因为语句的排列本身便是一种韵律化。(《初期歌谣论》)

依据吉本隆明这个值得注目的观点，歌的发生或者韵律化原来是以汉字为契机的。而被本居宣长视为原型的《古事记》《日本书纪》中的歌谣,则处在没有文字的媒介便不可能存在的高度发展阶段。这些歌谣即使是口唱之歌也已具备了只有通过文字才有可能构成的结构。"恐怕本居宣长对'书写语言'与'声音语言'的本质之不同缺乏认识。他并不懂得书面语以后和书面语以前的声音语言是完全不同的东西。"(《初期歌谣论》)

年　表

	作品	文化	政治、社会
明治三年（1870）			普法战争爆发。日本学校规则制定、征兵制度诞生。
明治四年（1871）		中村正直译塞缪尔·斯迈尔斯《西国立志篇》。	实施废藩置县。岩仓赴欧使节团出发。
明治五年（1872）		福泽谕吉发表《劝学篇》。	全国户籍调查。颁布学制。发布征兵诏书。采用西历。
明治六年（1873）		明六社创立。	发布征兵令。维也纳万国博览会。
明治十年（1877）		内村鉴三入札幌农业学校。田口卯吉出版《日本开化小史》。	西南战争爆发。
明治十一年（1878）		依田学海、市川团十郎等推动戏剧改良。费诺罗莎访日。	自由民权运动高涨。

续表

	作品	文化	政治、社会
明治十二年（1879）		植木枝盛发表《民权自由论》。	实施琉球处分。
明治十三年（1880）	户田钦堂发表《情海波澜》。		
明治十四年（1881）			明治十四年政变发生。板垣退助等结成自由党。
明治十五年（1882）	《新体诗抄》（外山正一、矢田部良吉、井上哲次郎）出版。	中江兆民译卢梭《社会契约论》出版。《小学唱歌》初编出版。费诺罗莎发表《美术真说》。	发布《军人敕谕》。朝鲜发生壬午事变。
明治十六年（1883）	矢野龙溪《经国美谈》前编出版。	北村透谷参加自由民权运动。正冈子规自松山进京。"かのくわい"（假名学会）成立。源纲纪始创速记术。	
明治十七年（1884）	三游亭园朝《怪谈牡丹灯笼》速记本发表。	鹿鸣馆始建。森鸥外留学德国。内村鉴三赴美。	发生（自由民权运动）加坡山事件、秩父事件。朝鲜爆发甲申事变。
明治十八年（1885）	坪内逍遥发表《小说神髓》《当世书生气质》。东海散士发表《佳人之奇遇》。	福泽谕吉发表《脱亚论》。《女学杂志》创刊。"罗马字会"成立。尾崎红叶"砚友社"成立。北村透谷脱离政治运动。	爆发大阪事件。设置内阁制度。

续表

	作品	文化	政治、社会
明治十九年（1886）	二叶亭四迷发表《小说总论》。	冈仓天心任图画调查主干。戏剧改良会成立。费诺罗莎与冈仓天心出访欧洲。	
明治二十年（1887）	二叶亭四迷发表《浮云》第一编。樋口一叶始写《日记》。	中江兆民发表《三醉人经纶问答》。东京美术学校、东京音乐学校成立。	提出（自由民权运动）三大事件建言书。
明治二一年（1888）	二叶亭四迷译屠格涅夫《猎人笔记》。	森鸥外自德国归来。	
明治二二年（1889）	齐藤绿雨《小说八宗》、北村透谷《楚囚之诗》、幸田露伴《风流佛》发表。	正冈子规与夏目漱石开始交友。	大日本帝国宪法发布。发生民法典论争。
明治二三年（1890）	森鸥外《舞姬》、山田美妙《日本韵文论》、尾崎红叶《伽罗枕》、宫崎湖处子《归省》发表。	西田几多郎、铃木大拙等从第四高等学校退学。小泉八云来日。	教育敕语发布。帝国议会设立。发生第一次经济危机。
明治二四年（1891）	严谷小波发表《黄金丸》。	国木田独步受洗。坪内逍遥、森鸥外引发无理想论争。川上音二郎剧团在东京大获成功。	田中正造于国会提出足尾矿毒事件。
明治二五年（1892）	北村透谷发表《论粹兼及〈伽罗枕〉》《厌世诗人与女性》	正冈子规入《新闻日本》社。	
明治二六年（1893）		北村透谷与山路爱山发生论争。河竹默阿弥逝世。	

续表

	作品	文化	政治、社会
明治二七年（1894）	志贺重昂发表《日本风景论》。内村鉴三出版《代表性的日本人》。	北村透谷自杀。国木田独步成为从军记者。尾崎红叶编《西鹤全集》。	中日甲午战争爆发。
明治二八年（1895）	内村鉴三发表英文著作《我何以成为基督徒》（How I Became a Christian）。樋口一叶发表《比个头》。		日本割据台湾。
明治二九年（1896）	尾崎红叶发表《多情多恨》。	樋口一叶逝世。	
明治三十年（1897）	尾崎红叶发表《金色夜叉》。	《杜鹃》创刊。正宗白鸟受洗。	足尾矿山毒气被害者上东京请愿。京都帝国大学成立。
明治三一年（1898）	国木田独步发表《武藏野》《难忘的人们》。正冈子规发表《关于歌咏的书简》。德富芦花发表《不如归》。	幸德秋水等组建社会主义研究会。冈仓天心被赶出东京美术学校。	
明治三二年（1899）	正冈子规发表《俳谐大要》《诗人芜村》。	横山源之助发表《日本之下层社会》。	义和团事件爆发。
明治三三年（1900）	泉镜花发表《高野圣》。	夏目漱石留学英国。	金融危机爆发。
明治三四年（1901）	与谢野晶子发表《乱发》。	高山犀牛发表《论美的生活》。冈仓天心赴印度。	
明治三五年（1902）	正冈子规发表《病床六尺》。田山花袋发表《重右卫门的临终》。	正冈子规逝世。宫崎滔天出版《三十三年之梦》。	日英同盟缔结。

续表

	作品	文化	政治、社会
明治三六年（1903）	国木田独步发表《恶魔》《女难》《正直者》。冈仓天心发表英文版《东洋的理想》（The Ideal of the East）。	夏目漱石回国。川上音二郎、贞奴等上演《奥赛罗》。内村鉴三提出非战论。尾崎红叶逝世。幸德秋水出版《社会主义精髓》。	
明治三七年（1904）		幸德秋水、堺利彦译《共产党宣言》。	日俄战争爆发。
明治三八年（1905）	夏目漱石发表《我是猫》。	山路爱山出版《当代日本教会史论》。	第一次俄国革命爆发。日比谷烧打事件发生。孙文组建中国同盟会（于东京）。
明治三九年（1906）	岛崎藤村发表《破戒》。冈仓天心出版英文著作《茶之书》（The Book of Tea）。夏目漱石发表《哥儿》《草枕》。	北一辉出版《国体论及纯正社会主义》。	
明治四十年（1907）	夏目漱石写作《文学论》序，出版《虞美人》。泉镜花出版《妇系图》。田山花袋出版《棉被》。二叶亭四迷发表《平凡》。高滨虚子发表《写生与写生文》。	夏目漱石入《朝日新闻》社。坪内逍遥译《哈姆莱特》上演。	
明治四一年（1908）	国木田独步发表《不被欺之记》。	国木田独步逝世。	

续表

	作品	文化	政治、社会
明治四二年（1909）		小山内薰等创立自由剧场。二叶亭四迷逝世。	
明治四三年（1910）	柳田国男出版《远野物语》。石川啄木发表《时代闭塞的现状》。小川未明出版《赤船》。谷崎润一郎出版《刺青》。	《白桦》《三田文学》创刊。	大逆事件发生。日本吞并韩国。
明治四四年（1911）	志贺直哉《浑浊的头脑》、森鸥外《妄想》、夏目漱石《现代日本的开化》发表。	西田几多郎出版《善的研究》。《青鞜》创刊。平冢雷鸟发表《元始女性是太阳》。	
明治四五年（1912）	森鸥外发表《那样》《兴津弥五右卫门遗书》。	石川啄木逝世。	乃木希典殉死。
大正二年（1913）		宝冢唱歌队成立。冈仓天心逝世。	
大正三年（1914）	夏目漱石出版《心》。	芥川龙之介等第三次发刊《新思潮》。	第一次世界大战爆发。
大正四年（1915）	夏目漱石出版《道草》。芥川龙之介发表《罗生门》。森鸥外发表《忠实于历史与背离历史》。		日本提出对华"二十一条要求"。
大正五年（1916）	夏目漱石出版《明暗》。